DER GETEILTE MORD

Dirk Rühmann

DER GE
TEILTE
MORD

Harzkrimi

Bibliografische Information der Deutschen Nationalbibliothek
Die Deutsche Nationalbibliothek verzeichnet diese Publikation in der Deutschen Nationalbibliografie; detaillierte bibliografische Daten sind im Internet über **http://dnb.d-nb.de** abrufbar.

Der geteilte Mord

ISBN 978-3-947167-77-7

Dieser Titel ist auch als eBook erhältlich
in den Formaten ePub und MobiPocket (Kindle).

Abbildungsnachweise:

Umschlagmotiv © katalinks | # 55517675 | depositphotos.com

Porträt des Autors © Ania Schulz | as-fotografie.com

Lektorat & DTP:
Sascha Exner

Druck:
WIRmachenDRUCK GmbH, Backnang

Verlag:
EPV Elektronik-Praktiker-Verlagsgesellschaft mbH
Obertorstr. 33 · 37115 Duderstadt · Deutschland
Fon: +49 (0)5527/8405-0 · Fax: +49 (0)5527/8405-21
Web: harzkrimis.de · E-Mail: mail@harzkrimis.de

Prolog

Seine Stimme war rau und er musste sich ständig räuspern. Fast hatte es den Anschein, als wollte er all diese Worte überhaupt nicht sprechen. Am liebsten wäre es ihm gewesen, wenn er sie für sich behalten hätte, doch sie drangen aus ihm heraus und schienen eine Last von ihm zu nehmen, sodass er sich um ein Vielfaches leichter fühlte. Aber es war ein Trugschluss. Er projizierte alles auf sein Gegenüber. Die um einige Jahre ältere Frau sah den Mann mitleidsvoll an. Sie sog nicht in sich auf, was er zu ihr hinübergeschickt hatte. Es perlte an ihrem Gesicht ab. Der Mann spürte die Kälte und fühlte, dass er es im Grunde doch nicht losgeworden war. In erschreckender Weise hielt es sich im Raum und sorgte für eine allgemeine Bedrücktheit, ja Beklemmung, die nun wieder in ihm aufstieg. Es waren aus dem Zusammenhang gerissene Sätze, die in sich selbst wiederum eine Zerrissenheit darstellten. Am Ende blieb seine Stammelei sogar für ihn unverstanden und es quälte ihn die Frage, ob ihn die Frau, die ihm von Berufs wegen zuhörte und auf einem Stuhl gegenübersaß, überhaupt für voll nehmen konnte.

»Stimmen, sagten Sie«, griff die Psychotherapeutin den Gesprächsfaden auf, indem sie ein Wort aus dem Schwall von Fragmenten, den er ausgestoßen hatte, in den Raum stellte.

Hastig nickte er, da er sich von seiner Therapeutin verstanden glaubte.

»Und was sagen Ihnen diese Stimmen?«, schob sie nun die Frage nach.

»Sie wollen, sie sagen, dass ich töten soll.«

Gedankenversunken sah der Mann nach unten und starrte verloren auf den Boden.

Verzweifelt versuchte die Psychotherapeutin Blickkontakt zu ihrem Gegenüber herzustellen. Doch der Mann blieb für sich, eingeigelt in seiner eigenen Welt, in der die Hirngespinste tobten und zur Geisteskrankheit mutierten, ohne dass die Psychologin einen Weg gefunden hätte, genau dies zu verhindern.

Nach der Therapiestunde gingen die beiden auseinander. Sie entließ ihn in dem Glauben, ihm irgendwann helfen zu können, zog sich dann aber hinter ihren Schreibtisch zurück, schloss die Akte für heute und versuchte, sich mit der Ausrede zu trösten, nicht jede Seele retten zu können. Der Verwirrte war fort und die professionelle Therapeutin hatte sich in Distanz zu all dem Gehörten zu üben. Ihr war klar geworden, dass der Patient beratungsresistent war. Er wollte keine Strategien zur Hilfe und Selbsthilfe, sondern Bestätigung, ja Absolution für seine kruden Gedanken, die ihn offenbar immer stärker zu beherrschen schienen.

Doch auch die Psychotherapeutin quälte sich mit einer Frage herum: Wie konfus oder wie real waren seine Satzbrocken und die Aufforderung zu töten? Als Ärztin besaß sie eine Schweigepflicht. Der Mann war nie konkret geworden, sondern Gefangener seiner kranken Phantasien. Ging wirklich eine Gefahr von ihm aus?

Die liebliche Augustsonne hatte einiges an Höhe gegenüber der Julisonne eingebüßt. Die Schatten der mächtigen Bäume gewannen allmählich wieder an Länge und in einige Winkel zwischen den bewaldeten Bergen des Harzes fiel nur noch spärlich Sonnenlicht hinein. Erste Frühnebel waberten durch die Täler und kündigten den bevorstehenden Übergang in die folgende Jahreszeit an. Noch war freilich Sommer, doch seine Tage schienen gezählt, der Zenit längst überschritten. Der tiefblaue Himmel erstreckte sich über den unterschiedlich hohen Bergen und lockte ein farbenprächtiges Bild aus Landschaft wie Städten hervor. Die Wasseroberflächen der Stauseen spiegelten das Sonnenlicht wider und schimmerten mattgrün. Überall Menschen, zu Fuß, mit dem Auto, mit Motorrädern oder auf Schiffchen sowie als Badegäste, die sich im Schein der Sonne bräunen ließen. Harzidylle!

Für den Anfang 60-jährigen Rolf Benneis brach ein Tag wie jeder andere an, obwohl auch er sich über das schöne Wetter freute, mit dem der Sommer bis jetzt gegeizt hatte. Sein erster Weg am Morgen gleich nach dem Verlassen des Bettes führte ihn in die Küche, wo er Kaffee aufsetzte und dann das rote Viereck auf seinem Kalender weiterschob. Verzweifelt versuchte er, sich immer das aktuelle Datum einzuprägen. Doch der weißhaarige hagere Mann wusste, dass er es spätestens im Büro, wenn er es unter ein zu unterschreibendes Formular setzen musste, wieder vergessen haben würde.

Auf seinem Wandkalender präsentierten sich die schönsten Syltmotive. Der Monat August zeigte die Millionen Jahre alte Klifflandschaft von Morsum mit dem lila Heidekraut, das zu dieser Zeit so geruchsintensiv blühte. Jedes Jahr hatte er zusammen mit seiner Frau einmal im Jahr Urlaub auf der schönen

Nordseeinsel verlebt. Früher mit den Kindern, doch die waren längst erwachsen und lebten weit über die Lande verstreut. Einzig seine Enkeltochter Janina war in den Harz zurückgekehrt.

Die junge Frau hatte die Beamtenlaufbahn bei der Polizei eingeschlagen und deshalb die räumliche Nähe zu ihrem Großvater gesucht, weil der als Hauptkommissar beim selben *Verein* tätig war.

Während die junge Frau am Anfang ihrer Berufskarriere stand, rückte für den Großvater das Ende immer näher. So hatte er direkt neben seinem Wandkalender einen Zettel an einem Pinnbrett befestigt, auf dem er die Tage bis zu seiner Pensionierung abstrich, ähnlich einem Strafgefangenen, der sich so die Zeit bis zu seiner Entlassung zu verkürzen suchte. Jedes Mal seufzte er tief, wenn ihm klar wurde, dass auch nur ein einziges Jahr immerhin noch 365 Tage besaß, von denen er mindestens an 250 von ihnen aufstehen und zur Arbeit gehen musste.

Seine Ehefrau Patricia hatte vor zwei Jahren einen schweren Schlaganfall erlitten und konnte seitdem nicht mehr sprechen. Außerdem war sie halbseitig gelähmt und dadurch stets auf fremde Hilfe angewiesen. Schweren Herzens hatte Benneis sie in ein nahegelegenes Pflegeheim gebracht, wo er täglich vorbeifuhr, um nach dem Rechten zu sehen. Zu Hause hätte er sie in diesem Zustand nur schwerlich behalten können und für ihre Pflege fehlten ihm als Vollzeitbeschäftigten die notwendigen Freiräume. Während seine Frau ihn immer so mahnend ansah, sobald er sich aufmachte, das Pflegeheim wieder zu verlassen, hatte er sich an das Alleinsein in dem kleinen Häuschen am Rande der Stadt inzwischen gewöhnt. Natürlich handelte es sich um einen Herzenswunsch seiner Frau, eines Tages wieder nach Hause zu dürfen. Benneis stellte ihr diese Möglichkeit für die Zeit nach seiner Pensionierung in Aussicht. Doch innerlich zauderte er. Es sträubte sich etwas in ihm dagegen.

Allerdings war er noch nicht allein in den Urlaub gefahren. Dazu fehlte ihm offenkundig der Mut. So hatte er die letzten zwei Sommer im heimischen Harz verbracht und auf diese

Weise Gegenden seit Langem einmal wiedergesehen, in die er seit einer gefühlten Ewigkeit nicht mehr gekommen war. Sogar völlig neue ihm bis dahin unbekannte Orte gab es für den Einheimischen zu entdecken. Schlagartig war ihm klargeworden, mit was für Scheuklappen Menschen doch zuweilen durch die ihnen vertraute Umwelt laufen, ohne sich wirklich Zeit zu nehmen, einmal nach rechts oder links zu schauen und vielleicht für einen Augenblick zu verweilen.

Der Polizeibeamte schlürfte vom frisch gekochten Kaffee aus einer Henkeltasse, biss in die mit Salami belegte Scheibe Toastbrot und warf einen Blick in die aktuelle Ausgabe der Tageszeitung, die jeden Morgen in seinem Briefkasten griffbereit lag. Die hiesigen Zeitungszusteller waren sehr zuverlässig.

Enkelin Janina Benneis hatte sich eine kleine Wohnung im benachbarten Goslar gesucht und pendelte täglich mit dem Auto zwischen den beiden Harzstädtchen hin und her. Die Anfang 20-Jährige hatte sich gleich zu Beginn ihrer beruflichen Tätigkeit in den sieben Jahre älteren Kollegen Leon Färber verliebt, der allein in seiner Wohnung in Harzburg lebte. Manchmal übernachtete sie bei ihm, doch ihre kleine Unterkunft in Goslar verschaffte ihr ein Gefühl von Unabhängigkeit, das ihr im Augenblick noch wichtig schien.

So trafen sich die drei am Morgen auf der Dienststelle. Das Kommissariat von Bad Harzburg befand sich in einer Nebenstraße und lag etwas versteckt in einer lang gezogenen Linkskurve hinter einem Wohnblock. Hier waren insgesamt acht Beamte beschäftigt, die in drei voneinander abgetrennten Bereichen ihren Dienst versahen und für Ordnung auf den Straßen des Kurortes sorgten und gegebenenfalls auch in dem ein oder anderen Wohnhaus, da sich hinter mancher Tür hin und wieder Unliebsames ereignete.

Die Begrüßung an diesem spätsommerlichen Morgen zwischen Großvater und Enkelin sowie Freundin und Freund fiel herzlich aus, die unter den beiden männlichen Kollegen eher distanziert und kühl.

So sehr sich Rolf Benneis darüber gefreut hatte, dass seine Enkelin zu ihm zurückgekehrt war, so sehr hatte es ihn geärgert, dass der junge Kollege Färber sie ihm quasi gleich vor der Nase wieder weggeschnappt hatte. Seine Eifersucht konnte der ältere Herr zwar im Zaum halten, doch begriff er von Tag zu Tag mehr, wie schwer es ihm eigentlich fiel. Seine Frau hätte ihn längst auf den Boden der Tatsachen zurückgeholt und ihm knallhart die Frage an den Kopf gedonnert, ob er noch ganz dicht sei, wenn ihn derartige Gedanken plagten. Doch Patricia fiel als Korrektiv aus. Seit zwei Jahren hatte sie kein einziges Wort mehr gesprochen, da die Blutung im Gehirn unter anderem ihr Sprachzentrum zerstört hatte.

Diese Tatsache war nicht spurlos an Benneis vorübergegangen und so hatte er sich vor einiger Zeit in eine Gesprächstherapie bei der renommierten Harzburger Psychotherapeutin Frau Doktor Angerstein begeben. Sie half ihm bei der Bewältigung eines schweren Problems, dem Akzeptieren von Veränderungen, die nicht rückgängig zu machen waren. Benneis war es als Polizeibeamter gewohnt, das Schicksal in die eigene Hand zu nehmen und musste nun lernen, dass es Grenzen gab, uns die Hände gebunden waren und wir die Unabänderlichkeiten des Schicksals hinnehmen mussten.

Nun standen zunächst einmal acht Stunden Arbeit auf dem Programm der drei Polizeibeamten. Jeder von ihnen besaß sein eigenes kleines Dienstzimmer auf der einen Seite vom Flur des gesamten Kommissariats. Die Kollegen arbeiteten in ihren Büros gegenüber des Ganges. Es gab nicht wenige Berührungspunkte, aber sie teilten sich ihre Arbeit in jeweilige Tätigkeitsfelder auf. So bildeten Rolf Benneis, Leon Färber und seine Enkelin ein Team in dieser Dienststelle.

Der kurz vor der Pensionierung stehende Hauptkommissar tauchte immer dann in den Büros seiner jüngeren Kollegen auf, wenn er an seinem PC eine falsche Taste gedrückt hatte und das Gerät nun Sachen machte, die er gar nicht beabsichtigt hatte, geschweige denn wusste, wie er sie rückgängig machen konnte.

Die Beamten vom Kommissariat in Bad Harzburg versahen monatlich ihren Bereitschaftsdienst. So waren die jeweiligen Kollegen alle drei Monate an der Reihe. In diesem Monat war das Team von Rolf Benneis dran, zur Tür zu gehen, wenn *Kundschaft* kam. Die drei Polizisten hatten eine Absprache getroffen. Einer von ihnen verließ immer am Tag sein Büro und ging nach draußen, wenn es an der Tür geklingelt hatte und sich Publikumsverkehr ankündigte. Dabei wechselten die drei einander ab, sodass der kleine Dienstweg, wie sie es nannten, jeden von ihnen nur alle drei Tage betraf. Kamen allerdings mehrere Menschen gleichzeitig, verließen die beiden anderen zur Unterstützung ebenfalls ihre Büros. Schließlich waren sie Dienstleister.

An diesem sonnigen Augustmorgen war Leon Färber turnusgemäß an der Reihe und stand sofort von seinem Schreibtischstuhl auf, als es an der Tür klingelte.

Janina Benneis hatte es sich inzwischen angewöhnt, die Gesprächsfetzen auszublenden, die gelegentlich zu ihr herüberdrangen, wenn ihr Großvater oder ihr Freund mit Besuchern sprachen. Sie versuchte, sich ganz auf ihren Schreibkram zu konzentrieren, was ihr anfänglich nicht gelungen war. Jedes Anliegen x-beliebiger Besucher weckte in ihr eine große Spannung, bis ihr der triste Alltag dieses Gefühl allmählich raubte und in seiner Gnadenlosigkeit einbläute, dass die meisten Probleme der Menschen die fortwährend gleichen waren und sich an Bedeutungslosigkeit kaum überbieten ließen.

Diesmal sollte es anders kommen und schon nach kurzer Zeit stoppte Janina das Studium ihrer Akten, da ein einziges Wort sie aufhorchen ließ. Vermisst!

Neugierig versuchte sie aufzufangen, was da draußen zwischen einem männlichen Besucher und ihrem Freund gesprochen wurde. Ziemlich schnell wurde ihr klar, dass der Besucher von einer großen Sorge geplagt zu sein schien, die ihr Freund herunterzuspielen suchte.

Beruhigungstaktik nannte sich das. Am liebsten hätte Janina

ihr Büro verlassen und wäre zur Unterstützung mit hinausgegangen. Doch dabei hätte es sich um einen schweren Fauxpas gehandelt, den sie sich nach über einem Jahr Polizeiarbeit nicht mehr leisten durfte. Es galt das Prinzip, die Autorität des Kollegen nicht zu untergraben. Ungebetene Hilfe war nicht erwünscht, suggerierte sie doch jedem Fremden, dass der fragliche Ansprechpartner der Polizei vermutlich unfähig war.

Ihr Freund war sieben Jahre älter als sie und hatte schon eine gehörige Anzahl von Dienstjahren bei der Polizei auf dem Buckel. Was er machte, tat er aus Überzeugung und dienstlicher Professionalität. Trotzdem meinte Janina deutlich herauszuhören, dass die beiden Männer da draußen im Vorraum aneinander vorbeiredeten. Schließlich vernahm sie die Dominanz ihres Freundes. Es war ihm gelungen, den Besucher auf der Polizeidienststelle mundtot zu machen. Leon hatte Oberwasser bekommen und versuchte nun, dem Fremden etwas einzureden, ohne ihn überhaupt zu kennen.

Dessen Frau war nicht nach Hause gekommen. Offenbar ein Novum in dieser Ehe. Der Mann sorgte sich völlig zu Recht und war mit seinem Anliegen zum Freund und Helfer gekommen. Doch der erwies sich als oberlehrerhafter Besserwisser, der mit allgemeingültigen Phrasen um sich drosch, die dem Anliegen des besorgten Ehemannes nicht einmal ansatzweise gerecht wurden.

Janina blieb nicht erspart, Ohrenzeugin jenes gemeinen Wortspiels zu werden, das aus einem besorgten Ehepartner einen Menschen werden ließ, der sich gefälligst Gedanken darüber machen sollte, ob er nicht selbst der Grund dafür wäre, dass seine Frau über Nacht nicht nach Hause gekommen sei. So etwas stelle keine Besonderheit im Leben der Menschen dar, sondern komme häufiger vor.

Glaubte ihr Freund wirklich an das, was er sagte? War das eine Floskel, um den Besucher abzuschütteln und schnellstmöglich ohne Arbeitsaufwand wieder loszuwerden? Oder handelte es sich um Berufserfahrung? Janina mochte es nicht glauben, was sie da zu hören bekam. Waren es wirklich gar nicht so seltene Szenen von Ehen, dass einer der Partner, ohne Bescheid zu sagen, über Nacht von zu Hause fernblieb, weil er den anderen nicht mehr ertrug?

Es hätte sie brennend interessiert, zu sehen, wie alt der Besucher war. Von der Stimme her klang er noch recht jung. Mit innerem Unmut verfolgte Janina den weiteren Verlauf des Gespräches. Auch Leon hatte die Ausbildung in Deeskalation durchlaufen. Doch was da draußen ablief, war das krasse Gegenteil davon. Leon redete den Mann immer mehr in Rage, was daran zu hören war, dass der Besucher ihn andauernd lautstark unterbrach.

Schließlich hielt es Janina nicht mehr an ihrem Platz. Sie sprang hastig auf, eilte nach draußen in den Vorraum, begrüßte den Besucher kurz und bat Leon, ins Büro zurückzugehen, da dort angeblich ein wichtiger Anruf auf ihn wartete. Irritiert sah er Janina an, verschwand dann aber zu ihrer Beruhigung von der Bildfläche.

Die junge Kommissaranwärterin sah sich den aufgebrachten Mann genau an. Sie schätzte ihn auf Mitte dreißig und fand, dass er mit seiner leicht gebräunten Haut und den blonden Haaren, die ein Mittelscheitel in zwei gleiche Hälften teilte, gut aussah. Ihn schien der Anblick der jungen Frau in Uniform gleichsam zu beeindrucken und er gewann augenblicklich seine Fassung zurück.

»Ich habe eben schon mitangehört, worum es geht. Sie vermissen Ihre Frau.«

»Sie hat so etwas noch nie gemacht. In unserer Ehe steht alles zum Besten.«

»Trotzdem ist es so, dass es sich bei Ihrer Frau um einen erwachsenen Menschen handelt. Eine Nacht ist für die Polizei zu wenig, um gleich tätig zu werden. Meistens tauchen die Menschen auch wieder auf und es findet sich für alles eine ganz plausible Erklärung. Aber ich mache Ihnen folgenden Vorschlag. Ich notiere mir mal die Eckdaten Ihrer Frau und wenn wir hier irgendwas hören, melden wir uns. Sollten Sie bis morgen keine Nachricht von Ihrer Frau haben, dann kommen Sie bitte wieder und wir sehen weiter.«

»Das hört sich fürsorgevoll an. Aber Ihr Kollege da eben, der wollte mir doch glatt einreden, dass ich wohl ein Monster von einem Ehemann bin und selber schuld, wenn meine Frau einfach nicht nach Hause kommt. Ich weiß ja nicht, was Ihr Kollege für eine Ehe führt. Aber es wäre besser, er würde nicht von sich auf andere schließen.«

»Sie haben völlig recht. Ich werde mit ihm noch einmal in Ruhe darüber sprechen. Natürlich sind Eheprobleme häufig auch ein Grund für Situationen, wie Sie sie jetzt erleben. Aber selbstverständlich gibt es auch schwerwiegende Gründe. Nur wollen wir nicht gleich vom Schlimmsten ausgehen und den Teufel an die Wand malen.«

Nach Janinas Intervention fühlte sich der Besucher gleich viel besser und verstanden. Beruhigt verließ er dann die Polizeiwache wieder.

Als Janina in ihr Büro zurückkehrte, stand Leon wutschnaubend vor ihrem Schreibtisch und verwehrte ihr den Durchgang zu ihrem Bürostuhl.

»Das machst du nicht noch mal mit mir. Ist das klar?«

»Wie würdest du dich denn verhalten, wenn ich über Nacht plötzlich nicht zu dir in die Koje kriechen würde?«

»Darum geht es doch gar nicht. Was sollen wir denn noch alles machen, wenn wir uns um jeden Menschen kümmern, der mal nicht pünktlich zu Hause ist?«

»Ein Mann, der sich um seine Frau sorgt, die noch nie von zu Hause ferngeblieben ist. Er geht zur Polizei, wendet sich Hilfe suchend an uns und wir bügeln ihn ab. Ich frage dich noch mal. Was würdest du tun?«

»Ich würde erst einmal abwarten und nicht gleich alle in Panik versetzen. Die meisten Dinge im Leben regeln sich von selbst.«

»Auch eine Einstellung. Dann weiß ich ja nun, worauf ich

mich bei dem Mann gefasst machen kann, den ich bislang für meinen Traumprinzen gehalten habe.«

»Was soll das denn jetzt heißen?«, fluchte Leon.

»Denk mal ganz scharf drüber nach. Und jetzt würde ich gern zu meinem Stuhl.«

Er wich zur Seite und sah ihr wütend hinterher. Janina ließ sich auf ihren Stuhl fallen und Leon verließ demonstrativ den Raum. Im Hinausgehen zischte er vor sich hin: »Menschen, die in derselben Dienststelle zusammenarbeiten, sollten besser nicht dasselbe Bett teilen.«

Hauptkommissar Rolf Benneis hatte den ganzen Streit mitangehört. Doch er hielt sich zurück und überging ihn völlig. Es war nicht sein Problem. Seine Patricia und er hatten sich in jungen Jahren auch erst zusammenraufen müssen und es hatte nicht selten gekracht. Doch da mussten die Streithähne selber durch. Entweder sie schafften es oder nicht.

Benneis packte seine Sachen zusammen und verabschiedete sich kurz von den beiden. Er kündigte einen Außentermin an. Dass er in die Sprechstunde einer Psychotherapeutin ging, verheimlichte er ihnen. Das ging seiner Auffassung nach niemanden etwas an.

Als er das Büro verlassen hatte, ging Leon Färber in das Zimmer von Benneis und schaute in dessen Kalender. Er rief Janina herbei, die sich verwundert darüber zeigte, was Leon am Schreibtisch ihres Großvaters zu suchen hatte.

»Hier steht es schwarz auf weiß. Der Termin von deinem Opa heißt Angerstein. Das ist eine Psychotante.«

»Und wenn schon? Was geht dich das an?«, zeigte sich die Enkelin verärgert.

»Ein Bulle, der in Psychotherapie ist?«

»Vielleicht sollten Bullen da öfter hingehen. Außerdem ist mein Großvater über sechzig und hat eine schwerkranke Frau. Und drittens weiß ich nicht, was dich das angeht. Schnüffle gefälligst nicht in anderer Leute Sachen herum.«

Sie ließ ihn stehen und ging in ihr Büro zurück. Leon Färber sah verärgert aus dem Fenster. Doch dann verschwand auch er in seinem Büro und vergrub sein Gesicht hinter dem Computerbildschirm auf seinem Schreibtisch.

Die Mittagssonne stand hoch am Himmel. Die Straßen von Bad Harzburg wurden bis auf den letzten Winkel ausgeleuchtet und es verbreitete sich eine anheimelnde, wohltuende Wärme in ihnen. Das Rauschen der Radau verlor sich im Verkehrslärm, der von der angrenzenden Bundesstraße 4 herüberdrang.

Die psychotherapeutische Praxis von Frau Doktor Angerstein befand sich an der ehemaligen Hauptstraße des Kurorts, durch die früher der gesamte Verkehr einschließlich Schwerlastverkehr verlief und die heute Fußgängerzone ist. Benneis blieb jedes Mal, wenn er am *Haus der fast vergessenen Wörter* vorbeikam, stehen und überflog kurz die einzelnen dort in großen Buchstaben auf die Hauswand geschriebenen Wörter. Dabei handelte es sich um viele spezielle Ausdrücke, die in die Braunschweiger Mundart eingeflossen waren, wie *Pille Palle*, *Bonje*, *Piesepampel*, *Schlawiner*, *madderich*. Und jedes Mal fragte sich der Hauptkommissar, wann er eines dieser Wörter zum letzten Mal gehört oder selbst gesprochen hatte.

Er ging weiter und betrat schließlich das Grundstück, auf dem sich eine zweistöckige weiße Villa aus der Gründerzeit befand. Immer wenn er dort hineinging, beschlich ihn das Gefühl, dass sich außer der Ärztin und ihm niemand sonst in dem riesengroßen Haus befände.

Das Sprechzimmer war groß, hell und freundlich eingerichtet. Dort stand schräg in der Ecke der Schreibtisch, hinter dem die schlanke Frau von Ende vierzig meist zu Beginn einer jeden Therapiesitzung saß und dort das Geschäftliche notierte. Auf dem mit Laminat ausgelegten Fußboden lag ein viereckiger Perserteppich in Dunkelblau. Darauf standen in drei der vier

Ecken Stühle. Es wurde stets darum gebeten, die Schuhe auszuziehen, wenn man den teuren Teppich betrat. Benneis kam dem Wunsch unaufgefordert nach, da er seit Längerem hierherkam und wusste, was üblich war.

Gleich in welche der drei Ecken er sich setzte, Frau Doktor Angerstein, sobald sie hinter ihrem Schreibtisch vorkam, platzierte sich stets so, dass sie dem Hauptkommissar diagonal gegenübersaß. Sie trug immer offene Birkenstock-Sandalen und meist Socken oder Nylons an den Füßen. Bei den sommerlichen Temperaturen hatte sie heute auf Strümpfe verzichtet und sich die Zehennägel rot lackiert. Ansonsten trug die smarte Frau Jeans und ein Sweatshirt. Ihre Haare waren schulterlang und schwarz. Vermutlich half sie mit einem entsprechenden Färbemittel ein wenig nach.

Der obligatorischen Frage zur Begrüßung, wie es dem Patienten ginge, schloss sie die Aufforderung an, ihr mitzuteilen, was ihren Schützling von der vorherigen Sitzung bis zu dieser bewegt habe.

»Es trifft mich immer so, wenn meine Frau mich mahnend ansieht, sobald ich das Heim wieder verlassen will. Ich weiß, dass sie mit nach Hause möchte und mir genau das sagen will.«

»Sie sind fast jeden Tag eine Stunde bei ihr und müssen noch voll arbeiten.«

»Ich glaube, sie weiß das. Aber es interessiert sie nicht.«

»Herr Benneis, schwer erkrankte Menschen entwickeln oft einen starken Egoismus, mit dem sie die anderen um sich herum mächtig unter Druck setzen. Sie müssen den gesamten Haushalt allein bewerkstelligen. Ihre Frau benötigt rund um die Uhr Pflege. Wenn Sie in einem Jahr pensioniert werden, haben Sie Ihr Lebenswerk hinter sich gebracht. Wollen Sie den Hauptkommissar wirklich in einen neuen Fulltimejob auf unbestimmte Zeit eintauschen, nämlich den des 24-Stunden-Pflegers? Sie sind über sechzig und werden nicht jünger.«

Benneis vergrub das Gesicht in seinen Händen. Nach einem Moment des Schweigens kam er in die aufrechte Sitzposition zurück und blickte seinem Gegenüber offen ins Gesicht.

»Frau Doktor, ich habe in jeder Hinsicht ein schlechtes Gewissen. Das zermürbt mich.«

»Was heißt in jeder Hinsicht?«

»Ich habe im Internet eine Frau kennengelernt. Sie ist Witwe. Ihr Mann starb mit Mitte fünfzig am Herzinfarkt. Die Frau ist Anfang fünfzig. Eigentlich zu jung für mich. Es reizt mich, sie in natura kennenzulernen. Sie ist eine wirkliche Freundin, aber eben nur eine virtuelle. Das soll nicht immer so bleiben. Aber ich weiß nicht, wie das weitergehen soll.«

»In guten wie in schlechten Zeiten, stimmt's?«

Wortlos nickte der hagere, großgewachsene Mann mit weißen Haaren.

»Herr Benneis, wenn wir jung und verliebt sind, versprechen wir uns alles. Welcher junge Mensch, dem es gutgeht, weiß denn schon, wie schlimm schlechte Zeiten wirklich werden und sein können und vor allem, wie lange sie dauern? Sie werden von mir nicht die Bekräftigung dessen hören, was Sie vor Jahrzehnten einem Pfarrer versprochen haben. Ich bin Ihre Therapeutin. Sie sind ein gesunder Mann, der altersentsprechend menschliche Bedürfnisse hat. Es sitzt nirgendwo ein lieber Gott, der Sie von morgens bis abends beobachtet und böse mit Ihnen wird, wenn Sie eine andere Frau begehren und vielleicht lieben. Und wenn Ihnen so eine Beziehung neue Kraft gibt, sich Ihrer kranken Frau dann freudiger und intensiver zu widmen, welche moralische Instanz sollte Sie verurteilen?«

»Meine Frau?«

»Muss sie davon erfahren? Schmälert das Ihre Liebe zu ihr?«

»Können Sie das wirklich verantworten, was Sie da sagen?«

»Was ich sage, schon. Was Sie letztlich machen und von meinen Ratschlägen umsetzen, ist allein Ihre Sache, die Sie verantworten müssen. Denken Sie an Ihre Gesundheit. Nur wenn Sie sich selber aushalten können, können die anderen Sie auch aushalten. Nimmt Ihre Seele Schaden, weil Sie sich keine Freude mehr im Leben leisten, können Sie niemandem mehr zur Freude werden. Würde Ihrer Frau das helfen?«

Zögerlich schüttelte er mit dem Kopf. Sie hatte recht mit allem, was sie sagte. Er wusste es. Und doch quälte ihn der Gedanke, seine Frau in doppelter Weise abzuschieben. Er spürte die unsichtbare Grenze, die ihn zu erdrücken suchte. Wie nach fast jeder Therapiestunde schien er geschwächt und eher ratlos. Aber das hatte ihm die Ärztin von Anfang an gesagt. Jegliche Form der Veränderung setzt den Willen voraus, sich einer großen Kraftanstrengung zu stellen.

Eher kraftlos schlenderte Benneis durch die Straßen und nahm keinerlei Notiz von den vielen Menschen, die ihm entgegenkamen. Schließlich ging er hinüber in den Kurpark, wo er sich auf eine Bank setzte. Von dort beobachtete der Polizeibeamte all die Menschen, wie sie sich scheinbar einem Automatismus folgend bewegten. Der Rhythmus, der alles antrieb, war überall sichtbar. Doch für seine Patricia war er irgendwo stehen geblieben. Der Ausdruck von Bewegung, der jedes Leben kennzeichnete, war einfach von ihr gewichen. Sie lag ans Bett gefesselt und gehörte praktisch nicht mehr dazu. Das Leben war noch nicht ausgehaucht, aber trotzdem ausgeklammert. Seine Frau konnte nicht mehr teilhaben am Alltäglichen und vegetierte nur noch vor sich hin. Tränen schossen ihm bei diesen Gedanken in die Augen. Doch sein Leben ging in alter Gewohnheit weiter. Für ihn hatten sich lediglich die Rahmenbedingungen geändert. Und doch hatte der Schicksalsschlag ihn ebenso getroffen wie seine Frau. Ihre Lähmung raubte ihm die Luft zum freien Atmen. Benneis war ein Co-Kranker. Dagegen musste er ankämpfen. Die Worte seiner Psychotherapeutin hallten in ihm nach und begannen langsam, ihm neue Kraft einzuhauchen.

Benneis schaffte es nicht, sich an diesem Tage noch einmal aufzuraffen und den Weg in die Dienststelle zurückzufinden. Er wusste, dass die beiden jungen Leute allein mit dem Dienstplan fertig würden und ihm war von vornherein klar, dass sie im

Grunde auch nicht mehr mit ihm rechneten, wenn er zu seinem Außentermin ging. Fast nie war er danach noch einmal im Büro gesehen worden.

A m nächsten Morgen goss es in Strömen. Der Himmel war wolkenverhangen und schien die Gipfel der Berge verschlungen zu haben. Dazu peitschte ein ungemütlicher Auguststurm durch die Straßen. Das Thermometer war gegenüber dem Vortag deutlich gesunken. Statt mit sommerlicher Kleidung liefen die Menschen mit Herbstkollektionen durch den Ort.

Im Kommissariat war das schlechte Wetter nur kurz ein Thema, als die Beamten dort am Morgen aufeinandertrafen und sich gegenseitig eine angenehme Schicht wünschten. Sie pflegten dieses Ritual, bevor sie in ihren jeweiligen Büros verschwanden und sich ihren unterschiedlichen Aufgabenbereichen zuwandten.

Nachdem Benneis, seine Enkelin und Leon Färber in das Büro des Hauptkommissars gegangen waren, besprachen sie dort kurz ihren Dienstplan für den angebrochenen Tag.

»Gut, dass ich das schöne Wetter gestern Nachmittag ausgenutzt habe«, sagte Benneis zum Auftakt.

»Schön, wenn man das kann. Wir haben im Gegensatz zu dir hier im Büro verbracht und gearbeitet«, donnerte ihm Leon Färber entgegen.

»Werde du mal über sechzig, dann kannst du dir solche kleinen Freiheiten auch genehmigen«, versuchte der ältere Kollege den jüngeren zu trösten.

Janina gab sich bedeckt und hielt sich ganz aus dem Männergespräch heraus. Sie dachte unentwegt daran, wie Leon einfach in den Kalender ihres Großvaters geschaut und sich vergewissert hatte, wo der hingegangen war. Das fand sie noch immer abstoßend. Doch darüber, wo ihr Großvater gewesen war, verloren die beiden kein Wort. Das Ganze geriet dann auch ziemlich schnell in Vergessenheit, da eine Frau klingelte und Janina auf den Knopf drückte, damit sich die Tür öffnete.

Sofort eilte sie nach draußen, weil der interne Dienstplan es so vorsah, noch ehe sie über überhaupt geklärt hatten, wie sie ihre Aufgaben verteilen wollten.

Die Besucherin stellte zunächst ihren Regenschirm in einen Ständer. Das bereitete ihr große Schwierigkeiten, da der mächtige Sturm die schwachen Metallstangen des Schirms eingeknickt hatte, wodurch sich das kaputte Teil kaum noch bändigen ließ.

Die Frau hatte sich ein Kopftuch umgebunden, das sie nun abnahm. Von überall tropfte der Regen aus ihr heraus und verwandelte den Tresen zwischen ihr und der jungen Polizistin in eine Wasserbahn.

»Entschuldigung«, sagte die Frau von etwa vierzig Jahren.

»Macht nichts. Das trocknet wieder«, entgegnete Janina. »Womit kann ich dienen?«

»Meine Schwester ist spurlos verschwunden. Seit zwei Tagen. Und ich bin sicher, dass ihr etwas zugestoßen und sie nicht mehr am Leben ist.«

»Wie kommen Sie darauf?«, wollte die Kommissaranwärterin wissen.

»Meine jüngere Schwester und ich haben ein Zeichen miteinander verabredet.«

»Ein Zeichen?«

»Lassen Sie mich zu Ende erzählen. Wir haben uns in jungen Jahren geschworen, wenn einer von uns beiden sterben muss und es nach dem Tod noch irgendetwas gibt, soll er dem anderen aus dem Jenseits ein Zeichen schicken. Genau das ist geschehen. Da meine Schwester seit zwei Tagen spurlos verschwunden ist und ich jetzt das verabredete Zeichen von ihr erhalten habe, bin ich mir sicher, dass ihr etwas Furchtbares zugestoßen sein muss. Sie ist also nicht mehr am Leben, sondern ihre Seele längst bei den Engeln, und von dort habe ich das verabredete Zeichen von ihr erhalten.«

Janina sah die Frau völlig entgeistert an und zweifelte keine Sekunde daran, dass sie es mit einer Verrückten zu tun hatte. Doch dann legte die Frau ihren Ausweis auf den Tresen, der vom Wasser festgesogen wurde. Janina bekam ihn kaum herunter, um ihn sich aus der Nähe ansehen zu können.

»Sie heißen also Lisa Havy«, las Janina von dem Ausweis vor.

»Allerdings. Meine Schwester heißt Annika Wuttke. Sie ist verheiratet.«

»Annika Wuttke? Verheiratet mit Lars Wuttke?«, vergewisserte sich Janina.

»Ja. Kennen Sie die Herrschaften?«

»Nun. Herr Wuttke war gestern schon bei uns, um seine Frau als vermisst zu melden.«

»Er wird wissen, warum. Er hat sie auf dem Gewissen.«

»Was soll das heißen? Was genau wollen Sie damit sagen?«

»Die Ehe ging schon lange nicht mehr. Er hat sie belogen und betrogen. Aber bei einer Scheidung wäre er leer ausgegangen. Das war mal klar. Annika hat mir gegenüber Angst vor ihrem Mann geäußert. Aber in der letzten Zeit ist sie glücklich gewesen.«

»Was soll das heißen?«

»Sie muss jemanden kennengelernt haben. Doch darüber wollte sie auch mit mir nicht sprechen. Jedenfalls vorerst noch nicht, solange etwas spruchreif war. Ihr Mann wird das herausbekommen haben. Er tritt die Flucht nach vorn an und bringt meine Schwester um.«

»Und weshalb wollte er sie dann gestern bei uns als vermisst melden?«

»Auf diese Weise macht man sich doch wohl am unverdächtigsten.«

»Was ist das für ein Zeichen, das Sie mit Ihrer Schwester verabredet haben und wie konnten Sie das erhalten?«, zeigte sich Janina interessiert.

»*Abraxas*. Dieses eine Wort. Wer von uns beiden stirbt,

lässt es dem anderen zukommen.«

»Und wie und wo sind Sie auf dieses Wort gestoßen?«

»Ich habe die Tageszeitung aus dem Briefkasten genommen und sie aufgeschlagen. Oben auf der ersten Seite stand in schwarzen Buchstaben mit einem Filzstift geschrieben das Wort *Abraxas*. Das ist doch kein Zufall!«

»Vielleicht doch. Ich finde es unheimlich, was Sie mir da erzählen. Aber was soll ich nun tun?«

»Suchen Sie die Leiche meiner Schwester und nehmen Sie ihren Mörder, meinen Schwager, fest.«

»Zunächst einmal nehme ich Ihre Aussage zu Protokoll. Wie wir dann damit umgehen und unsere Arbeit machen, das überlassen Sie bitte uns.«

Es gelang der jungen Kommissaranwärterin, die seltsame Frau nach einiger Zeit wieder abzuschütteln. Janina hatte sich alles notiert und ging nun zu den beiden anderen in die hinteren Büroräume.

»Mit solchen Psychos darfst du dich gar nicht so lange aufhalten«, donnerte ihr Leon Färber gleich an den Kopf.

»Was hätte ich denn deiner Meinung nach tun sollen?«, zeigte sich Janina sehr verärgert.

»Du hättest ihr ein Taxi gerufen und dem Fahrer gesagt, er möge die Dame auf direktem Wege in die Klapsmühle fahren.«

»Haha!«, konterte sie.

»Mal unabhängig von der Glaubwürdigkeit der Dame ist mit ihr an zwei aufeinanderfolgenden Tagen jemand zu uns gekommen, um einen Menschen als vermisst zu melden. Die fragliche Person könnte tot sein. Muss aber nicht. Aber vielleicht haben wir einen Fall, einen wirklichen Vermisstenfall«, stellte Benneis klar.

»Und dann?«, wollte seine Enkelin wissen.

»Heißt es arbeiten«, wusste Leon Färber aus beruflicher Erfahrung.

»Erst einmal auf Sparflamme kochen. Vielleicht klärt sich

ja in Kürze alles noch auf«, riet Benneis zur nötigen Besonnenheit. Dann kratzte er sich nachdenklich am rechten Ohr und ging zu seinem Bürostuhl, auf den er sich erschöpft wirkend fallen ließ.

Enkelin Janina sah ihrem Großvater dabei zu und glaubte eine Art Gebrechlichkeit an ihm zu beobachten.

———

Kommissar Leon Färber war schlank und auffallend groß, während seine Freundin Janina eher klein und zierlich gebaut war. Zahlreiche Sommersprossen verteilten sich auf dem jungen Gesicht der Kommissaranwärterin und es gehörte zu ihren Standardsprüchen, dass eine Sommersprosse noch lange kein Gesichtspunkt sei. Sie zeigte auf diese Weise jedem, wie locker sie damit umging und dass sie es überhaupt nicht als Einbuße ihrer Attraktivität einstufte. Janina trug ihr blondes schulterlanges Haar häufig zu einem Pferdeschwanz zusammengebunden. Leon hingegen war äußerst eitel und stets darauf bedacht, modisch frisiert zu sein, wobei er jedes einzelne seiner kurzgehaltenen braunen Haare gesondert zu föhnen schien. Die Sonne hatte sein glattes Gesicht ein wenig braun gefärbt, sodass Janina neben ihm nicht nur sehr klein, sondern auch besonders blass wirkte.

Ihr spukten die zwei Personen im Kopf herum, die an den beiden zurückliegenden Tagen das Polizeirevier aufgesucht hatten, um eine Frau als vermisst zu melden. Da ihr Freund und Kollege Leon die Dienststelle schon wieder schlecht gelaunt betreten hatte, brauchte sie mit ihm über ihre Gedanken wohl kaum zu sprechen.

Der Großvater gab sich freundlicher und schaute mit Zuversicht in den vor ihnen liegenden Tag. Janina ging, ohne an seine Tür zu klopfen, einfach zu ihm hinein, begrüßte ihn und teilte ihm mit, dem Ehemann der vermissten Frau einen Besuch abstatten zu wollen.

»Mach mal!«, sagte er bloß.

Irritiert sah ihn seine Enkelin an. War das sein Ernst? Wollte er die junge Anwärterin ganz allein zu diesem Termin ausrücken lassen? Da er keine Anstalten machte und sich in irgendeiner Weise rührte, schien er nicht die Absicht zu verfolgen, seine Enkelin begleiten zu wollen.

Leon Färber, der alles mitangehört hatte, brüllte hinter ihr her: »Beeil dich bloß! Wer weiß, was hier heute alles wieder los ist? Wir werden dich brauchen.«

»Ihr könnt mich alle mal am Arsch lecken«, dachte Janina bei sich, schnappte sich ihre Dienstjacke, setzte die Polizeimütze auf und verließ mit dem Schlüssel für den Dienstwagen in der Hand das Büro.

Dann fuhr sie mit dem silberblauen Opel vom Hof, wobei sie demonstrativ mit den Reifen quietschte.

———

Lars Wuttke wohnte mit seiner Frau in einem Reihenhaus am Ortsrand von Bad Harzburg. Direkt vor dem Haus der Eheleute stand ein Lkw mit einer Hebebühne, auf der sich ein Mann mittleren Alters aufhielt. Er wurde bis unter die Kuppel der Peitschenlaterne hinaufgefahren, die sich vor dem Haus der Wuttkes auf dem Fußweg befand. Die junge Kommissaranwärterin kam mit ihrem Pkw an dem größeren Fahrzeug der Stadtwerke nicht vorbei. Die Straße war zu schmal. Es half auch nichts, dass es zur Hälfte in einer Parklücke stand. So blieb sie dahinter stehen und wartete brav, bis der Mann auf der Hebebühne die defekte Neonröhre gegen eine neue ausgetauscht hatte und grelles Licht in der Laterne aufleuchtete. Nach vollendeter Arbeit wurde der Mann wieder heruntergefahren, verließ die Hebebühne und stieg auf der Beifahrerseite in den orangefarbenen Lkw ein. Der Laster setzte sich langsam in Bewegung und schaffte Platz für das Auto von Janina, das sie gekonnt in die freigewordene Lücke am Rand der Straße hineinmanövrierte.

Hinter einer großen Pergola, an der sich grüne Zweige emporrankten, hielt sich der Vorgarten der Wuttkes versteckt, den Janina erst beim Betreten des Grundstücks einsehen konnte und der auf sie einen sehr ungepflegten Eindruck machte. Das Gras war lange nicht gemäht worden und das Unkraut wucherte überall. Brennnesseln hatten sich unter die jahreszeitlichen Blumen gemischt und gewannen die Oberhand. Erdhügel türmten sich auf, als seien Heerscharen von Maulwürfen hier aktiv.

Janina klingelte. Wenig später öffnete Lars Wuttke und zeigte sich erfreut, die junge uniformierte Frau vor seiner Tür zu sehen. Kurzerhand bat er sie herein.

Im Wohnzimmer streifte die junge Beamtin ihre Dienstjacke ab und nahm die Polizeimütze vom Kopf. Bei dieser Gelegenheit öffnete sie das Gummi am Hinterkopf, mit dem sie ihr langes blondes Haar zum Pferdeschwanz zusammengebunden hatte. Anschließend schüttelte sie ihre Haare aus und wuschelte mit den Händen in ihnen herum, bis sie ihrer Auffassung nach richtig saßen.

»Sie nehmen mich und mein Anliegen jetzt also doch ernst?«, eröffnete Wuttke das Gespräch.

»Eigentlich sollten Sie doch gestern zu uns kommen, wenn Ihre Frau noch nicht wieder aufgetaucht ist«, sagte Janina.

»Ich wollte Ihnen nicht auf die Nerven gehen. Heute aber wäre ich erneut zu Ihnen gekommen. Aber nun sind Sie ja da.«

»Glauben Sie, dass Ihre Frau noch lebt?«

»So direkt fragen Sie?«, zeigte sich der Ehemann entsetzt.

»Ihre Schwägerin hält Ihre Frau für tot.«

»Sagt sie das?«

»Sie war gestern bei uns.«

»Ich habe Lisa vorgestern angerufen und gefragt, ob sie weiß, wo meine Frau, also ihre Schwester, ist. Manchmal ist Annika zu ihr. Doch da war sie auch nicht.«

»Herr Wuttke, schreiben Sie mir bitte mal auf einen Zettel auf, wann Sie Ihre Frau das letzte Mal gesehen haben. Alle Einzelheiten und alles drum herum.«

Wuttke stand auf und suchte nach einem Zettel sowie einem Stift. Janinas Gedanken kreisten um den ungepflegten Vorgarten. Das Wohnzimmer hingegen sah sehr aufgeräumt und sauber aus. Dann setzte sich der Ehemann wieder, überlegte eine Weile und schrieb. Als er nicht mehr weiter wusste, überreichte er der Kommissaranwärterin das Blatt, das sie sich daraufhin genau durchlas.

»Hat Ihre Frau einen anderen Mann kennengelernt?«, fragte Janina.

»Wie kommen Sie darauf? Hat das meine Schwägerin, diese alte Schnepfe, behauptet?«, wurde Wuttke wütend.

Janina sagte nichts. Sie sah den Mann scharf an und beobachtete den Verlauf seines Wutausbruchs an der Veränderung des Gesichtsausdrucks.

Als er bemerkte, dass sich die junge Polizistin nicht aus der Ruhe bringen ließ und ihm schweigend ins Gesicht sah, atmete er tief durch und sagte schließlich mit Gelassenheit: »Ich weiß es nicht. Aber unmöglich ist nichts.«

»Auf einer Skala von eins bis zehn – wo würden Sie Ihre Ehe einordnen?«, wollte Janina von ihm wissen.

»Bei fünf.«

»Halten Sie es für völlig ausgeschlossen, dass Ihre Frau Sie einfach verlassen hat?«

»Ja. Sie hätte mir so etwas nicht angetan. Mit offenen Karten hat sie immer gespielt.«

»Für den Fall, dass sie jemanden kennengelernt haben sollte und es Ihnen verschwiegen hat, nicht. Haben Sie versucht, Ihre Frau auf dem Handy zu erreichen?«

»Natürlich. Aber nur die Mailbox«, seufzte Wuttke und strich sich dabei über sein Haar.

»Können Sie mir die Nummer geben? Ich werde versuchen, das Handy Ihrer Frau orten zu lassen.«

Wuttke ließ sich noch einmal den Zettel von der Polizeibeamtin aushändigen und schrieb dort die Telefonnummer seiner Frau darauf.

»Darf ich mal kurz zur Toilette?«, fragte Janina, nachdem sie den Zettel zurückerhalten und in ihrer Jackeninnentasche verstaut hatte.

Wuttke beschrieb den Weg dorthin. Janina hätte ihn auch ohne Ansage gefunden. Natürlich musste sie nicht. Das Bad oder die Toilette spiegelte den Intimbereich von Menschen wider. Als oberstes Gebot hatte sie es auf der Polizeischule gelernt. Hier sprachen die Fakten. Auf der gläsernen Ablage unter dem Spiegel über dem Waschbecken standen zwei Zahnputzbecher, aber nur in einem steckte eine Zahnbürste. Handtücher und Waschlappen schienen für zwei Personen ausgelegt zu sein. Janina fotografierte alles im Bad mit ihrem Handy.

Als sie herauskam, sagte sie zu Wuttke, der auf dem Flur auf die Polizistin wartete: »Ihre Frau ist also einfach vor drei Tagen spurlos verschwunden. Von der Arbeit ist sie noch nach Hause gekommen und wollte dann zu ihrer Schwester.«

»Genau so ist es«, bestätigte Wuttke noch einmal mündlich, was er zuvor auf den Zettel aufgeschrieben hatte, »doch dort ist sie nach der Aussage meiner Schwägerin nicht gewesen.«

»Ich werde mich mal bei den Kollegen Ihrer Frau umhören. Wo arbeitet sie?«

»Bei Doktor Blum, einem Augenarzt. Sie ist Arzthelferin.«

Janina reichte dem ohne Frage besorgten Ehemann die Hand und verabschiedete sich von ihm. Er sah der jungen Beamtin noch eine Zeit lang nach und fühlte sich nun von den Ordnungshütern ernst genommen.

Leon Färber spuckte Galle vor Wut, als Janina Benneis nach mehreren Stunden Abwesenheit in die Dienststelle zurückkehrte. Es plagte sie sofort das schlechte Gewissen, da ihr Freund und Kollege die Dinge immer gleich aufbauschte und ihr gegenüber so tat, als wenn in der Dienststelle der Teufel während ihrer Abwesenheit losgewesen wäre und er es mit ihrem Großvater kaum hatte bewerkstelligen können. Doch sie kannte ihn inzwischen gut genug, um zu wissen, dass er sich schon aufregte, weil er sich völlig überfordert fühlte, wenn er zwei Dinge gleichzeitig tun musste. Fragte sie ihn, ob der Bierkasten im Flur stehen bleiben sollte, während er gerade eine Sitzung auf dem Klo abhielt, donnerte der junge Mann wutschnaubend durch die verschlossene Badezimmertür zurück, was er denn noch alles machen solle. Was erwartete man bloß von dem armen Mann?

Janina ließ ihn einfach links liegen und besprach sich mit ihrem Großvater.

»Du bist in der Augenarztpraxis gewesen?«, fragte er sie.

»Natürlich bin ich das. Die Kolleginnen von Frau Wuttke können sich deren Verschwinden nicht erklären. Aber sie hatten den Eindruck, als habe es tatsächlich einen anderen Mann in ihrem Leben gegeben. Sie war so oft mit ihrem Handy im Gange. Doch sie hat niemandem irgendeine konkrete Antwort auf Fragen aller Art gegeben.«

»Und ihre Zahnbürste fehlt, sagst du.«

»Seltsam, nicht? Ich habe die Kollegen aus Goslar eingeschaltet und darum gebeten, das Handy von Frau Wuttke orten zu lassen.«

Das war zu viel des Guten. Leon Färber hatte es gehört und kam in das Büro von Benneis gestürzt. »Du hast was?«, brüllte er seine Freundin an. »Glaubst du etwa, wir sind hier nicht autark genug, unsere Arbeit allein zu verrichten?«

»Wir sind nicht in erster Linie Kriminalisten«, versuchte sich Janina zu rechtfertigen.

»Es handelt sich ja auch um keinen Kriminalfall. Die Alte geht nicht mehr zu ihrem Mann nach Hause, weil sie einen geileren Stecher gefunden hat.«

»Du bist widerlich!«, brach es aus Janina hervor und sie war den Tränen nahe.

Leon sprintete in sein Büro zurück. Janina atmete tief durch und ging in ihres. Rolf Benneis verkroch sich hinter dem Bildschirm auf seinem Schreibtisch. Er durchstöberte seine E-Mails und machte sich daran, eine von ihnen zu beantworten. Allerdings handelte es sich um keine dienstliche, sondern eine private. Es war diese andere Frau, die er im Internet kennengelernt hatte, mit der er sich schrieb. Auf keinen Fall sollten seine beiden Kollegen davon etwas mitbekommen.

»Ich muss noch mal raus. Wir haben das Handy von Frau Wuttke gefunden. Es liegt irgendwo am Oderteich. Von den Kollegen der Kriminalpolizei aus Goslar kommen zwei rüber«, rief Janina durch alle Büroräume.

Mit diesen Worten verschwand sie wieder aus dem Büro. Dienstlicher Eifer, das Gefühl, dass in das tote Bad Harzburg endlich etwas Leben hineinkäme, selbst durch eine mögliche Leiche, und blanke Neugier trieben die junge Polizistin an.

Sie wartete einige Minuten. Da kam ein Polizeiwagen mit Blaulicht vorgefahren, in den Janina hinten hineinsprang. Leon Färber schüttelte mit dem Kopf. Rolf Benneis stand neben ihm und klopfte ihm väterlich auf die Schulter.

»Ich müsste noch mal weg. Du schaffst das doch hier bestimmt auch alleine?«

»Ja, ja. Fahr nur! Und falls während eurer Abwesenheit die Spielbank von Bad Harzburg ausgeraubt wird, klopfe ich bei den Kollegen gegenüber an die Tür. Wozu sind die denn schließlich da?«

———

Die männlichen Kollegen auf den Vordersitzen des Polizeiwagens waren zivil gekleidet. Der Fahrer hieß Bergmann und mochte Anfang fünfzig sein, sein Beifahrer hörte auf den Namen Schlüter und zählte keine vierzig.

Janina saß in ihrer Dienstuniform auf dem Rücksitz und ließ sich durch den Harz chauffieren. Mit dem Blaulicht auf dem Dach steuerte der Kollege das Fahrzeug rasant die B 4 bergauf in Richtung Torfhaus und dann weiter bergab Richtung Oderbrück. Er bog nach rechts und fuhr bis zum Oderteich, wo er ihr

Dienstfahrzeug abstellte.

Der Himmel war grau und es konnte jeden Moment zu regnen beginnen. Janina war froh, dass sie ihre Dienstmütze dabei hatte und setzte sie schnell auf. Ihr blondes Haar hatte sie darunter wieder zum Pferdeschwanz zusammengebunden.

Dann schwärmten die drei aus und grasten das Areal um den Oderteich Quadratmeter für Quadratmeter ab. Hier hielten sich zum gegenwärtigen Zeitpunkt kaum Menschen auf.

Janina ging ein Stück in den Wald hinein. Zunächst glaubte sie, ihren Augen nicht trauen zu können. Doch es gab keinen Zweifel. Da auf dem sandigen Waldboden mitten zwischen mächtigen Wurzeln lag ein Mobiltelefon, ein Smartphone.

Die Uniformierte rief ihre Kollegen herbei, die sehr schnell zur Stelle waren und sich erfreut darüber zeigten, nicht mehr weitersuchen zu müssen.

»Hätten wir das gesamte Ufer rund um den Oderteich allein nach dem Handy absuchen sollen?«, fragte Janina jetzt die Kollegen, aber eigentlich mehr sich selbst.

»Anruf hätte genügt und eine Hundertschaft wäre zur Stelle gewesen«, trommelte Schlüter und baute sich in pubertärer Pose vor der jungen hübschen Kollegin auf.

Sie hatten einfach Glück gehabt.

Hauptkommissar Bergmann zog eine keimfreie Tüte aus seiner Jackentasche und verstaute das Handy darin.

»Was glauben Sie?«, fragte Janina neugierig.

»Menschen können ihr Handy verlieren. Aber dann sind sie meistens nicht auch selbst verschwunden«, gab Bergmann ihr zur Antwort.

»Annika Wuttke ist mit ihrer möglichen neuen Liebe hier zum Oderteich gefahren. Wenn sie an diesem Ort das Handy verliert, könnte es zur Auseinandersetzung, ja zum Kampf gekommen sein«, mutmaßte Janina.

»Der Täter hat vermutlich nicht bemerkt, dass ihr das Handy aus der Tasche gefallen ist«, stellte Bergmann klar.

Janina ließ ihre Blicke über das stille Wasser des Oderteichs schweifen. Ein unheimliches Gefühl der Beklemmung beschlich sie. Sollte hier das junge Leben der Frau Wuttke sein jähes Ende gefunden haben?

»Würden Sie Polizeitaucher für übertrieben halten?«, fragte Janina ihre Kollegen.

»Sie könnte auch irgendwo im Wald vergraben sein«, warf Schlüter seine Überlegung ein.

»Für wie wahrscheinlich halten Sie es, dass die vermisste Person tot ist?«, wollte Hauptkommissar Bergmann von seiner jungen Kollegin aus Harzburg wissen.

»Hängt es jetzt von meiner Antwort ab, wie hier alles weitergeht?«

»Eine Hundertschaft zum Durchkämmen des gesamten Gebietes und Polizeitaucher sind natürlich ein Kostenfaktor, der auf den Steuerzahler umgelegt wird. Doch das darf nicht der Grund sein. Wenn Sie sagen, wir sollen nach einer Frauenleiche suchen, dann rollt hier in Kürze alles an, was wir aufzubieten haben«, machte Bergmann der jungen Kollegin klar.

Janina war in einer Zwickmühle. Sollte sie die Pferde scheumachen? Sie dachte an die Schwester der Vermissten und das seltsame Zeichen, das die beiden Frauen verabredet hatten. Das war nichts. Daraus den Tod der Schwester ablesen zu wollen, konnte kein ernst zu nehmendes Argument sein.

Dann aber schob der Ehemann sich wieder in Janinas Gesichtskreis. Sie hatte ihn genau vor Augen. Und wenn er seine Frau hier getötet hatte? War es logisch, dass er die Polizei selbst auf diese Fährte hetzte? Wuttke schien wirklich besorgt zu sein. Janina musste tief in sich hineinhorchen. Was teilte ihr das Gewissen mit? Nur auf ihre Aussage kam es an. Allein darauf! Sie hatte die Antwort.

»Ich bin mir sicher, dass der vermissten Person etwas zugestoßen ist«, sagte sie aus tiefer Überzeugung. Bergmann nahm es ihr unbesehen ab und telefonierte sofort. Nun war es nicht mehr rückgängig zu machen. Die Polizeiaktion begann, die Kommandos würden in Kürze hier anrücken.

Rolf Benneis hatte andere Sorgen. Natürlich ließ er sich nicht nur pflichtgemäß bei seiner kranken Frau im Pflegeheim sehen. Durch dick und dünn war er mit ihr gegangen. Zwei Kinder hatten sie in die Welt gesetzt und zusammen groß gezogen und längst war eine Enkelin nachgewachsen und dabei, ihren Job als Polizistin unter seinen Fittichen zu lernen.

Seine Psychotherapeutin hatte das Eheversprechen infrage gestellt. Ihn quälte der Gedanke, ob sie dazu berechtigt gewesen war. Letztlich hatte aber Frau Doktor Angerstein nichts anderes getan, als das ausgesprochen, was Benneis durch den Kopf spukte. Natürlich war es unmoralisch. Es widersprach jedem Gebot christlichen Miteinanders. Und doch war er nicht der Typ, der den Rest seines Lebens nur noch einem Menschen gegenübersitzen wollte, der nie wieder auch nur ein einziges Wort sprechen würde.

Völlig apathisch lag seine Patricia im Bett und war auf fremde Hilfe angewiesen. Eher teilnahmslos sah sie ihn an.

Wie leicht hatten es Menschen, die durch den plötzlichen Tod voneinander getrennt worden waren? Sie waren frei. So dachte er manchmal und schämte sich sogleich wieder dafür. Er hielt sich für einen Gefangenen. Doch wie erging es seiner Frau, die auf Grund ihrer Krankheit in ihrem eigenen Körper gefangen gehalten wurde? Rolf Benneis fühlte sich schlecht, weil ihm klar wurde, dass die fremde neue Frau ihn nicht mehr loszulassen schien. Allein der Gedanke an sie vermochte die auf ewig geschworene Treue auszuheben. Bislang hatte er sich mit der ihm noch unbekannten Person nur E-Mails geschrieben. Doch innerlich brannte er, sie endlich kennenzulernen. Ihr gegenüber spielte Benneis mit offenen Karten. Sie wusste um seine Situation. Offensichtlich hinderte es die Dame nicht daran, einen Briefkontakt mit dem Kriminalbeamten zu pflegen. Ob seine besondere Situation letztlich für die beiden zum KO-Kriterium werden würde, müsste er abwarten.

Ein lange nicht mehr erlebtes Gefühl flammte in dem über Sechzigjährigen auf. Er kannte es nur zu gut. In jungen Jahren hatte es sich fest bei ihm eingebrannt. Es handelte sich um diese innere Unruhe, eine Rastlosigkeit, die einem sowohl den Sinn wie auch den Verstand zu rauben schien, weil sich alles auf einen einzigen Fixpunkt konzentrierte: eine Frau, deren Interesse geweckt worden war.

In einer Weise betrat der alternde Kriminalist Neuland. Er hatte diese Frau noch nie in seinem Leben gesehen. Nur über das geschriebene Wort war ihm bislang ein Zugang zu dieser fremden Person gelungen. Inständig wünschte er sich, dass sie eine gute Figur und ein niedliches Gesicht besäße.

Da winkte noch einmal ein Anfang mit all seinen Reizen, aber eben auch mit bestimmten Konsequenzen. Benneis besaß ja eine Frau. Mit jedem Schritt, den er in die von ihm gewünschte Richtung tätigte, marschierte er sehenden Auges auf die verbotene Tür zu. Würde er letztlich die Kraft verspüren, sie aufzustoßen und jenes Reich betreten, das ihm vielleicht verlockend zu Füßen lag, um ihn aber am Ende an den Rand der Hölle zu befördern?

Er saß vor dem heimischen Computer und starrte auf den weißen Bildschirm. Da war sie, die leere Seite, die ihrem Betrachter eine Ohnmacht aufnötigte, weil sie beschrieben werden wollte. Die Angst vor dem leeren Blatt klopfte wieder einmal bei ihm an. Aus fernen Schultagen war sie ihm wohlvertraut, wenn er einen Aufsatz schreiben musste und die leere Seite ihn fast erschlug, da er nicht wusste, wie er sie vollschreiben sollte. Wie konnte er der Unbekannten mitteilen, wo sie sich wann zum ersten Mal treffen könnten? Was sollten sie als Erkennungszeichen verabreden? Die obligatorische Rose kam ihm zu kitschig vor.

Dann wieder schob sich das Gesicht seiner Frau vor sein inneres Auge. Ihr Blick ermahnte ihn zur Zurückhaltung. Benneis wusste, dass das schlechte Gewissen Produkt seiner Erziehung war, die er als grundsätzlich gut empfand. Durch sie hatte er ein Wertesystem verinnerlicht, das ihm gerade in seinem nicht immer ganz einfachen Beruf Halt und Orientierung gab. Er wusste, dass er dabei war, alles zu verspielen und dachte an Adam und Eva im Paradies, wie sie der Versuchung nicht widerstehen konnten und von der verbotenen Frucht aßen. Der Mensch übertrat jede Grenze und schien immer bereit, alles aufs Spiel zu setzen. Er suchte stets sein Glück und fand nicht selten das große Leid.

Die Seite blieb leer. Benneis fuhr seinen Computer einfach herunter.

—

Janina Benneis hatte bei ihrem Freund und Kollegen Leon Färber übernachtet. Sie waren sich trotz gewisser Meinungsverschiedenheiten über Nacht wieder näher gekommen.

Janina empfand es als selbstverständlich, sich in Leons Wohnung als eine Art Hausfrau einzubringen und verlagerte ihren Wirkungskreis nach Verlassen des gemeinsamen Bettes sofort auf die Küche.

Leon schlummerte noch eine Weile vor sich hin, bis ihn der wohltuende Geruch von kochendem Kaffee aus seinen letzten Träumen holte und munter für den neuen Tag machte. Janina hatte in kürzester Zeit auf den runden Küchentisch ein appetitanregendes Frühstücksbuffet gezaubert, über das sich nun beide mit großem Genuss hermachten.

Verliebt schauten sich die jungen Leute dabei an. Ihre Gedanken kreisten offenbar um den Rausch der Gefühle, in den sie sich in der letzten Nacht gemeinsam hineingesteigert und dabei die Möglichkeiten ihrer Körper ausgereizt hatten, die ein intensives Liebesspiel aufkeimen lassen konnten.

Allmählich kehrten die beiden jedoch in den Alltag zurück und sprachen über den bevorstehenden Dienst.

»Ob sie die Frau gefunden haben?«, durchbrach Janina die Romanze am Frühstückstisch.

»Kaum. Ich glaube auch nicht, dass die tot ist. Die ist auf und davon, weil sie es bei ihrem Alten nicht mehr ausgehalten hat«, war Leon sich sicher.

»Bei ihrem Alten! Wie du redest. Das sind auch noch relativ junge Leute.«

»Ich glaube, du hast ein bisschen die Pferde scheugemacht.«

»Und wenn schon! Irgendwas müssen wir als Polizei doch schließlich unternehmen. Das erwartet der Steuerzahler zu Recht von uns.«

»Der Steuerzahler erwartet aber auch, dass wir mit den von ihm gezahlten Geldern sorgsam umgehen. So eine riesengroße Suchaktion kostet schließlich Geld. Und nicht gerade wenig.«

Skeptisch biss Janina in ihren Toast. Vielleicht war sie einfach noch zu jung. Möglicherweise glaubte sie zu schnell den Prophezeiungen des Bösen und ließ der Möglichkeit einer harmlosen Erklärung für das Rätselhafte zu geringen Spielraum.

Jedenfalls sollte es sich herausstellen, dass die Suchaktion am Oderteich buchstäblich im Sande verlaufen war.

Als die beiden im Kommissariat erschienen, konnten sie sich des Eindrucks nicht erwehren, als hätten ihre Kollegen nur im Flur auf sie gewartet, um ihnen mit ihren spöttischen Blicken zu zeigen, was sie vom Übereifer der jungen Kollegin hielten. Die Verliebten entzogen sich einer möglichen Rechtfertigung von Janinas Aktion, indem sie schnell in ihrem Büro verschwanden. Janinas erster Blick fiel auf das Faxgerät. Sie riss das Blatt ab und las laut vor, was die Kollegen der Kripo aus Goslar schon am frühen Morgen übermittelt hatten. Die Tauchaktion war nach mehreren Stunden abgebrochen worden. Auch die Hundestaffel hatte beim Durchkämmen des Waldes nichts gefunden.

Leon fühlte sich in seiner Meinung bestärkt und Janina sah die Niederlage ein. Doch damit gab sie sich nicht zufrieden. Ihre Gedanken kreisten um die vermisste Frau, deren Handy am Ufer des Oderteiches gefunden worden war. Sie griff zum

Telefonhörer und war wenig später mit dem Kollegen Bergmann aus Goslar verbunden, den sie danach fragte, ob das Mobiltelefon von ihnen ausgewertet worden war.

»Eine Nummer war auffallend oft gespeichert. Wir haben das gecheckt. Ein gewisser Ole Ranke, Jahrgang 1985, gemeldet in Bad Harzburg, geboren in Wernigerode. Und dann mehrere Anrufe, bei denen die Nummer des Teilnehmers unterdrückt worden ist.«

»Ole Ranke. Sagt mir nichts. Aber wenn er in Wernigerode das Licht der Welt erblickt hat und nun in Harzburg lebt, dann ist er ja nicht weit gekommen in seinem bisherigen Leben«, sagte Janina ins Telefon.

»Wie man es nimmt. Was heute nur noch ein paar Kilometer sind, war einmal der Weg von einer in eine ganz andere Welt«, wusste der einige Jahre ältere Kollege darauf zu antworten.

»Schon. Aber der Mann war ja noch ein Kleinkind, als die Grenzen aufgingen.«

»Auf jeden Fall hat die vermisste Frau mit ihm häufig in telefonischer Verbindung gestanden, also SMS und so inklusive.«

»Sollten mein Kollege und ich mit dem Herrn mal Kontakt aufnehmen?«

»Schaden kann es ja nichts. Vielleicht hält sich die Dame ja dort auf und sucht schon verzweifelt ihr Handy, das ihr vielleicht bei einer Aktivität am Oderteich aus der Hosentasche gefallen ist«, antwortete der Kollege Bergmann mit einem Unterton von Spott in seiner Stimme.

Das wäre es! Janina hätte eine Hundertschaft Polizisten in Bewegung gesetzt, um eine Frau zu finden, die sich möglicherweise mit ihrem Liebhaber vergnügt und dabei ihr Telefon verloren hatte. Sie versprach dem Kollegen, sich um die Angelegenheit zu kümmern und legte den Hörer auf.

Auch Leon grinste sie so spöttisch an. Die junge Polizistin fühlte die Verachtung, die aus seinem Gesichtsausdruck sprach. Immer stärker wuchs das Gefühl in ihr, einen Fehler aus übereifrigem Handeln begangen zu haben. Trotzdem spukte der Name Ole Ranke ihr durch den Kopf und sie wollte dem Herrn einen Besuch abstatten. Notfalls auch allein!

Rolf Benneis betrat schwermütig das Büro und Janina fürchtete, dass es ihrer Großmutter schlechter ging. Von den wahren Gefühlen ihres Großvaters ahnte sie nichts.

Benneis schaute teilnahmslos aus dem Fenster. Als seine Enkelin ihn auf die vermisste Frau ansprach, schien er überhaupt nicht zu wissen, worüber sie redete.

»Eine vermisste Frau?«, sah er Janina völlig entgeistert an.

»Ich habe derentwegen gestern den ganzen Oderteich abtauchen lassen.«

»Kind!«, rief er ermahnend aus.

Sie drehte auf dem Absatz um und lief in ihr Büro, wo sie die Tür laut hinter sich zuknallte. Dann setzte sich Janina an ihren Schreibtisch und schmollte. Ein bisschen fühlte sie sich im Augenblick gerade wie ein Kleinkind. Die beiden Männer auf ihrer Dienststelle, von denen der eine ihr Großvater und der andere ihr Freund war, wuchsen vor ihrem inneren Auge und drohten sie zu ersticken. War es wirklich eine gute Idee, wenn das Berufliche und das Private so eng miteinander verwoben waren? Sie dachte an Versetzung. Hier konnte sie nie erwachsen oder emanzipiert werden. Hier war sie Hausfrau oder Enkelin, aber keine Polizistin, die für Recht und Ordnung zu sorgen hatte.

So beschloss Janina, den besagten Telefonteilnehmer allein aufzusuchen und in der Angelegenheit weiter zu ermitteln. Es war ihr Fall. Wenigstens dachte sie das. Noch war die vermisste Person nicht wieder aufgetaucht. Die Tatsache, dass man sie nicht gleich tot aus dem Oderteich gefischt hatte, besagte ja noch längst nicht, dass sie trotzdem tot und Opfer eines Verbrechens geworden sein konnte.

Das Haus jenes Mannes, zu dem die vermisste Frau in jüngster Zeit einen regen Telefonkontakt unterhalten hatte, stand zurückgesetzt hinter den Reihenhäusern einer Anwohnerstraße des Harzstädtchens.

Janina betrat mit ihrer Uniform bekleidet das Grundstück, nachdem sie den Polizeiwagen davor abgestellt hatte. Sie wusste sich von einigen Blicken begleitet, die Menschen hinter ihren Gardinen erheischten. Ganz offensichtlich gehörten Polizeibeamte nicht zu den üblichen Besuchern in dieser Gegend. So empfand Janina das Verhalten der Nachbarn als eine nachvollziehbare Neugier.

Sie schaute kurz auf ihre Armbanduhr, bevor sie die Hand zum Klingelknopf neben der mächtigen Eichenholztür führte. Zweifel, ob zu dieser frühen Stunde überhaupt jemand zu Hause war, kamen der jungen Beamtin. Nicht zu Unrecht, wie sie schon bald merkte, denn ihr Läuten verhallte im Haus und blieb ungehört.

Janina schloss daraus, dass der oder die Bewohner vermutlich zur Arbeit waren, was den Eindruck einer gewissen Normalität vermittelte. Da nur der Name *Ranke* auf dem Namensschild neben der Klingel stand, war für die Polizistin nicht ersichtlich, wie viele Personen in diesem Haus leben mochten.

Als sie sich umdrehte und wieder fortgehen wollte, sah sie in das Gesicht einer älteren Frau, die hinter dem Zaun im Vorgarten eines Nachbargrundstücks stand. Sofort bemerkte die junge Beamtin, dass es sich um keinen Zufall handelte. Die Frau musste sie bereits beobachtet und ihretwegen das Haus verlassen haben, weil sie den Kontakt zu der unerwarteten Besucherin suchte.

Janina blieb unaufgefordert stehen und sah die Frau mit Cordhose und Strickjacke neugierig an. Diese lächelte verlegen und wusste offensichtlich nicht, was sie sagen oder mit welchen Worten sie das Gespräch eröffnen sollte. Also übernahm Janina diesen Part.

»Guten Tag. Vielleicht können Sie mir ja helfen…?«

»Oh ja. Gerne«, gab die Frau zur Antwort und wirkte dabei bereits aufdringlich.

»Wie gut kennen Sie Ihre Nachbarn?«

»Herrn Ranke? Da wohnt sonst keiner, seit seine Mutter gestorben ist.«

»Und ist Herr Ranke jetzt zur Arbeit?«

»Keine Ahnung. Der macht sowieso nie die Tür auf. Da können Sie klingeln, bis Sie schwarz werden.«

»Hat das irgendeinen Ihnen bekannten Grund?«, zeigte sich Janina etwas ratlos über diese Antwort.

»Vielleicht sollte da öfters mal die Polizei vorbeikommen und nach dem Rechten sehen«, sagte die Nachbarin demonstrativ und zeigte mit dem Finger auf das Haus von Ranke. Dann drehte sie sich auf dem Absatz um und marschierte in Richtung ihrer Haustür, die sperrangelweit offenstand. Wortlos verschwand die ältere, aber noch sehr rüstige Dame dann.

Janina hatte es geahnt. Diese Person war nur aus ihrem Haus in den Garten gekommen, um ihren offensichtlichen Frust über den Nachbarn an genau jener Stelle loszuwerden, die sie für die angemessene hielt, nämlich die Polizei. Doch nun fragte sich Janina, warum diese Frau sie indirekt dazu aufgefordert hatte, bei Ranke öfter mal vorbeizuschauen und nach dem Rechten zu sehen. Offensichtlich lebte die Nachbarin in der sicheren Annahme, dass mit Ranke irgendetwas nicht zu stimmen schien. Vielleicht ärgerte sie sich aber auch aus ganz banalen Gründen über ihn und empfand es als eine Art Wiedergutmachung, ihm einmal die Staatsmacht auf den Hals hetzen zu können.

Janina besah sich Rankes Haus noch eine Weile. Doch es tat sich nichts. Auch bewegte sich keine Gardine, hinter der sich jemand zu verstecken suchte, um aber trotzdem nach draußen sehen zu können.

Die junge Polizistin ging zu ihrem Auto zurück und stieg ein. Ranke lebte also allein und schien keinen geregelten Alltag zu haben. Da er niemandem die Tür öffnete, pflegte er vermutlich keine gesellschaftlichen Kontakte. Ein Einzelgänger! Doch warum telefonierte eine jüngere Frau mit diesem Mann so häufig und verschwand dann spurlos von der Bildfläche? Aus alledem wurde Janina nicht schlau.

Für schlau hielt sie es nun doch, ihren Großvater zu fragen, neben dessen Schreibtisch sie sich setzte, nachdem sie in die Dienststelle zurückgekehrt war.

Benneis schien sich ohnehin gerade gelangweilt zu haben. Seine Enkelin fragte sich manchmal, ob er überhaupt noch arbeitete oder nur auf seine Pensionierung wartete, indem er die restliche Zeit bloß noch körperlich anwesend war. Doch er hörte ihr wenigstens aufmerksam zu bei der Schilderung des eben von ihr Erlebten.

»Glaubst du an ein Verbrechen?«, fragte er sie schließlich.

Janina wollte nicht wieder vorschnell sein und antwortete zögerlich.

»Ja und nein.«

»Menschen verschwinden auch in Deutschland immer mal wieder. Manche tauchen nie wieder auf, andere erst nach vielen Jahrzehnten, aber die meisten innerhalb von 24 Stunden. Ich hatte auch mal so einen Fall vor vielen, vielen Jahren. Ebenfalls eine junge Frau, die spurlos verschwand und nie wieder aufgetaucht ist.«

»Bis heute nicht?«

»Nein. Wenn sie noch lebt, dann ist sie heute etwa so alt wie ich jetzt. Ihr Mann ist damals von hier weggezogen. Einmal im Jahr kommt er zurück nach Harzburg. Dann besucht er mich jedes Mal. Immer wieder fragt er mich, ob ich irgendein Lebenszeichen von seiner Frau bekommen oder vielleicht ihre sterblichen Überreste irgendwo gefunden habe.«

»Noch heute? Wie lange ist das her?«

»Dreißig Jahre. Die Grenze stand noch. Sechs Kilometer östlich von hier war die Welt für uns zu Ende.«

»Und hast du ein schlechtes Gewissen dem Mann gegenüber, wenn er nach so vielen Jahren immer noch kommt und nach seiner Frau fragt?«

»Jedes Mal macht er mir mein Versagen deutlich. Ich bin Bulle und konnte im entscheidenden Moment doch nicht helfen.«

»Betrübt dich das?«

»Ein bisschen. Es zeigt uns unsere Grenzen. Vielleicht schlägst du jetzt auch so eine Akte auf und machst sie irgendwann mit dem Stempel *ungeklärt* darauf wieder zu. In dreißig Jahren steht der Ehemann von heute wieder vor dir und fragt dich, ob es was Neues gibt.«

»Aber hat dir denn damals kein Kollege von der Kriminalpolizei aus Goslar geholfen?«, zeigte sich Janina verwundert.

»Na klar haben die einen rübergeschickt. Aber der Mann war Alkoholiker und hat nichts gebacken gekriegt«, lautete die Antwort von Rolf Benneis.

»Ja, hast du das denn nicht gemeldet?«

»Sollte ich das Kollegenschwein sein, wenn es kein anderer vor mir getan hat? Warum sollte ich den Mann vollständig ruinieren? Das hat doch der Alkohol schon besorgt.«

Nachdenklich sah er aus dem Fenster und Janina fielen zum ersten Mal seine tiefen Falten in der fast zu Leder gegerbten Haut auf, die durch das hereinfallende Sonnenlicht stark hervorgehoben wurden. Es sprach eine Resignation, ja Verzweiflung aus ihrem Großvater. Janina glaubte, etwas für ihn tun zu müssen.

»Ich helfe dir, Opa. Wir kramen die Akte von damals wieder vor und schauen mal, ob wir nicht doch eine neue heiße Spur finden. Im Gegenzug hilfst du mir bei meinem aktuellen Fall. Ich gebe mich nicht so schnell geschlagen. Menschen verschwinden nicht einfach. Es gibt immer eine Vorgeschichte. Und offensichtlich auch eine Nachgeschichte, die in deinem Fall schon dreißig Jahre dauert.«

»Was soll der Quatsch? Nach dreißig langen Jahren findest du rein gar nichts mehr. Aber ich kann dir gerne bei deiner Geschichte helfen. Wir schicken Herrn Ranke eine Vorladung. Dann muss er sein Haus verlassen und sich zu uns bemühen. Ansonsten hätten wir dann eine andere Möglichkeit, ihn aus dem Haus zu zwingen. Wir benötigen dringend seine Zeugenaussage in einem Fall. Schauen wir mal, was dann passiert.«

»Super. Das ist doch schon was. Und jetzt die Akte von damals.«

»Die habe ich um 1990 herum den Kollegen aus Goslar mitgegeben. Da wird sie wohl irgendwo im Keller herumhängen«, sagte Benneis mit seufzendem Tonfall.

»Mit den Kollegen stehe ich ja im Kontakt wegen der aktuellen Vermisstensache. Die sollen mir mal die Akte ausbuddeln. Wie hieß die Frau von damals?«

»Kerstin Flöthe.«

»Du hast den Namen nie vergessen, nicht wahr?«

»Nein. Wie hätte ich das auch können? Sie war eine hübsche Frau, Anfang dreißig. Ihr Mann hat mir immer voller Stolz die Fotos gezeigt. Eins ist in der Akte. Ein Jammer, so jung so eine hübsche Frau auf so rätselhafte Weise zu verlieren«, sagte Benneis gedankenversunken vor sich hin.

Er hatte resigniert. Vermutlich damals schon. Sein Versagen hatte er nie verwunden. Es klebte pechschwarz wie Teer an seinen Schuhen.

Im selben Augenblick war die junge aufstrebende Polizistin von dem Wunsch beseelt, beide Frauen finden zu wollen. Sie sah darin einen Weg, aus dem muffigen Harzburg hinauszukommen und irgendwo in einer Großstadt die Beförderungsleiter besteigen zu können. Außerdem wäre es für ihren Großvater der krönende Abschluss seiner Berufslaufbahn, wenn er diesen ungelösten Fall nicht noch in den Ruhestand mit hineinschleppte.

Janina beschlich das Gefühl, dass ihr Großvater, den sie immer angehimmelt und verehrt hatte, nicht der war, für den sie ihn hielt. Ein Leben lang war er Bulle in diesem Nest geblieben. Janina empfand es so, wenngleich ihr der Harz sehr gefiel und Heimat für sie verkörperte. Benneis war nicht aus freien Stücken ein Verwurzelter. Er hätte seinen Job an einem anderen Ort vermutlich nicht geschafft. Er war ein Loser und er wusste es. Dieses Gefühl wollte ihm Janina nehmen. Ihr Großvater sollte von sich selbst den Eindruck haben, ein guter Polizist zu sein. Sie wusste, dass nicht sie von ihm lernen, sondern nur er von ihr lernen konnte, so absurd das auch klang. Doch die große Aufgabe bestand für Janina darin, alles so zu drehen, damit ihr Großvater sich in der Rolle des Lehrers glaubte. Geschickt musste sie ihn auf Dinge stoßen und sie ihm dann entlocken, wenn er glaubte, von selbst darauf gekommen zu sein.

Sie hatte ein Ziel. Um es zu erreichen, musste sie viele Unterziele in Angriff nehmen. Und sie fragte sich, ob sie in ihren jungen Jahren die nötige Kraft dafür besaß. Was ihr fehlte, war logischerweise Lebenserfahrung. Aus einem ihr nicht erklärbaren Grunde beabsichtigte sie, ihren Freund Leon nicht einzuweihen. Schon gar nicht würde sie ihm jene Wahrheit über ihren Großvater mitteilen, die sie gerade herausgefunden zu haben glaubte.

—

Nachdem Janina in der vergangenen Nacht in Bad Harzburg bei ihrem Freund genächtigt hatte, beabsichtigte sie, in der folgenden wieder in ihrem eigenen ‚Bettchen‘ zu schlafen. Sie hatte ihre Regel bekommen. Schlagartig wurde ihr nun klar, weshalb sie in der letzten Zeit einen Hang zur Depression, aber auch das Verlangen nach ausgiebigem Sex verspürt hatte. Zu einer Achterbahnfahrt der Gefühle lud ihr Körper sie meistens ein, bevor die einsetzende Periode für die üblichen Unterleibsbeschwerden sorgte.

Janina schaute auf das Datum in ihrem Handy, rechnete kurz zurück und fand, dass ihr Körper präzise wie ein Uhrwerk funktionierte.

Da sich Janina in Goslar eine kleine Wohnung genommen hatte, verabschiedete sie sich an diesem Tag vorzeitig aus Harzburg und verband mit ihrer Heimfahrt den dienstlichen Termin bei den Kollegen in der Nachbarstadt.

Das Büro dort roch ähnlich muffig wie das in Harzburg. Janina vermutete, dass alle Büros auf der Welt den gleichen Geruch versprühten, ähnlich den U-Bahnen, die aus jedem Schacht an jeder Stelle auf dieser Welt gleich rochen.

Der Kollege Bergmann empfing die junge Kollegin freudestrahlend. Der Anblick der hübschen Frau schien ihn aufzumuntern. Janina war mit weißem Sweatshirt, einer Bluejeans und weißen Sneakers bekleidet. Ihre Dienstuniform hatte sie in Harzburg abgelegt und dort in ihren Spind gehängt.

Kriminalkommissar Bergmann war ebenfalls mit einer Jeans bekleidet, trug aber schwarze Halbschuhe und ein braunes Sakko über einem bordeauxroten Shirt. Er hatte gekräuseltes Haar, das in Ansätzen noch schwarz, aber zum großen Teil bereits weiß war.

Nun nahmen die beiden in einer Sitzgarnitur aus schwarzem Leder Platz, die in einer Ecke von Bergmanns Büro platziert war. Janina bekam von ihrem Goslarer Kollegen einen Platz zugewiesen, auf dem sie seinem unaufgeräumten Schreibtisch den Rücken kehrte und nichts von der Unordnung dort sehen konnte.

»Haben Sie den Handyteilnehmer, mit dem die vermisste Frau in letzter Zeit häufig telefonischen Kontakt hatte, in der Zwischenzeit einmal aufgesucht?«, zeigte sich der Kollege aus Goslar interessiert.

»Schon. Aber da hat niemand aufgemacht. Wir probieren es jetzt ganz offiziell mit einer Vorladung«, gab Janina stolz zur Antwort.

»Von der besagten Frau fehlt aber weiterhin jede Spur?«, vergewisserte sich Bergmann.

»Leider ja. Mein Großvater hatte vor dreißig Jahren einen ähnlichen Fall. Er konnte ihn nie aufklären. Die Akte müsste hier bei Ihnen im Archiv sein.«

»Gut möglich.«

»Könnten Sie mir diese Akte freundlicherweise heraussuchen und zukommen lassen?«, bat Janina mit kullernden Augen.

»Vermuten Sie einen Zusammenhang zwischen diesem alten und dem aktuellen Fall?«

Völlig entgeistert sah Janina den Kriminalisten an. Sein offensichtlich erster Gedanke war der an eine Parallele. Da wäre die junge Polizistin niemals von selbst drauf gekommen. Sie wusste, dass sie noch sehr viel zu lernen hatte, und sprang gekonnt auf den Zug auf.

»Auch nach so langer Zeit wäre es doch immerhin möglich«, pflichtete sie Bergmann bei.

»Ein und derselbe Mörder, der nach dreißig Jahren zurückkommt und wieder mordet? Klingt eher unwahrscheinlich, ja hanebüchen.«

»Oder ein neuer Mörder, der in die Fußstapfen eines alten tritt«, gab Janina zu bedenken.

»Der mögliche Mord vor dreißig Jahren war aber ein Einzelfall. Das Verschwinden dieser Frau jetzt ist ebenfalls ein solitäres Ereignis. Ihre Überlegungen, junge Frau, gehen in Richtung einer Serie, die ich aber nicht erkennen kann.«

Er hatte sie auf die Parallele gestoßen. Vermutlich eine Routineaussage. Doch nun war es Janina, die ihr Können unter Beweis stellen wollte. Sie fühlte innerlich, dass ihr Großvater damals vermutlich nicht über den Tellerrand hinausgeschaut hatte. Dieses ungelöste Verbrechen jener Tage war von ihm gewiss nicht daraufhin abgeklopft worden, ob es vielleicht ein ähnliches in zeitlicher Nähe irgendwo im kleineren oder größeren Umkreis gegeben hätte. Doch genau das konnte gut möglich sein. Warum hatte ihr Großvater nie eine Leiche gefunden?

»Könnten Sie nicht mal in der zentralen Computerdatei nachsehen, ob es vor rund dreißig Jahren noch andere rätselhafte Verschwinden junger hübscher Frauen gegeben hat?«

»Vielleicht sollten wir erst einmal die Gegenwart abklopfen«, schlug Bergmann vor.

»Beides«, versuchte Janina ihren älteren Kollegen mit kullernden Augen zu überreden.

Er gab sich geschlagen, stand auf und bat Janina, ihn in

einen anderen Büroraum zu begleiten. Dort stand ein PC und es wirkte aufgeräumter. Beide setzten sie sich vor den Schirm und Bergmann fuhr den Rechner hoch. Dann dauerte es ein paar Mausklicks, bis sie klarer sahen. Doch Bergmann musste sich über Links wie durch einen Urwald hindurcharbeiten und des Öfteren Passwörter eingeben, bis ihnen schließlich eine Seite Einblick in die Vergangenheit verschaffte.

Die Akte Kerstin Flöthe war digitalisiert worden. Eine hübsche blonde Frau lachte die Polizeibeamten aus dem Computer heraus an. Sofort musste Janina an die Worte ihres Großvaters denken und konnte seinen Gram nachvollziehen, dass es ihm nicht gelungen war, den vermeintlichen Mörder dieser verschwunden Frau oder wenigstens ihre Leiche zu finden. Im Sommer des Jahres 1988 hatte sich das Unfassbare ereignet.

Bergmann scrollte weiter und stieß auf eine andere Seite.

»Hier, sehen Sie! Die Kollegen aus dem benachbarten Sachsen-Anhalt haben auch so einen ähnlichen Fall von damals digitalisiert. Im Sommer 1987 ist dort eine Frau spurlos verschwunden und nie wieder aufgetaucht. Auch bis heute nicht. Die sieht der Frau aus Harzburg etwas ähnlich. Auch Anfang dreißig, blond und hübsch.«

»Aus Wernigerode war die?«

»Ja. Aber zum Zeitpunkt ihres Verschwindens war das noch DDR. Wenn es sich bei diesen zwei Verbrechen um denselben Täter gehandelt haben sollte, müsste der aus der DDR in die Bundesrepublik ausgereist oder geflüchtet sein. So einfach war das nicht.«

»Trotzdem sticht es doch geradezu ins Auge.«

»Junge Frau. Sie kennen die Teilung Deutschlands nur aus den Geschichtsbüchern. Reimen Sie sich da jetzt nichts zusammen, was nie ein Gedicht werden kann. Die Gründe, weshalb Menschen in der DDR verschwunden sind, waren oft ganz andere. Flucht, Legenden wegen Stasi-Tätigkeit und, und, und. Das war eine andere Welt damals. Der Eiserne Vorhang war die Grenze zwischen NATO und Warschauer Pakt und zwischen

Kapitalismus und Sozialismus, zwischen Freiheit und Diktatur. Und dieses Monstrum verlief nicht weit von uns. Es teilte den Harz in zwei Hälften. Die andere war für uns unerreichbares Land. Ganz weit weg, obwohl so nah. An dieser Grenze mitten im Harz, am Dreieckigen Pfahl zum Beispiel, konnte man die Stille hören. Unheimlich, schaurig und manchmal auch abgeschieden schön, ja faszinierend. Als junger Bengel habe ich dort noch gestanden und nicht begriffen, warum da so eine Grenze war und wir nicht durch sie hindurch konnten und durften.«

»Sie wollen damit also sagen, diese Spur ist nicht heiß«, versuchte Janina ihn ein wenig in die Gegenwart zurückzuholen und seine Aussage zusammenzufassen.

»Ich lasse Ihnen die Akte Kerstin Flöthe zukommen. Ich glaube nicht, dass da heute nach so langer Zeit noch irgendwas ermittelt werden kann. Aber Mord verjährt ja nun einmal nicht. Von daher ist es legitim, immer mal wieder in alte Akten hineinzuschauen. Manchmal tritt ja doch noch irgendwas zutage«, seufzte Bergmann und schien selbst nicht so recht an das zu glauben, was er da sagte.

Dann scrollte er in die Gegenwart zurück und stellte fest, dass es keinen vergleichbaren Fall eines Verschwindens irgendwo im Umkreis gab. Frau Wuttke war die Einzige weit und breit. Keine Serie!

»Die Familie ist die Institution, in der statistisch gesehen die meisten Verbrechen geschehen«, sagte Bergmann plötzlich in ruhigem sachlichen Tonfall.

»Was wollen Sie mir damit jetzt sagen?«, zeigte sich Janina verwundert.

»Nehmen Sie den Ehemann mal unter die Lupe.«

»Ihre Zahnbürste befand sich nicht mehr im Zahnputzbecher.«

»Das haben Sie schon ermittelt?«

»Allerdings.«

»Wenn der Gatte die Zahnbürste entsorgt hat, dann nur, weil er weiß, dass seine Frau sie nicht mehr benötigt. Das halte ich für eine heiße Spur, junge Kollegin. Dort sollten Sie ansetzen.«

Sie verblieben so miteinander, dass Janina den Kollegen aus Goslar auf dem Laufenden halten sollte und er ihr die Akte Kerstin Flöthe zukommen lassen würde.

Als sie das Polizeirevier in Goslar verließ, durchkreuzten allerlei Gedanken ihren Kopf. Es war ihr deutlich geworden, dass sie einen ganz konkreten Fall zu bearbeiten hatte, der sich möglicherweise als Mord entpuppen würde. Für den Fall hatte ihr Kollege Bergmann die Bildung einer Mordkommission mit der Unterstützung weiterer Kollegen aus dem Umkreis in Aussicht gestellt. Doch dafür war es im Augenblick noch zu früh.

Sie hatte nicht mehr genügend Tampons und ihr Kühlschrank glänzte durch gähnende Leere. Ihr Auto hatte sie im Parkhaus abgestellt. Darum brauchte sie sich nicht zu sorgen. Also spazierte Janina durch die Fußgängerzone von Goslar und ließ sich treiben. Das eine oder andere Geschäft betrat sie dann, um die nötigen Einkäufe zu tätigen.

Vermutlich hatte sie am Ende mehr als notwendig gekauft und der nächste Kontoauszug würde wieder ein Minus vor dem angeführten Geldbetrag aufweisen. Doch das kratzte sie im Augenblick nicht. Mit ihren prall gefüllten Einkaufstüten ging sie in Richtung Parkhaus.

Janina erreichte das Parkdeck, in dem sie ihren Wagen abgestellt hatte. Ihr fiel auf, dass sie mutterseelenallein auf dieser Etage war. Und doch beschlich sie ein ungutes Gefühl. Plötzlich schoss ihr ein Gedanke durch den Kopf, den sie bis hierhin erfolgreich verdrängt hatte. Bereits in der Fußgängerzone war er ihr aufgefallen. Da folgte ihr ein Mann. Der ging auch mit ihr zusammen in das Parkhaus hinein, stellte sich aber nicht am Kassenautomaten an, sondern eilte über die Treppe nach oben. Janina hingegen hatte den Aufzug benutzt.

Nun beschlich sie das ungute Gefühl, dass sich dieser Mann irgendwo hinter einem Pfeiler verstecken und ihr auflauern könnte. Angst stieg in Janina auf wie ein Nebel auf der

Wasseroberfläche eines idyllischen Waldsees. Sie spürte ihr Herz klopfen und rang nach Luft. Eine nicht sichtbare Gefahr schien sie zu umgeben. Irgendwo auf diesem Parkdeck lauerte das Feindliche mit erschütternder Geduld und wartete, bis Janina ihm nahe genug kommen würde. Dann schlüge es gnadenlos zu.

Sie hielt inne und versuchte Geräusche jeglicher Art zu vermeiden. Es war jetzt absolut still. Nichts regte sich. Fürchtete sich Janina vor einem Phantom? Wäre ihr Freund Leon jetzt bei ihr, hätte er sie vermutlich ausgelacht. Ihre Gedanken kreisten darum, wie Leon sich über ihren Großvater lustig gemacht hatte, weil der in psychiatrischer Behandlung war.

Trotzdem wünschte sie sich im Augenblick nichts so sehr wie die Anwesenheit ihres Freundes. Ach, könnte er doch nur durch die Tür kommen und sie beschützen! Doch das war illusorisch.

Wo war der rätselhafte Mann abgeblieben? Wurde Janina überhaupt von ihm verfolgt oder spielte ihre Phantasie mit ihr ein grausames Szenario?

Sie sah und hörte nichts. Wie lange sollte sie mit ihren Einkaufstüten noch im Halbdunkel des Parkhauses stehen bleiben? Atmete da nicht jemand schwer? Oder war es Einbildung, ausgelöst durch den Angstzustand?

Stimmen. Endlich Stimmen. Die Tür wurde geöffnet und ein Paar mittleren Alters betrat das Parkdeck. Janina holte tief Luft und ging nun auf ihr Auto zu. Das Pärchen ging in eine andere Ecke. Ihre Stimmen wurden leiser. Schnell öffnete Janina den Kofferraum, warf die Tüten hinein und setzte sich in ihr Auto. Hastig verriegelte sie es von innen. Dann startete sie den Motor und fuhr aus der Parklücke. Langsam tastete sie sich vor und erschrak zutiefst. Wie aus dem Nichts tauchte eine männliche Gestalt vor ihrem Auto auf. Der Lichtkegel ihrer Scheinwerfer streifte das Gesicht des Mannes, der einen Hut trug. Mit bohrendem Blick sah er Janina im Vorbeifahren in die Augen. Es gruselte sie. Diesen Mann hatte sie in der Fußgängerzone bemerkt. Er musste ihr nachgegangen sein. Wie lange hatte er sie bereits ausspioniert, sodass er wusste, wo im Parkhaus sich ihr Auto befand? Ganz klar war er ihr bis hierhin gefolgt und dann vorgelaufen, um oben auf sie zu warten. Das Pärchen, in dessen Windschatten Janina zu ihrem Auto geeilt war, hatte sie möglicherweise gerettet. Aber wovor? Wer war dieser Mann und was für Motive trieben ihn?

Janina fuhr nach Hause, verstaute ihre eingekauften Sachen und rief ihren Freund an. Sie wollte seine Stimme hören. Warum, verriet sie ihm nicht. Aber es verschaffte ihr eine innere Ruhe.

Janina versuchte sich das Gesicht des Mannes aus der Parkgarage einzuprägen. Am nächsten Tag wollte sie den Polizeicomputer daraufhin checken. Vielleicht war das Gesicht ja der Polizei bekannt und es hatte einen Namen. Für heute sollte es genug sein. Ziemlich bald legte sich die junge Polizistin schlafen.

———

Schweißgebadet wälzte Janina sich an diesem sonnigen Morgen in ihrem völlig zerwühlten Bett. Albträume hatten sie durch die halbe Nacht begleitet. Überall stand der Mann mit dem Hut plötzlich vor ihr und stach mit einem scharfen Messer auf sie ein.

Den Wecker am Morgen empfand sie als eine Art Befreiungsschlag. Janina stürzte regelrecht aus dem Bett und überzeugte sich in Windeseile davon, dass sich niemand in ihrer Wohnung aufhielt, der sie bedrohte. Es war alles nur geträumt. Anders als am Vortag frühstückte sie heute nach der morgendlichen Dusche in ihrer Wohnung ganz allein. Sie schrieb aber eine SMS an ihren Freund Leon, in der Janina ihm mitteilte, dass sie später im Büro erscheinen würde, da sie zuvor zwei dienstliche Termine auswärts wahrzunehmen hatte. Eine Antwort von ihrem Freund erhielt Janina nicht. Entweder hatte er die Nachricht nicht gelesen oder er hielt es für unnötig, sie zu kommentieren.

Die junge Polizistin telefonierte zunächst mit Wuttke und danach mit dessen Schwägerin Lisa Havy. Beide waren zu Hause und zeigten sich mit einem Besuch von der Polizeibeamtin einverstanden. Annika Wuttke war noch immer nicht wieder aufgetaucht und die Möglichkeit eines Verbrechens wurde jetzt immer wahrscheinlicher. Diese traurige Gewissheit wurde zum Antriebsmotor für die junge Polizistin an diesem Morgen. Plötzlich war sie von dem einen Gedanken beseelt: Sie durfte keine Zeit mehr verlieren. Eile schien geboten.

Als Janina Benneis eine halbe Stunde nach dem Telefonat schließlich an der Haustür von Lisa Havy klingelte, war sie zivil gekleidet und mit ihrem Privatwagen vorgefahren. Ihre Dienstuniform hing ja im Spind in der Dienststelle, wo auch das Polizeiauto abgestellt war. Dort wollte Janina erst später aufkreuzen.

Lisa Havy lebte in einer Etagenwohnung in einem Mehrparteienhaus. Janina schaute auf den Namen neben dem Klingelknopf, den sie gerade betätigen wollte. Doch da wurde die Tür auch schon geöffnet. Ein freundliches Lächeln erwartete die Besucherin und sie fühlte sich willkommen, als sie hereingebeten wurde.

Lisa Havy ging voraus und bat die Polizistin, ihr ins Wohnzimmer zu folgen. Die beiden Frauen setzten sich über Eck an den ovalen Wohnzimmertisch, von dem aus sie durchs Fenster auf einen Spielplatz in der Wohnanlage schauen konnten. Geräusche von tobenden Kindern drangen durch das schrägstehende Fenster zu ihnen herauf. Lisa Havy war mit einer hellen Bluse, Jeans und Flip-Flops bekleidet. Ihre mittelblonden Haare waren ein wenig zerzaust und tanzten auf ihren Schultern.

»Haben Sie irgendetwas von meiner Schwester gehört?«, eröffnete sie aufgeregt das Gespräch.

Janina schüttelte wortlos mit dem Kopf und wirkte verlegen und schuldbewusst. Unweigerlich musste sie an ihren Großvater denken, der nach dreißig langen Jahren dem Mann der damals spurlos verschwundenen Frau nichts Tröstendes sagen konnte, wobei in so einem Fall auch die Todesgewissheit Trost spenden würde.

»Die Suchaktion am Oderteich hat leider zu keinem Ergebnis geführt«, gab Janina kleinlaut zu. »Wann haben Sie Ihre Schwester zum letzten Mal gesehen?«

»Vor genau vier Tagen. Vor drei Tagen haben wir noch miteinander telefoniert.«

»Hat Ihre Schwester einmal den Namen Ole Ranke erwähnt?«

»Nein. Der Name sagt mir nichts.«

»Sie haben aber gesagt, dass Sie annehmen, dass Ihre Schwester einen anderen Mann kennengelernt hat und dass die Ehe mit Lars Wuttke kaputt war«, vergewisserte sich Janina, die in diesem Augenblick ihre langen blonden Haare zu einem Pferdeschwanz hinter dem Kopf zusammenband.

»Ja. Aber einen Namen hat sie nicht genannt.«

»Ich habe mir notiert, dass Sie uns gegenüber ausgesagt haben, dass Sie Ihrem Schwager einen möglichen Mord an Ihrer Schwester zutrauen würden. Korrekt?«

»Na ja. Im Eifer des Gefechts sagt man schnell mal etwas Unüberlegtes. Jemanden eines Mordes zu bezichtigen, noch dazu den eigenen Schwager, ist vielleicht doch nicht ganz in Ordnung.«

»Sie distanzieren sich also von den Vorwürfen?«

»Finden Sie bitte heraus, was passiert ist. Ich möchte nicht in Teufels Küche kommen«, milderte Lisa Havy ihre Aussage ab.

»Gut. Dann nehme ich das jetzt so zu Protokoll. Haben Sie noch etwas, das Sie mir sagen möchten?«

Lisa Havy überlegte einen Augenblick. Doch dann schüttelte sie mit dem Kopf. Daraufhin verabschiedete sich die Polizistin und wünschte noch einen schönen Tag.

Als sie über den Hof des Wohnblocks ging, sah sie die Mütter am Spielplatz sitzen und sich unterhalten, während die

Sprösslinge unbeschwert im Sandkasten spielten und die wohlige Wärme der Augustsonne genossen.

Sie würde weiterfahren zu Lars Wuttke und ihn bitten wollen, ihr den Computer seiner Frau mitzugeben. Vielleicht gab er Aufschluss über die letzten Tage und Stunden vor ihrem Verschwinden.

Lars Wuttke hatte sie schon einmal besucht. Janina erkannte gleich alles wieder und es kam ihr vertraut vor. Sie ging durch den Vorgarten auf das Reihenhaus zu und stutzte. Irgendetwas war anders als beim letzten Mal. Einen Augenblick stand Janina etwas orientierungslos in diesem Vorgarten und schaute ziellos um sich. Ihre Blicke mochten sich zwischen frisch gemähtem Rasen und Zierpflanzen aller Art verirren. Liebevolle Pflege hatte man dem Garten angedeihen lassen. Bei ihrem letzten Besuch durchschritt sie ein völlig ungepflegtes, heruntergekommenes Gartenstück.

Janina ging weiter bis zur Haustür und klingelte. Lars Wuttke öffnete und hieß die Besucherin herzlich willkommen. Er war leger sommerlich gekleidet und wirkte fröhlich und ausgelassen.

Als Janina ihn nach dem Computer seiner Frau fragte, ging er kurz fort. Die Polizistin vernahm Geräusche aus einem der hinteren Zimmer, die sie vom Flur aus nicht einsehen konnte. Kurz darauf kehrte Wuttke zurück und drückte Janina den PC in die Hand.

»Hoffentlich finden Sie etwas«, sagte er.

»Was sollte ich finden, das Sie noch nicht gefunden haben?«

»Ich kenne die Passwörter meiner Frau nicht. Ich hoffe, Sie können sie entschlüsseln.«

»Das hoffe ich auch. Haben Sie eine Freundin oder eine Affäre?«

»Was soll die Frage?«

»Haben Sie den Garten so schön wieder hergerichtet?«

»Nein. Aber unser Gärtner. Ein Pole. Falls Sie das Finanzamt einschalten möchten, wir haben alles ordnungsgemäß angemeldet.«

»Das hatte ich nicht vor.«

»Wie soll es denn nun weitergehen?«

»Ich denke, wir werden eine Sonderkommission einrichten und die Angelegenheit mit Ihrer Frau als offiziellen Fall behandeln. Ein Staatsanwalt wird als Leiter der Ermittlungen eingeschaltet werden.«

»Und was soll das bringen?«, zeigte sich Wuttke ungeduldig.

»Polizeibeamte dürfen keine Versprechen abgeben. Trotzdem versichere ich Ihnen, dass wir alles erdenklich Notwendige unternehmen werden, um Ihre Frau zu finden. Tot oder lebendig. Außerdem werden wir die Medien jetzt einschalten und um Unterstützung bitten. Also es wird in der Zeitung und im Fernsehen über das Verschwinden Ihrer Frau berichtet werden. Ich hoffe, Sie sind damit einverstanden«, sagte die Polizeianwärterin.

»Ja, natürlich. Glauben Sie, dass meine Frau noch am Leben ist?«, brannte es dem Ehemann unter den Fingernägeln.

»Ehrliche Antwort?«

»Ich bitte darum«, sagte Wuttke.

»Nein«, gab ihm Janina zur Antwort und verließ mit dem Computer in der Hand das Grundstück der Wuttkes.

Das Wetter war umgeschlagen und die Sonne hinter dicken grauen Wolken verschwunden, aus denen jetzt unaufhörlich Regen fiel.

Janina holte den Computer von Annika Wuttke aus dem Kofferraum ihres Wagens und hatte nichts griffbereit, womit sie das technische Gerät hätte abdecken können, um es so vor dem unaufhörlichen Niederschlag zu schützen. Sie musste sich einfach beeilen.

Die beiden Männer in der Dienststelle, ihr Großvater und ihr Freund, dachten überhaupt nicht daran, Janina vielleicht behilflich zu sein. Sie musste mit dem Ellenbogen die Türklinke herunterdrücken, da sie den Computer in beiden Händen hielt. So brachte sie ihn schließlich ins Polizeirevier, um ihn dann in ihrem Büro auf dem Fußboden abzustellen.

An Leons Blicken erahnte Janina schon, was er sogleich an Kommentaren zum Besten geben würde, die vermutlich so überflüssig wie ein Kropf wären.

»Erspar dir alles, was auch immer du jetzt sagen möchtest!«, knallte sie ihm gegen den Kopf, noch bevor er einen einzigen seiner Gedanken in Worte hatte kleiden können. »Und vielen Dank für deine unschätzbare Hilfe«, fügte sie dann in ironischem Tonfall noch hinzu.

Leon schüttelte mit dem Kopf und positionierte seine Hände in Abwehrhaltung.

»Jetzt bin ich wieder schuld, oder wie? Du schickst mir einfach eine SMS, in der du mir mitteilst, dass du heute später ins Büro kommst. Ohne Angabe von Gründen selbstverständlich. Ob es was zu tun gibt, interessiert dich offenbar nicht. Dein Großvater und ich werden es schon richten. Dann läufst du hier mit schwerem technischen Gerät auf und erwartest auch noch, dass wir es dir abnehmen und in dein Büro tragen.«

»Also dein Freund hat recht, Janina. So nicht! Es wäre wirklich hilfreich, wenn wir auch weiterhin ein Team bleiben und du uns in deine Entscheidungsprozesse miteinbeziehen würdest, anstatt uns vor vollendete Tatsachen zu stellen«, stand ihr Großvater Leon bei, was dem eine innere Genugtuung verschaffte.

»In Ordnung. Habe verstanden. Wir werden jetzt die Kollegen aus Goslar um Amtshilfe ersuchen, damit wir hier eine Sonderkommission oder meinetwegen auch eine Mordkommission zusammenstellen können. Außerdem müssen wir einen Staatsanwalt einschalten«, sagte Janina sehr bestimmend.

»Und warum, bitteschön?«, echauffierte sich Leon. »Sind wir drei nicht genug? Und warum eine Mordkommission? Mach doch bitte bloß nicht so einen Aufriss, Kleines.«

Wütend sah sie ihren Freund an.

»Janina hat recht. Wir können die Vermisste nicht mehr einfach länger ignorieren«, versuchte Rolf Benneis die Fronten zu entschärfen.

»Da hörst du es, Leon«, sagte Janina mit stolzgeschwellter Brust in unüberhörbar schadenfreudigem Tonfall.

»Noch ist dein Großvater hier der Boss. Aber seine Tage sind ja bereits gezählt«, zischte Leon.

»Danke, dass du mich daran erinnerst. Eigentlich finde ich es schön, dass mein Ruhestand sichtbar nahe gerückt ist. Aber wie du es sagst, klingt es verächtlich. Noch bin ich der Boss. Du, Leon, hast ja im Augenblick als Einziger von uns dreien eine Uniform an. Die Ampel in der Ortsmitte ist ausgefallen. Fahr mal dort rüber und regele den Verkehr!«, wies Benneis seinen Untergebenen an.

»Bei dem Regen?«, ärgerte sich Färber.

»Du bist ja wohl nicht aus Zucker. Abmarsch, Herr Kollege!«

Leon Färber ließ alles liegen und stehen. Wortlos verließ er das Büro und ließ die Tür hinter sich lautkrachend ins Schloss fallen.

Benneis reckte seinen Hals und schaute aus dem Fenster seines Büros, wo er über den gesamten Parkplatz schauen konnte. Seine Enkelin dachte, dass er sich vergewissern wollte, ob Leon auch wirklich den Anweisungen folgte und zu dem ihm zugewiesenen Einsatzort fuhr. Doch der Großvater senkte den Blick und schaute trübe vor sich hin. Irgendeine Laus war ihm wohl über die Leber gelaufen. Schließlich wandte er sich Janina zu und versuchte, ganz der Alte zu sein.

»So. Jetzt setz du dich mit den Kollegen aus Goslar ins Benehmen. Sie sollen sich beeilen und den Staatsanwalt gleich mitbringen«, gab er ihr grünes Licht.

»Dein Wort ist mir Befehl«, sagte seine Enkelin lächelnd. Sie ließ es sich ganz gewiss nicht zweimal sagen und verschwand in ihrem Arbeitszimmer, wo sie sich an die Strippe ihres Telefons hängte. Als sie gerade die Vorwahl von Goslar wählen wollte, klingelte es draußen an der Tür vom Polizeirevier. Sie hörte ihren Großvater auf den Knopf drücken und kurz darauf, wie jemand die Tür öffnete. Da Janina im ersten Moment dachte, es wäre Leon, der noch einmal zurückkäme, weil er etwas vergessen hatte, legte sie den Telefonhörer wieder beiseite und kam aus ihrem Büro gelaufen. Doch schnell merkte sie, dass es ein Besucher war, der offensichtlich zu ihrem Großvater wollte. Janina ging zurück, ließ aber die Bürotür offen, um das Gespräch zwischen dem Besucher und ihrem Großvater belauschen zu können. Sie luchste durch die offenstehende Tür und konnte abwechselnd ihren Großvater und den Besucher sehen, da sich beide bewegten.

Benneis verzog keine Miene und wirkte bedrückt, als er in das fade Gesicht des weißhaarigen Mannes blickte, der ihn nur anstarrte und es offenbar nicht für nötig hielt, etwas zu sagen.

»Sie sehen müde aus«, hörte es Janina dann aber doch plötzlich aus dem ihr fremden Mann herausplatzen.

»Ich bin müde. Meine Frau ist seit zwei Jahren ein Pflegefall, wie Sie ja wissen. Ich habe mein letztes Dienstjahr vor mir und da darf ich langsam müde werden. Finden Sie nicht?«, versuchte ihr Großvater sich zu rechtfertigen.

Allmählich ahnte Janina, wer dieser Besucher war. Ihr Großvater hatte ihn längst erwartet und vielleicht doch gehofft, ihm nicht unter die Augen treten zu müssen.

»Dieses Jahr sind Sie früh dran«, stellte Benneis fest.

»Ich hatte auf schöneres Wetter gehofft. Wie Sie sehen, war es ein Trugschluss.«

»Das Wetter wird irgendwie immer schlechter. Da ist kein rechter Verlass mehr drauf.«

Dann schwiegen sich die beiden älteren Herren wieder eine Weile an.

»Irgendwas Neues von meiner Frau, Benneis?«, holte der Besucher zu seiner alles erschlagenden Frage aus.

»Sie wird seit dreißig Jahren in Frieden ruhen.«

»Nehmen Sie an. Wissen Sie aber nicht, Kommissar. Selbst wenn meine Frau die dreißig Jahre in Frieden ruhen sollte, wird sie aber gewaltsam dorthin befördert worden sein. Ich glaube nicht, dass ihr Mörder mit ihr zimperlich umgegangen ist.«

»Wir wissen bis heute nicht, ob es diesen Mörder überhaupt gibt.«

»Weil Sie schlampig ermittelt haben. Sie sind ein mieser kleiner Bulle, der seinen Job nur noch aus einem einzigen Grunde hat – weil Sie Beamter sind. Man kann Sie nicht loswerden. Der Staat muss Sie mit durchschleppen.«

»Vielleicht haben Sie recht. Bulle war möglicherweise eine falsche Entscheidung von mir. Als ich es bemerkt habe, war es zu spät.«

Janina konnte nicht glauben, was sie da hörte. Ihr Großvater begann damit, sich vor diesem Mann selbst zu zerfleischen. Dazu besaß er keinen Grund. Der Mann, was auch immer geschehen war, hatte nicht das Recht, ihn so zu behandeln. Sie kam aus ihrem Büro gelaufen und mischte sich ungefragt und nicht gebeten in das Gespräch der beiden Männer ein.

»Guten Tag. Mein Name ist Janina Benneis. Ich bin die Enkelin von Hauptkommissar Benneis und Polizeianwärterin. Leider haben wir aktuell einen ganz ähnlichen Fall wie den Ihren damals.«

»Ich möchte nicht, dass du dich in dieses Gespräch einmischst«, ermahnte sie der Großvater, der vor Wut puterrot im Gesicht anlief.

»Ich wollte deinem Besucher nur sagen, dass man kein schlechter Polizist sein muss, weil man eine Person, die spurlos verschwindet, niemals wiederfindet. Nicht einmal tot. Ungelöste Fälle gehören leider zum Polizeialltag dazu. Und Kriminalbeamte sind bei ihren Ermittlungen stets auf vollständige und korrekte Aussagen von Zeugen angewiesen. Hatte Ihre Frau, bevor sie verschwunden ist, Kontakt zu einem anderen Mann? Hatten Sie Eheprobleme?«, wollte Janina von dem Besucher wissen.

»Das ist jetzt so ziemlich das Letzte. Verstehe. Um das eigene Versagen zu kaschieren, drehen Sie den Spieß einfach um und wollen aus mir einen Schuldigen machen. Da trällern Sie ja wunderbar mit Ihrem Großvater im Korpsgeist.«

»Hat mein Opa Sie damals danach befragt?«

»Vielleicht ist er ein schlechter Polizist. Aber er war immer ein feinfühliger Mensch. Auf diesen absurden Gedanken wäre er nie gekommen, meiner Frau so etwas zu unterstellen. Am Ende bin ich noch der Mörder, oder wie?«

»Janina!«, schrie Benneis.

»Wenn mein Großvater aus Feingefühl diese Möglichkeit nicht in Betracht gezogen hat, ist er wirklich kein guter Polizist. Da Mord nicht verjährt und Sie die Unverschämtheit besitzen und jedes Jahr aufs Neue hierherkommen, um meinen Großvater mit seinem offensichtlichen Versagen zu konfrontieren, sage ich Ihnen, dass ich in Kürze in dem Mordfall Ihrer Frau wieder ermitteln werde. Die Akte habe ich bereits angefordert. Und nun frage ich Sie in dieser Angelegenheit, und Sie haben das Recht, die Aussage zu verweigern, wenn Sie sich selbst belasten würden oder einen Anwalt zu konsultieren. Hatte Ihre Frau damals einen Geliebten oder so ähnlich?«

Mit giftigem Blick sah Benneis seine Enkelin an. Der Besucher hielt sich die Hand vors Gesicht und schwieg. Benneis fürchtete ein Donnerwetter, das jetzt über sie alle hereinbrechen würde. Jedes Mal, wenn Flöthe hier gewesen und die obligatorische Frage nach seiner Frau losgeworden war, hatte er sich gut gefühlt. Es war ihm eine innere Genugtuung, wenn er den Hauptkommissar auf diese Weise demütigen konnte. Doch nun hatte seine Enkelin sich eingemischt und den verbitterten Mann ganz offensichtlich aus der Reserve gelockt. Benneis glaubte nicht, was nun geschah und wobei er Zeuge wurde.

Ungefähr eine Minute lang sprach kein Einziger auch nur ein Wort. Jeder fühlte, dass die Atmosphäre geladen war und es jede Sekunde zur Explosion kommen könnte. Dann brach es aus dem Besucher heraus.

»Ich hatte damals einen solchen Verdacht. Doch ich habe ihn verdrängt. Ich wollte das einfach nicht wahrhaben.«

»Und nicht selbst in die Schusslinie geraten. Die Unfähigkeit meines Großvaters, unbequeme, aber notwendige Fragen zu stellen, weil er nicht in Ihrem Gefühlsleben herumtrampeln wollte, kam Ihnen damals gerade recht. Heute halten Sie es ihm vor.«

Von dem alkoholkranken Kollegen der Kriminalpolizei aus Goslar war keine Rede. Vermutlich war dieser Mann damals gar nicht in Erscheinung getreten und hatte Benneis allein die Arbeit machen lassen, obwohl er kein Kriminalpolizist war und Amtshilfe dringend benötigt hätte.

Doch der hartnäckige ältere Mann war entlarvt. Endlich hatte es jemand gewagt, ihm eine klare Ansage zu machen und die ständig wiederkehrenden Vorwürfe zu entkräften. Flöthe wurde in diesem Augenblick klar, was er dreißig Jahre erfolgreich verdrängt hatte. Er sah Benneis fast reumütig an. Dann schämte er sich. Er rang nach Worten.

»Mein Gott! Wie recht Sie haben, junge Frau. Benneis, ich glaube, ich muss mich bei Ihnen entschuldigen. Ich habe Ihnen Unrecht getan und Ihre Enkelin hat mir die Augen geöffnet.«

Benneis riss Mund und Nase auf.

»Ich habe Sie wirklich damals nie danach gefragt, ob Ihre Frau einen Liebhaber hatte?«, gestand er kleinlaut ein.

»Nein. Sie haben es vermutlich geahnt, dass es so war und wollten mir die Schmach ersparen. Und ich war froh, dass es nicht zur Sprache gekommen ist, weil ich meine Frau so in Erinnerung behalten wollte, wie ich das bis heute geschafft habe.«

»Eine Lebenslüge, durch die der Mörder möglicherweise damals entkommen ist«, sagte Janina mit großer Anstrengung im Blick.

»Junge Frau, Sie haben gesagt, dass Sie die alte Akte wieder angefordert hätten und im Fall meiner Frau die Ermittlungen möglicherweise wieder aufnehmen wollen?«, sagte Flöthe irritiert.

»Ich halte das für keine gute Idee«, meinte Rolf Benneis daraufhin.

»Ich glaube, ich auch nicht. Dann wird vielleicht nach dreißig langen Jahren noch schmutzige Wäsche gewaschen. Kerstin wäre heute über sechzig. Selbst wenn sie damals einen anderen gehabt und mich betrogen haben sollte, sie hätte das vermutlich bereut, ich ihr vergeben und wir wären längst wieder ein glückliches Paar geworden. Wem ist damit jetzt noch gedient?«

»Eben!«, fügte ihr Großvater hinzu. Und nun waren es die beiden älteren Herren, die im Korpsgeist sangen, als wenn sie gemeinsam ein Geheimnis hüteten. So kam es Janina vor.

»Der Wahrheit wäre gedient. Ausschließlich darum geht es. Ihre Frau hat sich damals mit einem anderen Mann getroffen. Vermutlich ihrem Mörder«, sagte Janina kategorisch.

»Und wie wollen Sie den nach so langer Zeit noch finden? Sie wissen ja nicht einmal, wo Sie nach der Leiche meiner Frau suchen sollen.«

»Ich werde Sie informieren, sobald ich Neuigkeiten für Sie habe oder ich Ihre Hilfe benötige. Bitte lassen Sie mir Ihre Kontaktdaten hier.«

Flöthe suchte etwas hilflos die Innentaschen seines sommerlichen Sakkos ab, das er trug, und fand schließlich eine seiner Visitenkarten, die er Janina in die Hand drückte. Sie hielt sie fest und verabschiedete sich höflich von dem Besucher. Ohne Auf Wiedersehen zu sagen verließ Flöthe die Polizeidienststelle.

»Du bist verrückt, völlig verrückt. Ja besessen.«

»Ich telefoniere jetzt nach dem Staatsanwalt und den Kollegen in Goslar. Wir haben zwei Mordfälle auf dem Schreibtisch.«

»Nein, haben wir nicht. An dem Fall von damals gibt es nichts mehr herauszufinden. Und deine Einmischung in meine Angelegenheiten empfinde ich als unmöglich. Das alles geht dich nichts an. Lass die Finger von den alten Geschichten. Es sind nicht deine.«

»Es ist ein Offizialdelikt und nicht deine Privatsache, Großvater«, antwortete ihm seine Enkelin demonstrativ und ließ ihn stehen.

In ihrem Büro führte sie die beabsichtigten Telefonate. Danach warf sie den Computer an und jagte haufenweise Fotos von polizeibekannten Männern über ihren Bildschirm. Janina wollte herausfinden, ob das Gesicht jenes unheimlichen Mannes aus dem Parkhaus in den Unterlagen ihrer Behörde auftauchte. Doch ihre Hoffnungen wurden enttäuscht. Sie stieß auf kein Foto, auf dem sie ihren vermeintlichen Verfolger vom Vortag wiedererkannt hätte. Allmählich verwarf sie den Gedanken, dass der Mann ihr nachgestellt habe. Vielleicht war es nur ein dummer Zufall gewesen!

Der Postbote kam freudig grüßend zur Tür herein und legte Briefe und Pakete auf den Tresen im Vorraum. Janina lief geschwind aus ihrem Büro dem Mann entgegen und nahm ihm die morgendliche Post ab. Sofort filterte sie die Akte Kerstin Flöthe heraus, die sie mit in ihr Büro nehmen wollte. Die restlichen Umschläge drückte sie ihrem Großvater in die Hand, der seine Enkelin missmutig anschaute.

»Nun sei doch nicht so stur! Eigentlich habe ich die Sache mit dem Cold Case doch nur deinetwegen angeleiert. Ich dachte, du magst es nicht, wenn der Fall nie gelöst wird«, versuchte Janina ihrem Großvater zuzureden.

»Flöthe und ich haben uns doch längst damit abgefunden, dass da nichts mehr zu machen ist. Einmal im Jahr kommt er hierher, um sich in Erinnerung zu bringen. Du hast ja gehört, dass es ihm auch nicht schmecken würde, wenn da jetzt alte Kamellen aufgewärmt werden und vielleicht noch schmutzige Wäsche gewaschen wird.«

»Ihr habt euch damals etwas zusammengelogen. Ihr wolltet die Wahrheit im Grunde gar nicht herausfinden.«

»Hätte er seine Frau dadurch zurückbekommen? Nein. Wenn sie schon verschollen blieb, sollte er sie wenigstens in guter Erinnerung behalten. Und dass sie einen Liebhaber hatte, ist nur eine Vermutung«, stellte Benneis klar.

»Dass sie ermordet wurde, auch. Aber irgendwas muss ja damals passiert sein, sonst wäre sie nicht auf Nimmerwiedersehen von der Bildfläche verschwunden«, war sich Janina sicher.

»Du willst also allen Ernstes die Akte von vor dreißig Jahren wieder aufschlagen.«

»Ich finde das spannend, Opa. Ich muss doch noch lernen.«

»Vor dreißig Jahren warst du noch nicht einmal auf der Welt, Kind.«

»Eben drum. Das macht die Sache ja so spannend für mich. Übrigens kommen gleich die Kollegen aus Goslar. Den Staatsanwalt bringen sie auch mit.«

»Ja. Aber der aktuelle Fall hat Priorität, verstanden?«

»Logo«, sagte Janina und verschwand mit der alten Akte in ihrem Büro.

Benneis sah auf seine Armbanduhr. Der Termin bei seiner Psychotherapeutin war erst in zwei Stunden. Allerdings fühlte der Hauptkommissar überhaupt kein Verlangen, in dieser Zeit noch den Kollegen aus Goslar und dem Staatsanwalt über den Weg zu laufen. Kurzerhand beschloss er, unter der Vorgabe eines Außentermins die Polizeidienststelle für den heutigen Tag zu verlassen. Sicherheitshalber schloss er seine Schränke ab, in denen er zuvor alle Unterlagen verstaut hatte. Es beschlich ihn das ungute Gefühl, als könnten sich die von seiner Enkelin herbeigerufenen Herrschaften für seine Arbeit interessieren, was ihm so gar nicht gefiel. Doch im selben Moment verwarf er den Gedanken wieder. Die Schränke blieben trotzdem verschlossen.

Benneis ging noch zu Janina ins Büro und teilte ihr mit, dass er fortmüsse. Er sprach ihr Mut zu, dass sie das alles auch ohne ihn hinbekommen würde. Sie solle ihren Freund Leon anrufen und von der Verkehrskreuzung ins Büro zurückbeordern.

Als er über den Hof zu seinem Auto ging, spürte er förmlich die Blicke seiner Enkelin, die ihn begleiteten. Was er nicht merken konnte, war die Traurigkeit, die Janina erfüllte. Die junge Frau plagte das schreckliche Gefühl, ihren Großvater in seiner Ehre verletzt zu haben.

Benneis war durch die Fußgängerzone von Bad Harzburg gebummelt und hatte sich in den Kaffeegarten eines Restaurants gesetzt, wo er einen Eisbecher mit Sahne verspeist und einen Cappuccino getrunken hatte. So verging die Zeit bis zu seinem Termin bei Frau Doktor Angerstein gefühlt schneller.

Nun saß er der Ärztin wieder gegenüber und überraschte sie mit einem unerwarteten Thema. Brühwarm erzählte er ihr alles, was sich am Vormittag dieses Tages auf seiner Dienststelle zugetragen hatte. Aufmerksam hörte ihm die Psychotherapeutin dabei zu. Benneis glaubte, eine Veränderung in ihrem Gesichtsausdruck wahrgenommen zu haben, als er von den beiden verschwundenen Frauen von damals und heute berichtete. Doch war sie bemüht, sich nichts weiter anmerken zu lassen und fragte den Hauptkommissar, was genau ihn bedrücke.

»Ich habe damals schlampig gearbeitet. Zunächst habe ich geglaubt, die Frau taucht wieder auf. Als ich ein Verbrechen nicht mehr ausschließen konnte, tat mir der Mann leid. Ich habe ihn nicht danach gefragt, ob seine Frau einen anderen Mann kennengelernt hatte. Aus seinen Schilderungen habe ich entnommen, dass seine Ehe glücklich gewesen war. Irgendwie konnte und wollte ich ihm das nicht nehmen. Und der Kollege von der Kripo aus Goslar hat mich einfach machen lassen und mir keine Tipps gegeben. Der Mann war stinkbesoffen.«

»Haben Sie das nicht Ihrem Vorgesetzten gemeldet?«

»Macht man so was? Ich nicht.«

»Was den Menschen in Ihnen ausmacht. Als Beamter haben Sie sicherlich einen schweren Fehler begangen. Kommt dieser Mann jedes Jahr zu Ihnen, um sich auf diese Weise zu rächen?«

»Das habe ich bis heute auch geglaubt. Doch dann hätte er eigentlich erfreut sein müssen, als er von meiner Enkelin erfahren hat, dass die Akte seiner Frau wieder aufgeschlagen wird.«

»Bleibt sie unauffindbar, kann er bis zu seinem Tod in der Gewissheit leben, dass seine Ehe glücklich und das Verschwinden seiner Frau ein Unglück war. Könnte er nicht sogar ihr

Mörder sein?«

»Man muss als Kriminalist immer in alle Richtungen ermitteln. So etwas nennt sich Routine. Aber in Wahrheit bedeutet es, aus einem Opfer einen Verdächtigen zu machen, weil man immer das Schlechteste denken muss und gar nicht anders darf. Für mich war er immer das Opfer eines ungeklärten Verbrechens. Meine Kollegen und ich haben damals alles in unserer Macht Stehende unternommen, um die arme Frau zu finden. Sie war so hübsch. Unfassbar so etwas! Doch wenn keinerlei Spuren sichtbar werden, stehen Sie hilflos vor dem Nichts. Heute gibt es DNA und operative Fallanalyse.«

»Herr Benneis, sehen Sie es doch als Chance, dass Ihre Enkelin versuchen möchte, etwas Licht in dieses dunkle Kapitel aus Ihrem Berufsleben zu bringen. Vielleicht findet sie ja irgendwas, das Ihnen und dem Mann der verschwundenen Frau so etwas wie Frieden bringen kann. Wenn sie tot ist, hätten Sie sie damals vermutlich auch nicht retten können«, war Frau Doktor Angerstein sich sicher.

Dann schaute die Psychologin wieder sehr betroffen aus und blickte aus dem Fenster. Unschwer erkannte Benneis, dass auch sie etwas bedrückte. Einen Augenblick schwieg sie und schien zu überlegen. Dann sprach sie langsam mit aller Vorsicht weiter. Es hatte für Benneis den Anschein, als fürchtete sie, etwas Falsches sagen zu können.

»Es gibt auch einen aktuellen Fall, haben Sie mir erzählt. Wiederum ist eine junge Frau spurlos verschwunden. Können Sie mir darüber etwas sagen? Ich meine..., ich..., also, nur, wenn es mit Ihrem seelischen Befinden zu tun hat, natürlich.«

Ihr Stottern klang für Benneis, als ginge es ihr in erster Linie nicht um seine Gesundheit, sondern um ein starkes Interesse ihrerseits, Informationen von ihm zu erhalten. Verwundert sah er seine Therapeutin an. Nun zögerte er, weiterzusprechen, sah aus dem Fenster und dachte angestrengt nach. Schließlich meinte der Hauptkommissar, die richtigen Worte gefunden zu haben.

»Ich wollte diese neuerliche Vermisstengeschichte gar

nicht so recht an mich herankommen lassen. Von daher bin ich ganz froh gewesen, dass meine Enkelin sich derart ins Zeug geschmissen hat. Ich möchte auf keinen Fall ein Teil dieser Sonderkommission werden. Ich bin kein guter Kriminalist. War es nie!«

»Haben Sie Hinweise auf einen Psychopathen, ja vielleicht auf einen Serienmörder?«

»Wie kommen Sie denn darauf?«, wunderte sich Benneis.

»Es handelt sich ein bisschen um meinen Beruf. Schon vergessen? Hübsche Frauen verschwinden doch nicht grundlos.«

»Damals wie heute hat es keine ähnlichen Fälle gegeben. Und zwischen diesen beiden Fällen liegen dreißig Jahre. Da gibt es auch keine wirklichen Gemeinsamkeiten. Bestenfalls Zufälle.«

»Na ja, Sie sind der Polizist. Ich bin Psychologin und frage mich einfach, ob es in den seelischen Abgründen der Männer nicht genug Motive für schreckliche Taten gibt.«

Warum fragte sie sich das? Diese Frage ließ den Hauptkommissar nicht mehr in Ruhe. Seine Psychotherapeutin stellte einfach als mögliches Tatmotiv kranke Seelen von Männern in den Raum. Wie kam sie darauf? Von den Ermittlungen der Polizei konnte sie doch überhaupt nichts wissen.

Benneis fiel auf, dass seine Therapeutin heute wenig sommerlich gekleidet war. Eine Strickjacke bedeckte ihre Schultern und Socken in Turnschuhen ihre Füße. Sie sah deshalb nicht unattraktiv aus. Doch Benneis glaubte, dass es ihr Freude bereitete, anderen Männern einiges von ihrem wohlgeformten Körper zu zeigen. An diesem Tag hatte es den Anschein, als bevorzuge sie es, nackte Haut vor Männern lieber zu verbergen.

Die beiden kamen nun auf das eigentliche Thema der Therapiesitzung zu sprechen. Es ging um die Gewissensbisse, die sich Benneis wegen seines gesteigerten Interesses an dieser verwitweten Frau machte, während seine Gattin pflegebedürftig ihre Zeit in einem Heim verbrachte.

»Haben Sie die Frau Ihres Begehrens denn nun schon getroffen?«, wollte sie von ihm wissen.

Darüber sprachen sie jetzt wieder eine halbe Stunde, in der Benneis der Sinn der Therapie ein wenig abhandenkam, da er keinen rechten Fortschritt erkennen konnte. Im Grunde traten die beiden auf der Stelle.

Um die Verfahrenheit der Situation etwas zu entwirren, lenkte der Hauptkommissar über zu seiner Enkelin, die vermutlich wirsch reagieren würde, wenn sie sähe, dass ihr Großvater sich mit einer anderen Frau träfe, während ihre Großmutter hilflos ans Bett gefesselt war.

Die Therapeutin versuchte ihrem Patienten einzubläuen, dass er endlich damit aufhören müsse, immer an die Reaktionen von anderen Menschen zu denken. Entscheidend seien einzig und allein seine Gefühle. Sich selbst sollte er es recht machen, nicht anderen. Grundsätzlich erkannte Benneis die Richtigkeit dieser Aussage. Dennoch fühlte er sich wie ein Schweinehund, wenn er diese egoistische Haltung einnehmen würde.

Wie immer am Ende einer Sitzung dankte er der Psychotherapeutin. Er wusste nicht, warum er sie das jetzt fragte.

»Haben Sie vor irgendetwas Angst?«

Erstaunt sah Frau Doktor Angerstein ihren Patienten an. Ihn beschlich das Gefühl, als fühlte sie sich enttarnt.

»Wie kommen Sie darauf?«

»Nur so ein Gefühl.«

»Sagen wir so. Dürfte ich mich auch mal vertrauensvoll an Sie wenden?«

»Gern. Immer. Sie haben also in der Tat ein Problem. Hat es mit einem Psychopathen zu tun?«

»Ich melde mich bei Ihnen.«

Mehr war aus ihr nicht herauszubekommen.

Benneis schlenderte nach Beendigung seiner Therapiesitzung gedankenversunken durch die Straßen von Bad Harzburg. Seine Gedanken kreisten um die rätselhaften Vermisstenfälle. Dann versuchte er sich auf die Frau zu konzentrieren, die er unbedingt kennenlernen wollte. Sie hieß Sybille. Eine Idee war ihm gekommen. Sie und er sollten zu einer bestimmten Uhrzeit in die Seilbahn zum Burgberg einsteigen. Oben angekommen würden beide als Letzte aus der Gondel aussteigen. So würden sie sich erkennen. Sybille wollte kein Foto von sich posten und Benneis akzeptierte es. Jetzt beabsichtigte er, ihr vom heimischen Computer eine Mail zu schreiben, in der er ihr das vorschlug. Doch zuvor wollte er noch bei seiner Frau vorbeischauen. Er fühlte, wie zwei Seelen in seiner Brust schlugen.

—

Staatsanwalt Behrendt war ein großer Mann mit unübersehbarer Leibesfülle. Das Sakko trug er stets offen, da er es über seinem gewaltigen Bauch nicht mehr zuknöpfen konnte. Die Faltenhose schloss nicht über dem Spann seiner braunen Halbschuhe ab, sondern lag auf ihnen und verdeckte die Schnürsenkel. Sie beulte sich an mehreren Stellen seiner dicken Beine unvorteilhaft aus. Behrendt hatte eine Halbglatze, einen grauen Vollbart und trug eine Nickelbrille. Er wirkte älter als die 48 Jahre, die er auf dem Buckel hatte.

Ziemlich unbeholfen stand er in Leon Färbers Büro und sah den beiden jungen Polizeibeamten dabei zu, wie sie den Raum leer räumten und alles Wichtige zu Janina ins Büro hinüberschleppten. Die Hauptkommissare Bergmann und Schlüter brachten Computer und andere Unterlagen von draußen herein und platzierten sie in dem freigewordenen Zimmer. Als alles so weit umgestellt worden war, setzte sich der Staatsanwalt in Gutsherrenmanier an den ihm zugewiesenen Schreibtisch.

Janina und Leon brachten Stühle aus ihrem Büro mit, während Bergmann und Schlüter sich auf die zwei Stühle setzten, die in Leons ehemaligem Büro verblieben waren.

Der Staatsanwalt hatte das Wort. »Meine Dame, meine Herren. Hiermit rufe ich die Sonderkommission ins Leben, die sich mit dem Schicksal der spurlos verschwundenen Annika Wuttke beschäftigen soll. Der Kollege Schlüter hat auf der Fahrt von Goslar hierher den Vorschlag gemacht, diese Sonderkommission *SOKO Annika* zu nennen. Ich finde das gut. So soll sie heißen. Als Staatsanwalt bin ich der Leiter des Ermittlungsverfahrens. Sie vier sind die zuständigen Ermittlungsbeamten. Sie unterstehen dem Innenministerium, ich dem Justizministerium. Somit ist der Parität von Rechts wegen genüge getan. Eine sinnvolle Ämterverteilung, wie sie der Herr Savigny im alten Preußen eingeführt hat. Ihm verdanke ich meinen Job. Seitdem gibt es den Staatsanwalt. Aber nun zu Ihnen. Ich lasse Ihnen bei den Ermittlungen freie Hand, erwarte aber regelmäßig Ihren Bericht und die Abstimmung mit mir bei weiterreichenden Schritten. Haben wir uns verstanden?«

Die vier nickten. Daraufhin klatschte der Staatsanwalt in die Hände und forderte die Polizeibeamten auf, keine weitere Zeit verstreichen zu lassen. Behrendt selbst wünschte nicht gestört zu werden. Er wollte Akten lesen. So zogen sich die Beamten der ins Leben gerufenen SOKO in Janinas Büro zurück.

Die Anwärterin für den Polizeidienst war sehr gespannt, wie ihre älteren und berufserfahrenen Kollegen in der Angelegenheit vorgehen würden. Sie hoffte ganz besonders, etwas für ihre eigene berufliche Qualifikation lernen zu können.

Der älteste der vier Kollegen, Hauptkommissar Bergmann, ergriff das Wort, woraus die anderen schließen mochten, dass er sich als Leiter der SOKO verstand, was der Staatsanwalt so allerdings nicht explizit geäußert hatte.

»Wenn ich das richtig sehe, gibt es drei Personen im unmittelbaren Umfeld der vermissten Frau. Das sind ihr Mann, ihre Schwester und der Unbekannte, mit dem die Vermisste kurz vor ihrem Verschwinden mehrfach telefoniert hat. Wir haben das Handy am Oderteich gefunden. Die Suche nach der Vermissten unter Wasser sowie an Land blieb erfolglos. Wir können daraus schließen, dass Annika Wuttke am Oderteich gewesen ist oder aber der Täter das Handy dort abgelegt hat, damit wir es finden und einer falschen Spur nachgehen. Fragen dazu?«

Janina zeigte sich erstaunt darüber, wie autoritär der Kollege vorging. Er dozierte und alle anderen hatten ihm wie unwissende Schüler zuzustimmen. Wer am Ende seiner Ausführungen auf derartige Weise zum Fragen ermunterte, wollte in Wahrheit nicht gefragt werden. Die anderen hatten es verstanden.

»Ist der Mann schon ermittelt worden, mit dem Frau Wuttke mehrfach telefoniert hat?«, wollte Bergmann wissen.

Jetzt war Janina gefragt und sie antwortete ihrem Kollegen, dass der Mann schriftlich vorgeladen wurde, da er seine Haustür nicht öffnete. Der Termin, an dem er bei der Polizei erscheinen müsse, sei aber erst am nächsten Tag.

Daraufhin verteilte Bergmann die Aufgaben. Mit seinem Kollegen Schlüter wollte er sich den Ehemann vornehmen, während Janina und Leon sich auf die Schwester der Vermissten stürzen sollten.

»Beide sind unsere Hauptverdächtigen. Sie dürfen nicht mit Samthandschuhen angefasst werden. Knallhartes Kreuzverhör. Herr Färber, kriegen Sie das hin mit Ihrer jungen Kollegin?«

»Ich denke schon«, gab Leon mit stolzgeschwellter Brust zur Antwort.

Janina dachte an ihren Großvater. Genau das hatte er vor dreißig Jahren nicht zugelassen. Ein Mann wendet sich Hilfe suchend an die Polizei, weil seine Frau verschwunden ist. Nach anfänglichem Spott erntet der Mann Verachtung vonseiten der Staatsmacht. Unweigerlich mutiert er zum Hauptverdächtigen. Weil er greifbar ist! Das konnte es doch nicht sein! Wo sollten die Ermittler ansetzen, wenn sie keine verwertbaren Spuren besaßen? Sie mussten nach jedem Strohhalm greifen und machten dadurch aus dem Opfer eines möglichen Verbrechens einen potenziellen Täter. Die klare Dienstanweisung hieß knallhartes Kreuzverhör.

Einen Augenblick verspürte Janina Sympathie für ihren Großvater und dessen Mitgefühl. Doch dann machte sie sich blitzschnell klar, dass es galt, Distanz zu wahren. Die Wirklichkeit
lehrte, dass in den meisten Fällen die Täter im unmittelbaren
Umfeld des Opfers zu suchen waren und dort gefunden wurden.

Also machten sie sich an die Arbeit.

———

Es war Rolf Benneis ein völliges Rätsel, wie Menschen Gefallen daran finden konnten, sich mit der vollbesetzten
Seilbahn auf den Burgberg bringen zu lassen. Vielleicht schätz-
ten die meisten die Auf- und Abfahrt ebenso wenig wie er und
zeigten sich nur erfreut darüber, nicht gelaufen sein zu müssen.
Trotzdem stellte diese verhältnismäßig kurze Fahrt in der ge-
schlossenen Kabine aus Holz für Benneis jedes Mal eine besondere Härte dar. Obwohl er als Harzburger schon unzählige
Male mit dem antiken Prunkstück auf den Berg hinaufgefahren war und es nie ernsthafte Schwierigkeiten gegeben hatte,
fürchtete er doch, dass die Bahn in schwindelerregender Höhe
plötzlich stehen bleiben könnte und er mit so vielen anderen
Menschen zusammengepfercht für unbestimmte Zeit im Winde schaukeln und auf Rettung warten müsste. Jedes Mal, wenn
er die Gondel wieder verlassen konnte, war er froh darüber, fes-
ten Boden unter den Füßen zu spüren. Es fiel ihm schwer, den
schönen Ausblick zu genießen, da er stets von dem schrecklichen Gefühl begleitet wurde, das ihm der Atem zugeschnürt
werden würde. Bei der heutigen Auffahrt sollte allerdings alles
anders werden.

Benneis hatte ein Date mit einer ihm bis dahin völlig unbekannten Frau, die er in der virtuellen Welt des Internets kennengelernt hatte.

Wieder einmal war die Gondel vollbesetzt. Doch irgendwo im Gedränge musste jene Frau stehen oder sitzen, die oben

angekommen als Letzte mit ihm aussteigen würde. Aufgeregt schaute der Hauptkommissar sich unter all den Fahrgästen um. Ihm fiel eine äußerst hübsche Frau ins Auge, die offensichtlich keinen Begleiter an ihrer Seite vorweisen konnte. Inständig hoffte er, dass genau diese Frau seine virtuelle Freundin war. Doch sein Pessimismus wies ihn gleich in die Schranken. Er ahnte, dass es am Ende anders kommen würde. Dort stand noch eine Frau ganz offensichtlich allein. Sie gefiel ihm überhaupt nicht. Die ganze Fahrt dachte er darüber nach, ob er sich für den wahrscheinlichen Fall dieses Desasters gar nicht zu erkennen geben sollte.

Die Gondel schaukelte lautlos zwischen den mächtigen Baumkronen in Richtung Bergstation. Nur als sie den Mast auf halber Strecke passierte, polterte und ruckelte es unheilvoll. Nachdem die Seilbahn die Fahrt bergauf problemlos zurückgelegt hatte und oben eintraf, atmete Benneis tief durch. Nun wurde es spannend.

Der Seilbahnführer öffnete die Tür, aus der die Menschen nach draußen drängten. Nur die besonders attraktive Frau schaute teilnahmslos aus dem Fenster und bewegte sich nicht vom Fleck. Die andere, die Benneis so hässlich fand, war schon als eine der Ersten nach draußen geströmt. Hässliche Menschen müssen immer die Ersten sein und sich in den Vordergrund drängen, dachte der Hauptkommissar bei sich. Er hatte es oft so erlebt oder einfach so empfunden.

Die Gondel leerte sich und nur diese hübsche dunkelhaarige Frau und er blieben zurück. Nun berührten sich ihre Blicke zum ersten Mal. Sie nickten einander zu wie alte Bekannte und begannen schließlich, ein wenig zu lächeln. Dann stiegen sie aus, wobei Benneis vorauseilte, um ihr von draußen beim Aussteigen behilflich zu sein, indem er ihr seinen Arm reichte.

Sie schien die alte Schule zu schätzen. Beide gingen aus der Bergstation der Seilbahn hinaus und entfernten sich ein paar Schritte von ihr. Dann blieben sie stehen und machten sich miteinander bekannt.

Benneis wirkte ein wenig verzaubert, weil er so viel Glück nicht zu hoffen gewagt hatte.

Sybille Keitel war schlank, trug eine Sonnenbrille und hatte schulterlange, fast schwarze Haare, unter denen ein weißes Halstuch im seichten Wind flatterte. Bekleidet war sie mit einer hellbraunen Lederjacke und Bluejeans. Sie wirkte mit ihren Stiefeletten auf Benneis wie der gestiefelte Kater, also ein märchenhaftes Wesen.

Die beiden verständigten sich gleich zu Beginn auf das freundschaftliche Du. Dann gingen sie gemeinsam ein Stück in den Wald hinein, wo sie sich auf vorgegebenen Wegen allmählich von der Seilbahnstation entfernten.

Ein Ziel verfolgten die beiden nicht. Irgendwann drehten sie einfach wieder um und gingen zum Ausgangspunkt zurück, wo sie mit der Seilbahn abwärts fuhren. Doch unten angekommen suchten sie ein Café im Kurpark, wo sie sich draußen an einen freien Tisch setzten und Kaffee und Kuchen bestellten.

Die unterschiedlichen Schicksalsschläge, die beide erlitten hatten, waren ein sehr zeitfüllendes Thema. Sybille war von einem auf den anderen Tag Witwe geworden. Rolf war nicht frei, doch interessierte sich für einen Menschen, mit dem er reden konnte. Seine neue Bekannte zeigte Verständnis für seine Situation. Er glaubte, dass sie ihn mochte, was ihm gefiel.

Irgendwann sprach sie über die Gefahren des Internets. Sie schien so ihre Erfahrungen als Frau auf Männersuche gemacht zu haben. Vielleicht begehrte sie deshalb einen etwas älteren Mann. Sybille erzählte plötzlich von einem deutlich Jüngeren, der auf ihr Inserat geantwortet hatte und sie unbedingt treffen wollte. Doch er schrieb von Anfang an sehr freizügig und offen über sexuelle Präferenzen, was sie irritierte und zurückstieß.

»War der Mann aus Harzburg?«, wollte Benneis wissen.

»Ja. Ich glaube nicht, dass ich die Einzige war, mit der er im Mailkontakt stand.«

»Na ja. Ich glaube nicht, dass du es nötig hast, dich mit solchen Typen zu treffen«, schlussfolgerte Benneis, was sie lächelnd bejahte.

Die beiden ließen den Nachmittag gemütlich ausklingen, versicherten einander, dass sie sich mochten und unbedingt wiedersehen wollten.

Als sie für heute auseinandergingen, sah Rolf seiner Internetbekanntschaft lange verliebt hinterher. Auch sie drehte sich noch einige Male um und winkte ihm zaghaft zu.

Dann kam das schlechte Gewissen. Selbstvorwürfe bohrten sich tief in seine Seele und er sah seine Patricia vor dem inneren Auge und glaubte, ihren vorwurfsvollen Blick zu spüren, dem er sich nicht entziehen konnte. Dann begann ihn die Frage zu quälen, was wohl seine Enkelin sagen würde, wenn sie erführe, dass sich ihr Großvater wie auf Freiersfüßen fühlte.

Er ging in die nächste Kneipe und schüttete sich mit reichlich Alkohol zu.

Lisa Havy sah die beiden Polizeibeamten in Uniform überrascht an, als sie vor ihrer Wohnungstür standen und darum baten, hereingelassen zu werden. Bei ihrem letzten Besuch war Janina Benneis zivil gekleidet gewesen. Die Schwester der Vermissten konnte sich daran sofort erinnern und sprach die junge Beamtin darauf an. Lisa Havy versuchte der Polizeianwärterin zu schmeicheln, indem sie ihr sagte, wie gut ihr die Uniform stünde. Nun bat sie ihre Besucher herein und ging ihnen voraus ins Wohnzimmer.

Janina erkannte sofort den ovalen Wohnzimmertisch wieder, an dem sie bei ihrem letzten Besuch mit Lisa Havy gesessen hatte. Diesmal setzten sie sich zu dritt darum herum. Spielkarten lagen verdeckt auf dem Tisch.

»Was wird das?«, fragte Janina.

»Ich lege die Karten und warte, bis sie mir etwas erzählen. Ich will wissen, wo meine Schwester ist.«

»Das möchten wir auch, Frau Havy. Aber wir fragen nicht

irgendwelche Spielkarten, sondern Sie«, sagte Leon Färber in unmissverständlicher Tonlage.

Seine Freundin und Kollegin Janina begriff sofort, dass er die Dienstanweisung von Bergmann sehr ernst nahm. Nur fürchtete sie, dass Lisa Havy vermutlich dichtmachen würde, wenn sie das Gefühl bekäme, von den Ordnungshütern bedrängt oder gar verdächtigt zu werden.

»Sie haben zuerst Ihren Schwager eines Verbrechens an dessen Frau, also Ihrer Schwester, bezichtigt und es dann nachher wieder zurückgenommen. Verarschen können wir uns alleine. Wir werden Sie jetzt vernehmen. Alles, was Sie sagen, kann später gegen Sie verwendet werden. Sie müssen aber nichts sagen, was Sie belasten könnte«, belehrte Leon Lisa Havy.

»Frau Havy, das, was mein Kollege Ihnen sagen möchte, ist die Rechtslage. Sie können auch einen Anwalt hinzuziehen«, versuchte Janina in beruhigendem Tonfall eventuell verloren gegangenes Vertrauen zurückzugewinnen.

»Ja. Ich habe mich in einen Widerspruch verwickelt. Nach einem ersten Anflug von Wut habe ich meinen Schwager beschuldigt. Doch das war Unsinn. Es entbehrt jeglicher Grundlage«, erklärte Lisa Havy die Situation.

»Sie haben Ihrem Schwager ferner unterstellt, seine Frau nach Strich und Faden betrogen zu haben«, fuhr Leon Färber fort.

»Auch das war gelogen. Die Ehe ging nicht mehr und meine Schwester war unglücklich darüber. Sie hat, so glaube ich, einen anderen Mann im Internet kennengelernt. Der schien sie glücklich gemacht zu haben. Meine Schwester hat gern mal etwas Neues ausprobiert. Sexuell, meine ich. Sie hat immer gesagt, das Internet ist der Markt der unbegrenzten Möglichkeiten. Dort war sie auf jemanden gestoßen, der von Anfang an sehr freizügig über die Dinge im Bett gesprochen beziehungsweise geschrieben hat.«

»Aber genau das birgt doch auch Gefahren«, gab Janina zu bedenken.

»Gefahren, die meine Schwester in Kauf genommen hat. Ihr Mann kann sehr ordinär werden. Entschuldigen Sie, wenn ich es jetzt auch werde. Aber vielleicht verstehen Sie dann die Situation meiner Schwester etwas besser.«

Lisa Havy sagte einen sehr unschönen Satz, den Ehemann Lars Annika an den Kopf geknallt hatte, nachdem sie mit ihm intim hatte werden wollen. Sie hatte es ihrer Schwester später berichtet.

Leon Färber drehte sich zur Seite und konnte sich das Lachen nicht mehr unterdrücken über die Direktheit und die grobe Wortwahl Wuttkes. Er täuschte einen Niesanfall vor.

Janina hingegen sah ein Mordmotiv. Ein Ehemann, der seine Frau verabscheut, weil er sie für zutiefst unanständig hielt. Oder aber der Unbekannte im Internet, der mit leeren Versprechungen lockte und in Wahrheit Tötungsabsichten verfolgte, vielleicht auch sexuell motiviert.

Janina musste wieder an ihren Großvater denken und an Flöthe, dem neue Ermittlungen nicht recht waren, weil er vielleicht genau solche Schweinereien befürchtete. Möglicherweise hatte er in einer vergleichbaren Situation gelebt.

Leon Färber schien sich beruhigt zu haben und nahm am Gespräch wieder teil.

»Wie war das Verhältnis zu Ihrer Schwester?«, wollte er wissen.

»Gut. Ausgesprochen gut.«

»Frau Havy, ich möchte gern auf das Zeichen zu sprechen kommen, das Sie mit Ihrer Schwester verabredet hatten«, sagte Janina.

»*Abraxas.*«

»Ich habe es nicht vergessen. Wenn Sie jetzt Karten legen und an Zeichen glauben, verlassen Sie ein bisschen den Boden der Realität«, gab die junge Polizeianwärterin zu bedenken.

»Das tut auch jeder Christ, der sonntags in einer Kirche im Glaubensbekenntnis die Worte spricht: *Ich glaube an die Auferstehung der Toten.*«

Wortlos schaute Leon seine Kollegin und Freundin an. Diese Antwort schien ihn zu erschlagen und er wusste nichts darauf zu sagen.

Janina erkannte seine Hilflosigkeit und überging die Angelegenheit. Sie lenkte zu einem anderen Thema über.

»Frau Havy, Sie haben mir gegenüber ebenfalls gesagt, dass Ihre Schwester Angst vor ihrem Mann hatte.«

»Das ist richtig. Das hing damit zusammen, weil er immer so ordinär werden konnte, was Annika verabscheut hat. Sie hat mir einmal gesagt: *Wenn du dann versuchst in seine Augen zu schauen, wenn er so am Toben ist, siehst du durch sie hindurch. Da ist kein Fixpunkt mehr.* Sie hatte Angst, dass er den Boden unter den Füßen verliert.«

»Wäre es zu einer Ehescheidung gekommen, hätte Ihr Schwager nichts bekommen. Richtig?«

»Auch das habe ich Ihnen gesagt. Ja. Das ist wohl richtig. Natürlich liegt eine Scheidung auf der Hand, wenn Eheleute sich mit anderen Menschen vergnügen. Ob das Thema Scheidung im Raum gestanden hat, entzieht sich meiner Kenntnis. Aber ich weiß, was Sie denken.«

»So? Was denke ich denn?«, sah Janina Lisa Havy etwas verwundert an.

»Natürlich müssen Sie das denken. Es handelt sich um ein klassisches Mordmotiv.«

»Nur um eine von vielen Spuren, deren Bewertung Sie bitte uns überlassen müssen«, gab Janina selbstbewusst zur Antwort. Diese Lösung schien ihr die unwahrscheinlichste zu sein, da sie ihr so schrecklich simpel vorkam.

»Hat Ihr Schwager einen polnischen Gärtner?«, wollte Janina nun von Lisa Havy wissen.

»Ja. Den hat meine Schwester noch besorgt.«

Janina fragte sie nach dessen Adresse, doch das entzog sich der Kenntnis der redseligen Dame.

»Als Ihre Schwester von Ihrem Schwager vermisst gemeldet worden ist, war der Vorgarten ein riesiges Durcheinander.

Wenig später sieht man ihn aufgemöbelt und herausgeputzt. Hätten Sie daran gedacht, Ihren Garten auf Vordermann bringen zu lassen, wenn Ihr Ehepartner spurlos verschwunden wäre?«, fragte Janina ungläubig.

Ihr Partner Leon zeigte sich überrascht, was seine Freundin alles zu fragen wusste.

»Ich weiß, dass Annika das mit dem Gärtner so abgesprochen hat, kurz bevor sie verschwunden ist. Sie selbst hat es quasi noch in Auftrag gegeben.«

Nun schien Janina alles gefragt zu haben und mit den Antworten fürs Erste zufrieden zu sein. Sie sah Leon eindringlich an, womit sie das Signal zum Aufbruch geben wollte, was er verstand.

Nach einer freundlichen Verabschiedung standen die beiden Polizisten auf dem Spielplatz vor dem Haus, der diesmal verwaist war.

»Findest du nicht, dass das Gründe genug sind, Lars Wuttke festzunehmen?«, fragte Leon seine Freundin und runzelte dabei die hohe Stirn.

»Ohne Leiche? Wir haben bestenfalls Indizien, die auf der Aussage der Schwägerin beruhen. Sie kann Wuttke Schaden zufügen wollen. Jeder mittelmäßige Anwalt würde den da sofort rauspauken. Außerdem nehmen sich unsere Kollegen Bergmann und Schlüter Wuttke vor. Warten wir mal ab, was die so aus ihm herauskitzeln.«

Leon Färber gab Janina Benneis recht. Doch die hörte nur noch mit halbem Ohr hin, was ihr Freund sagte, denn eine panische Angst ergriff sie. Ohne eine Erklärung zu haben, fühlte Janina, wie sie von irgendwoher beobachtet wurde. Zwei Augen waren deutlich auf sie gerichtet.

Während Leon locker und ungezwungen in die Richtung aufbrach, wo die beiden ihr Dienstfahrzeug abgestellt hatten, blieb Janina angsterfüllt zurück. Hastig drehte sie sich in alle Richtungen. Nun bemerkte auch Leon, dass irgendetwas mit ihr nicht zu stimmen schien. Besorgt kam er auf sie zu und fragte, was sie beunruhige. In diesem Augenblick wurde Janina klar, dass es keinen Grund für ihr Verhalten gab. Sie schien sich das alles nur eingebildet zu haben und offensichtlich Gespenster zu sehen. Doch der Unbekannte aus dem Parkhaus erschien vor ihrem inneren Auge. Durchbohrend sah er sie im Geiste an. Janina biss sich kurz auf die Lippe und versicherte ihrem Freund, dass alles in Ordnung sei.

Gemeinsam gingen sie nun zu ihrem Dienstwagen. Leon stieg auf der Fahrerseite ein. Janina blieb noch einen Augenblick vor der Beifahrertür stehen und schaute über das Wagendach hinweg in die hinter ihnen liegende Häuserfront. Da war nichts Auffälliges. Und doch hätte Janina schwören können, dass da etwas war. Eine Erklärung hatte sie nicht. Es blieb nur das unbehagliche Gefühl, aus irgendeiner verborgenen Ecke heimlich beobachtet worden zu sein. Sie stieg schließlich ins Auto und überging die Angelegenheit. Von dem unheimlichen Mann im Parkhaus und den dadurch in ihr ausgelösten Ängsten sagte sie Leon nichts.

———

Verwundert zeigten sich beide darüber, dass Bergmann und Schlüter den verdächtigten Ehemann offensichtlich mit in die Dienststelle gebracht hatten. Hinter verschlossener Bürotür führten die Kollegen eine knallharte Vernehmung durch. Janina und Leon hörten immer die verzweifelt klingende Stimme von Wuttke, der lautstark seine Unschuld beteuerte.

Rolf Benneis kam aus seinem Büro heraus und ging auf seine Enkelin und deren Freund zu.

»Warum haben sie ihn hierhergebracht?«, wollte Janina von ihrem Großvater wissen.

»Es macht Eindruck. Eine Vernehmung bekommt einen anderen Stellenwert, wenn sie nicht in deinen eigenen vier Wänden stattfindet«, wusste Benneis aus jahrelanger Berufserfahrung zu berichten.

»Es gibt allerdings einige nicht zu übersehende Verdachtsmomente gegen diesen Wuttke. Deine Großtochter hat aus dessen Schwägerin so einiges herausgekitzelt«, stellte Leon Färber klar.

»Verwandt und verschwägert. Was willst du damit anfangen?«, seufzte Rolf Benneis. Dann schaute er Janina eindringlich an. »Ich habe mir mal die Akte von damals auf meinen Schreibtisch geholt. Du hast da einen Zettel mit einer Notiz hineingelegt von einem ähnlichen Vermisstenfall ein Jahr zuvor in dem benachbarten Wernigerode, damals allerdings DDR.«

»Ja, Großvater. Es gibt ein paar auffällige Parallelen. Mehr aber auch nicht«, sagte Janina.

»Ist ja egal. Ich werde mal rüber fahren und mich bei den sachsen-anhaltinischen Kollegen erkundigen. Ist jedenfalls besser, als hier dem Verhör beiwohnen zu müssen, weil man alles durch die Tür hindurch hört, aber selbst als Herr im Hause ausgesperrt bleibt. Das kommt mir hier vor wie eine feindliche Übernahme. Die hohen Herrschaften aus Goslar und wir Trottel aus der Provinz.«

»Opa! Ich wohne in Goslar. Im Vergleich zu Hannover ist das auch Provinz. Die sollen sich hier nichts einbilden. Ich werde mal mit den Kollegen reden müssen, wenn sie Pause machen. Sie sollen Wuttke mit dem konfrontieren, was seine Schwägerin uns gesagt hat.«

»Ich merke schon. Das alles hier ist nichts für mich. Du selbst hast ja dafür gesorgt, dass der alte Fall von damals wieder aufgerollt wird. Also mache ich mich ganz offiziell an die Arbeit und fahre nach Wernigerode.«

Politik ist nicht immer eine für jedermann nachzuvollziehende Angelegenheit. So wurden nach der Wiedervereinigung eine Nordharzautobahn und eine Südharzautobahn beschlossen. Beide Trassen für Auto- und Lastverkehr wurden vierspurig ausgebaut und die Richtungsfahrbahnen durch Leitplanken räumlich voneinander getrennt. Doch nur die Südharzautobahn bekam blaue Verkehrsschilder und die Nummer 38, während die Nordharzautobahn mit gelben Schildern versehen und Bundesstraße 6n getauft wurde.

Vielen Verkehrsteilnehmern war die Regel fremd, dass auf vierspurigen Straßen mit räumlich voneinander getrennten Richtungsfahrbahnen zwar die Richtgeschwindigkeit bestehe, aber eine unbegrenzte Geschwindigkeit nicht verboten ist. Oft war Rolf Benneis damit konfrontiert worden, dass viele meinten, auf der B 6n sei nur eine Geschwindigkeit von einhundert Stundenkilometern erlaubt, da es sich eben um eine Bundesstraße und keine Autobahn handelte. Nun hatte die Politik beschlossen, die B 6, inzwischen ohne n, in Bundesautobahn 36 umzubenennen. Der Austausch der gelben gegen blaue Schilder kostete den Steuerzahler rund zwei Millionen Euro. Warum nicht gleich so oder warum denn jetzt? Politik eben!

Auch das knapp einen Kilometer lange Autobahnstück vor den Toren von Bad Harzburg war einst Bundesautobahn 395, bevor sie zur B 6 herabgestuft und nun zur Bundesautobahn 369 wieder heraufgestuft worden war.

Ob nun gelbe oder blaue Schilder – die Fahrt von Bad Harzburg nach Wernigerode verkürzte sich dadurch nicht.

Als Rolf Benneis das Vienenburger Dreieck passierte, dachte er daran zurück, wie hier früher einmal der Verkehr geflossen war. Im Bereich Vienenburg verlief die Autobahn keine fünfhundert Meter von der innerdeutschen Grenze entfernt.

Anlässlich der zehnten Wiederkehr der Vereinigung beider deutscher Staaten am 3. Oktober 2000 war die neue Straße bis Wernigerode für den Verkehr freigegeben worden. In den fünfzehn Jahren danach wurde sie bis zum Kreuz Bernburg verlängert und dort an die Bundesautobahn 14 angebunden.

Bevor es diese verkehrstüchtige Neubaustrecke gab, schlängelte sich der neu entstandene Ost-West-Verkehr über die alte zweispurige B 6, die damals an der Querung der Ecker durch die Zonengrenze gekappt worden war.

Das alles war inzwischen Geschichte. Nachgeborene würden sich die Realität der Teilung nicht mehr vorstellen können. Aus dem Kopf von Rolf Benneis ließ sie sich jedoch nicht mehr streichen. Grenze und Grenzöffnung waren so greifbar und präsent für ihn, als wäre das alles erst gestern gewesen. So verfiel auch er gelegentlich in denselben Singsang wie einst sein Vater oder seine Großmutter: »Wo ist nur die Zeit geblieben?«

Keine halbe Stunde, nachdem der Hauptkommissar in Bad Harzburg den Motor angelassen hatte, stellte er ihn auf dem großen Parkplatz vor den Toren von Wernigerode wieder aus und ging zu Fuß in die Innenstadt. Dort in der Fußgängerzone fand er das Polizeirevier, an dem er schon des Öfteren vorbeigebummelt war, wenn er dem niedlichen Nachbarstädtchen einen Besuch abstattete. Diesmal ging er dort hinein.

Eine Polizeibeamtin mittleren Alters und mit vollschlanker Figur kam ihm freundlich lächelnd aus einem Hinterstübchen entgegen. Sie trug ihr braunes Haar kurz und einem Herrenschnitt gleich.

»Womit kann ich dienen?«, fragte die Polizistin neugierig.

»Hauptkommissar Benneis. Ich bin ein Kollege aus Harzburg. Es geht um einen ungelösten Vermisstenfall aus dem Jahre 1987.«

»Da kommen Sie leider etwas zu spät. Denn die DDR ist drei Jahre später untergegangen.«

»Und die Akten dieses Falls gehören zur Erbmasse, die jetzt die Bundesrepublik am Hacken hat.«

»Was hat es denn auf sich mit dieser uralten Geschichte?«, wollte die Kollegin aus Wernigerode nun wissen.

»Ich hatte 1988 einen ähnlichen Fall in meinem Beritt. Routinemäßig werden die alten Akten ungelöster Kriminalfälle immer mal wieder aufgeschlagen und es wird nachgesehen, ob es nicht irgendwelche neuen Erkenntnisse gibt. Bei dieser Recherche habe ich festgestellt, dass es im nicht so weit entfernten Wernigerode damals einen ähnlichen Fall gegeben hat«, erklärte Benneis sein Interesse an dieser Geschichte.

»Ich war erst zwölf, als die Grenzen aufgingen. Aber so viel weiß ich. Vorher ist man nicht von uns zu Ihnen gekommen. Bad Harzburg war für uns Ossis unerreichbares Feindesland.«

»Trotzdem ist es immer wieder Menschen gelungen, den Eisernen Vorhang zu durchbrechen.«

»Sie meinen, ein Bösewicht ist in den Westen geflohen und hat sich dann dort weiter als Bösewicht betätigt?«, schlussfolgerte die Polizistin und kullerte dabei mit den Augen.

»Es ist ja nur eine Möglichkeit.«

»Aber sehr an den Haaren herbeigezogen, finden Sie nicht?«

»Wenn man Grund hat, aus der eigenen Dienststelle für ein paar Stunden abzuhauen, weil man es dort nicht aushält, ist nichts an den Haaren herbeigezogen.«

»Ach so sieht das aus. Man wollte Sie loswerden«, lachte die Kollegin, öffnete eine Schranke und bat den Kollegen zu sich herein.

Benneis folgte ihr ins Allerheiligste der Polizei von Wernigerode. Das Büro unterschied sich nicht wesentlich von seinem in Bad Harzburg. Dort saß noch ein Kollege, der ihm als Hauptkommissar Schneider vorgestellt wurde, während die Kollegin auf den seltenen Namen Meyer hörte.

Kommissarin Meyer erklärte ihrem Kollegen kurz den Grund für Benneis' Besuch. Da Schneider sich im gleichen Alter wie Benneis befinden mochte, begann der sofort laut nachzudenken, konnte sich aber nicht mehr erinnern.

»Wer weiß denn noch etwas? Ihr habt den Fall in den Polizeicomputer als ungelöst eingegeben«, sagte der Besucher aus dem Westen.

»Das will nichts heißen. Das kann reine Formsache gewesen sein. Aber wo sehen Sie denn eine Parallele zwischen zwei Fällen, die sich in damals zwei unterschiedlichen Welten zugetragen haben?«, fragte ihn der ostdeutsche Kollege.

»Sind sie wirklich so verschieden gewesen, diese zwei Welten oder diese zwei Deutschlands?«, zweifelte Benneis.

»Im Sozialismus hat es keine Kapitalverbrechen gegeben, müssen Sie wissen. Kapital hatten wir nur als Buch von Karl Marx. Wo nichts zu holen war, brauchte auch keiner einen Finger krummzumachen«, frotzelte der Kollege aus der Ehemaligen.

»Ich weiß. Der Wilde Westen, das waren wir. Aber ohne Scherz – vielleicht gibt es ja bei euch einen Kollegen, der damals mit dem Fall betraut gewesen ist und sich an irgendwas erinnern kann. Ich muss manchmal Zeit totschlagen. Auf einen Kaffee bei euch in Wernigerode ist das doch nicht die schlechteste Weise – oder?«

Der Kollege lachte. Ihm war natürlich klar, dass diese Ermittlungen in der Vergangenheit Alibifunktion besaßen, um sich vom Tagesgeschehen einfach mal loszusagen.

»Ich kenne da jemanden«, sagte Schneider plötzlich. »Aber der Kollege ist schon pensioniert. Hoffentlich ist er auch im Lande. Ich rufe ihn mal an.«

Benneis setzte sich so lange auf einen Stuhl und sah der Kollegin Meyer bei ihrer Arbeit zu. Schließlich beendete Schneider sein Telefonat und verkündete freudestrahlend: »Hauptkommissar in Ruhe Schwedt freut sich auf Ihren Besuch. Er wohnt nicht weit von hier.«

Mit schweißnassen Händen umklammerte Miriam Angerstein die Kopfstütze ihres Praxisstuhls. Zahlreiche Therapiegespräche hatte die Psychotherapeutin an diesem wolkenverhangenen Sommertag bereits geführt. Doch durch das bevorstehende war ihr der Schlaf in der vergangenen Nacht fast vollständig geraubt worden. Immer wieder hatte sich Miriam Angerstein mit quälenden Gedanken im Bett hin- und hergewälzt. Sie schwankte zwischen Abbruch der Therapie bei dem nun angemeldeten Patienten oder Offenlegung ihres Wissens über ihn vor Hauptkommissar Benneis unter Missachtung ihrer ärztlichen Schweigepflicht.

Vor ihr lag das Smartphone auf dem Tisch mit der angeklickten Internetseite *HarzNews*, auf der eingehend über den aktuellen Vermisstenfall berichtet wurde. Die Psychotherapeutin hatte den Text überflogen und wurde von dem schrecklichen Gefühl heimgesucht, dass es sich um ein grausames Verbrechen handele, für das ihr nächster Patient verantwortlich zeichnete.

Bei jedem seiner Besuche wurde ihr der Mann immer unheimlicher. Ihr fehlte offensichtlich die nötige Distanz und sie fragte sich, ob es ihr nicht möglicherweise auch an Professionalität mangele.

Miriam Angerstein sah nur eine Chance, den Mann erfolgreich zu behandeln. Sie musste ihm entlocken, ob es sich bei den Gedanken, die er ihr gegenüber äußerte, um wirres Zeug handelte oder aber um die schreckliche Wahrheit. War er ein Frauenmörder oder wäre er gern einer? Hatte er bereits zugeschlagen oder aber würde er es demnächst tun? So ging nach Auffassung der Psychotherapeutin eine Gefahr von dem Mann aus und sie spürte, wie ihr diese Tatsache den Atem raubte.

Wie würde sich der Mann ihr gegenüber verhalten, wenn sie ihn damit konfrontierte? Sie musste stets behutsamer mit ihm umgehen, da er sich von Therapiesitzung zu Therapiesitzung immer sicherer fühlte. Ziel der Behandlung konnte nur sein, ihn von möglichen Fehlverhalten abzubringen. Doch er schien Bestätigung für seine abstruse Phantasie finden zu wollen und fühlte sich bestärkt in dem Gedanken, dass seine verbrecherischen Absichten auf Akzeptanz bei seiner Therapeutin stießen, da sie sich nicht mehr traute, ihm zu widersprechen und alles Notwendige entgegenzusetzen.

Sie legte schnell ihr Smartphone beiseite und zitterte am ganzen Körper, als er den Raum betrat. Peinlich genau achtete die attraktive Frau darauf, dass ihre Kleidung jeden Zentimeter nackter Haut verdeckte, um keinesfalls sexuell anziehend auf den Mann zu wirken. Wie sehr wünschte sich Miriam Angerstein, dass Hauptkommissar Benneis jetzt in ihrer Nähe wäre.

Der Mann von Mitte dreißig stand selbstsicher im Raum

und setzte sich, ohne gebeten worden zu sein, auf den Stuhl, auf dem er immer saß. Dort machte er es sich sogleich bequem wie im heimischen Sessel und rekelte sich.

Miriam Angerstein hatte Mühe, ihre Abscheu ihm gegenüber zu unterdrücken. Ein Lächeln umspielte ihren Mund, als sie sich ebenfalls setzte und ihn nach seinem Befinden fragte. Er fühlte sich nach eigener Aussage blendend. Weshalb kam er in die Therapie, wenn er sich gut fühlte? Weil er eine Absolution von ihr für seine kranke Phantasie erhalten wollte.

Miriam musste sich davor in Acht nehmen, dass sich ihr der Magen nicht umdrehte. Zaghaft begann sie ihn zu fragen. Er verschränkte seine Arme und verfiel in Überheblichkeit. Von oben herab blickte dieser unheimliche Mensch seine Therapeutin an.

»Was ist mit Ihren Mordgedanken?«, fragte Miriam Angerstein ihn schließlich mit zittriger Stimme.

»Sie sind da. Ständig präsent. Ich weiß, ich muss es tun.«

»Haben Sie jemand Konkreten vor Augen?«

»Eine junge Frau. Eine ganz junge Frau. Sie ist blond.«

»Ist diese Frau real oder existiert sie nur in Ihrer Phantasie?«

»Nein. Sie ist real. Ich habe sie schon gesehen.«

»Sind Sie ihr nachgegangen?«

»Ich habe sie beobachtet.«

»So etwas nennt man heutzutage Stalking und das ist strafbar. Sie wissen das. Aber was wollen Sie mit dieser jungen Frau anstellen?«

»Ich höre Stimmen. Sie sagen, ich muss ihr Arme und Beine abtrennen und sie dann töten.«

»Warum vorher der grauenvolle Verstümmelungsakt?«

»Ich weiß es nicht. Helfen Sie mir! Woher kommt das denn?«, flehte der Patient seine Therapeutin an.

»Haben Sie es schon einmal gemacht?«

»Nein. Nein! Ich wollte es. Aber ich wollte es auch nicht. Ich will das nicht. Aber die Stimmen befehlen mir, dass ich es tun muss.«

»Sie haben also definitiv noch niemanden getötet.«

»Nein.«

»Aber Sie nehmen Kontakt zu Frauen übers Internet auf.«

»Ja. Ich inseriere dort. Es gibt Seiten, auf denen sich nur Menschen mit ganz speziellen Interessen treffen. Aber ich bin ein Fake. Ich will nur wissen, ob es Frauen gibt, die darauf anspringen.«

»Und? Gibt es sie?«

»Ja. Die gibt es.«

»Woher wissen Sie denn, dass es sich bei diesen Frauen, die Ihnen da antworten, nicht möglicherweise auch nur um Fakes handelt?«, wollte Miriam Angerstein nun von ihm wissen.

»Das weiß ich nicht.«

Er reagierte plump. Hatte er diese Möglichkeit etwa nicht ins Kalkül gezogen?

»Haben Sie die blonde junge Frau auch übers Internet kennengelernt?«

»Nein. Frauen im Netz sind keine Wirklichkeit für mich. Da übe ich nur.«

»Haben Sie Frauen, die Sie im Internet kennengelernt haben, je getroffen?«

»Nein.«

»Aber Sie haben Ihnen in Aussicht gestellt, sich mit ihnen zu treffen und das mit ihnen zu machen, was Menschen auf dieser Seite oder in diesem Chatroom anspricht, stimmt's?«

»So könnte man sagen.«

»Verraten Sie mir die sexuellen Vorlieben, um die es hier geht?«

»Nackthaltung, Versklavung und vieles mehr.«

Als Psychotherapeutin wusste Miriam Angerstein aus der Theorie über gewisse sexuelle Präferenzen Bescheid. In der Praxis allerdings konnte sie derartigen Vorlieben nur mit Widerwillen und Abscheu begegnen und hatte es schwer, Menschen ernst zu nehmen, die sich an derartigen Dingen zu erfreuen schienen. Ihre Toleranz hielt sich in Grenzen. Sie hätte im Prinzip auch nichts gegen diesen Mann und seine Phantasien gehabt, so schmutzig sie auch sein mochten, stünden da nicht die bestialischen Mordabsichten im Raum. Nein. Sie wollte nicht tiefer in die finsteren Abgründe dieser kranken Seele vordringen. Einen Therapieweg erkannte sie gleichsam nicht. Eigentlich wollte sie den Mann nur für immer loswerden. Aber wie?

Sie verspürte keine große Lust mehr, weiter in seine verkorkste Psyche einzudringen und ihn mit Fragen zu bombardieren. Eine Weile schwiegen sich Patient und Therapeutin an, bis er schließlich angsterfüllt die Frage in den Raum warf: »Ich kann mich doch darauf verlassen, dass Sie Schweigepflicht haben?«

»Natürlich habe ich die. Aber ich muss mich im Gegenzug auch auf Sie verlassen können. Sie haben mir die Wahrheit gesagt und noch keinen Menschen umgebracht?«

»Das stimmt.«

»Und Sie sind hier, weil Sie nicht zum Mörder werden wollen.«

»Sie sollen mir dabei helfen.«

»Warum leben Sie Ihre Sexphantasien nicht aus? Weshalb reißen Sie im Netz Frauen mit ähnlichen Vorlieben auf, nur um sie zu verarschen?«, fragte Miriam Angerstein mit ernsthaftem Interesse, da sie es nicht verstand.

»Ich habe Angst, dass ich dann töten werde.«

»Aber die Tötungsabsichten stellen sich doch bei den Frauen ein, die Sie im wirklichen Leben kennenlernen. Die Vorstellung von Sexspielchen ist doch etwas anderes bei Ihnen«, zeigte sich die Therapeutin verunsichert.

»Ich bin halt unsicher, ob sie dann nicht auch plötzlich über mich kommen.«

»Also bereitet Ihnen das Verstümmeln und anschließende Töten Ihrer Opfer sexuelle Lust, richtig?«

Er überlegte einen Augenblick. Dann nickte der Patient.

»Sie stellen eine Gefahr für Frauen dar. Ich kann Ihnen nicht helfen. Es ist pathologisch. Sie gehören in eine vollstationäre

Therapie.«

»In die Geschlossene?«, reagierte er panisch.

»Ich könnte Sie dorthin überweisen.«

»Auf keinen Fall.«

»Ich denke, Sie sind bei mir in Therapie, weil Sie nicht zum Mörder werden wollen. Ich bin aber nicht mehr die richtige Ansprechpartnerin. Da müssen speziell geschulte Fachleute ans Werk.«

»Sie sollen mir helfen.«

»Das kann ich unter diesen Umständen nicht und ich lehne es auch ab.«

»Was heißt das jetzt?«

»Die Therapie ist beendet. Ich möchte Sie bitten, nicht mehr in meine Sprechstunde zu kommen. Ich sehe keinen Fortschritt und ebenso wenig Bereitschaft Ihrerseits, Therapieangebote anzunehmen.«

»Gibt es denn keine Tabletten?«

»Schon. Aber die bekämpfen nicht die Ursachen. Sie sind gefragt. Wenn Sie nicht wollen, wird Ihnen niemand helfen können.«

»Dann kann mir eben niemand helfen. Aber irgendwo muss es doch herkommen?«

»Niemand ist selbst schuld, wenn er krank wird. Aber er muss die Diagnose annehmen und sich seiner Krankheit stellen. Wenn Sie sie ignorieren, kommt es früher oder später zur Katastrophe«, war sich die Therapeutin sicher.

»Ich habe getan, was ich tun kann. Mehr geht nicht. Dann leben Sie wohl.«

Er stand auf und verließ den Raum. Miriam Angerstein dachte nicht eine einzige Sekunde daran, den psychisch gestörten Mann zurückzuholen. Sie atmete tief durch. Der Gedanke an die Schweigepflicht schoss ihr durch den Kopf. Sie holte das Smartphone heraus und öffnete dort jene Seite, auf der über die vermisste Frau aus Harzburg berichtet wurde. Die Gesuchte war jung und blond. War ihr Patient tatsächlich noch in der

Lage, die Wirklichkeit von seiner Phantasiewelt zu unterscheiden?

Miriam Angerstein erhob sich von ihrem Stuhl und fühlte sich um ein Vielfaches leichter. Sie hatte es geschafft, den Mann rauszuwerfen. Doch los war sie ihn damit noch längst nicht. Der Mann belastete ihr Gewissen. Sie fühlte, dass es falsch war zu schweigen. Die Psychotherapeutin musste der Polizei gegenüber eine Aussage machen. Wenn er erst einer jungen Frau Arme und Beine abgetrennt und sie anschließend ermordet hatte, wäre es zu spät. Doch sie durfte es nicht. Allerdings kannte sie den Hauptkommissar aus Bad Harzburg. Er war ihr Patient. Vielleicht könnte sie ihm inoffiziell einen Tipp durch die Hintertür geben.

Miriam Angerstein sah auf das große Gemälde an ihrer Wand. Es zeigte ihren Vater als stolzen jungen Mann. Er hatte sich einst von einem Künstler malen lassen und ihr nach seinem verhältnismäßig frühen Tode das Bild vermacht. Es handelte sich bei ihm um den namhaften Psychotherapeuten Doktor Angerstein, der im Landeskrankenhaus von Königslutter in führender Position tätig gewesen war und seelisch kranken Menschen geholfen hatte. Miriam stellte sich vor das Bild mit ihrem Vater und führte einen Monolog, den sie allerdings als Zwiegespräch verstanden wissen wollte. So stellte sie ihm die alles entscheidende Frage, deren Antwort sie sich selbst gab, aber gewiss war, dass ihr Vater sie gegeben hatte.

»Tu was, Mädchen. Warte nicht, bis es zu spät ist!«, lauteten die Worte ihres Selbstgespräches, die sie für die ihres Vaters hielt.

———

Lars Wuttke saß nun mit herunterhängendem Kopf draußen auf dem Flur. Den Stuhl hatte Bergmann ihm vor die Tür des Büros gestellt, nachdem er die Vernehmung für beendet erklärt hatte.

Bei dieser Gelegenheit hatte sich Janina Benneis in das

Büro ihrer Kollegen geschlichen.

»Gibt's hier irgendwo Kaffee?«, fragte Bergmann, der sich wie ein Feldherr nach verlustreich geschlagener Schlacht gab. Janina versprach, gleich welchen zu kochen. Doch zuvor wollte sie von ihren Kollegen wissen, was die aus Wuttke herausbekommen hatten.

Bergmann sah Schlüter eindringlich an, woraufhin der zu berichten anfing.

»Im Grunde haben wir nichts aus ihm herausbekommen. Er hat sich in keine Widersprüche verwickelt. Eheprobleme, verschiedene Vorlieben beim Sex, die nicht miteinander harmonieren, aber keine Scheidungsabsichten. Dafür eine verschwundene Ehefrau, deren Handy wir gefunden haben. Dadurch wissen wir, dass sie vor ihrem Verschwinden regen telefonischen Kontakt zu einem anderen Mann hatte.«

Janina ergänzte nun das, was sie gemeinsam mit Leon Färber von Wuttkes Schwägerin Lisa Havy über ihn in Erfahrung gebracht hatte. Nach ihren Schilderungen zuckten beide Kommissare mit den Achseln. Daraufhin ging Janina hinaus, um den Kaffee zu kochen.

Hauptkommissar Bergmann folgte ihr nach draußen, blieb aber vor Wuttke auf dem Flur stehen und forderte ihn auf, nach Hause zu gehen. Sein Kollege und er hätten keine weiteren Fragen.

Ungläubig stand Wuttke von seinem Stuhl auf und stolperte nach draußen. Minutenlang blieb Bergmann im Flur stehen, schaute die Wand an und schwieg. Er musste sich selbst eingestehen, dass er sich festgefahren hatte und wenig später beim Kaffee den anderen.

Janina hatte das Büro ihres Großvaters liebevoll auf die Schnelle eingedeckt und rief die drei männlichen Kollegen zur Kaffeepause zusammen. Sie ließen sich nicht zweimal auffordern und zeigten sich erfreut darüber, dass die Polizeianwärterin den Tisch so einladend gedeckt hatte. Auch der Kaffee schien den Herren zu munden. Sie hatte ihn offenbar in der richtigen Stärke gekocht.

Noch einmal trugen die Beamten alles über Lars Wuttke zusammen, was zur Sprache gekommen war. Mordmotive ließen sich bei jeder seiner Aussagen basteln. Doch keine dieser Theorien würde vor dem Staatsanwalt Bestand haben. Bergmann wusste das genau. Er kannte den Leiter der Ermittlungen.

»Wir sollten uns auf den Mann konzentrieren, mit dem die Vermisste vor ihrem Verschwinden telefonischen Kontakt hatte«, schlug Janina Benneis vor.

»Wie ist doch gleich sein Name?«, fragte Bergmann.

»Ole Ranke. Der hat für morgen eine Vorladung«, gab Janina zur Antwort.

»Gut. Dann sollten wir für heute Feierabend machen«, schlug Bergmann vor.

Das hieß, dass die beiden Kollegen aus Goslar nach Hause führen. Janina und Leon konnten die Polizeidienststelle nicht einfach verlassen und abschließen. Dass Rolf Benneis für heute nicht mehr dort erscheinen würde, war beiden irgendwie klar. Der alte Herr befand sich im Pensionsmodus. Doch sie mussten auf den Kollegen von der Nachtschicht warten.

»Ist ja nur noch eine Stunde«, lachte Janina, »übernachten wir heute bei dir?«

Leon lächelte verlegen.

»Heute nicht. Ich habe mich mit einem Freund verabredet. Wir haben uns lange nicht mehr gesehen und wollen mal wieder über alte Zeiten schnacken.«

Janina verstand. Ein Besäufnis stand an. Wer weiß, wann Leon dann am nächsten Tag zum Dienst erscheinen würde?

»In Ordnung. Dann mache ich jetzt aber auch Feierabend. Die eine Stunde kriegst du ja wohl noch allein über die Bühne.«

Leon Färber widersprach nicht. So zog Janina ihre Dienstuniform aus, hängte sie in den Spind und kehrte zivil gekleidet zurück. Zum Abschied gab sie ihrem Freund einen flüchtigen Kuss auf den Mund, dann streifte sie sich ihre Jeansjacke über und verließ pfeifend die Dienststelle.

Ihre Freude über den nach geleisteter Arbeit bevorstehenden Abend, den sie nun allein gestalten musste, war jedoch nur gespielt. Sie stieg in ihr Auto und schaltete das Radio an, das sie bis zum Anschlag aufdrehte, um in irgendeiner Musik, die gerade gespielt wurde, zu versinken. So konzentrierte sich Janina nur optisch auf den Straßenverkehr und achtete auf das, was sich vor ihr abspielte. Erst als sie am Harzburger Dreieck auf die vierspurige Bundesstraße 6 in Richtung Goslar abbog, wagte sie einen vorschriftsmäßigen Blick in den Rückspiegel. Nach einiger Zeit ließ sie ihre Augen hin- und herspringen, sodass sie wechselweise den Verkehrsraum vor sich und mittels Spiegel hinter sich einsehen und beobachten konnte.

Ein blauer Corsa heftete schon einen beträchtlichen Teil der Fahrt an den Fersen ihres Polo. Am Steuer saß ein Mann, dessen Gesicht sie nicht erkennen konnte. Janina drosselte absichtlich ihre Fahrt, um zu testen, ob er sie dann überholen würde. Doch das geschah nicht. Das Fahrzeug blieb brav hinter ihr.

Nun verfiel Janina in eine gewisse Panik. Sie dachte darüber nach, ob sie möglicherweise an Verfolgungswahn litt. Vielleicht sollte auch sie einen Termin bei einer Psychotherapeutin anberaumen.

Der jungen Polizeianwärterin kam eine Idee. Sie beschleunigte kurz, was der Polo hergab, und bremste ziemlich bald darauf recht heftig. Der hinter ihr fahrende Corsa machte das Spiel mit. Der Fahrer zeigte auch keine drohenden Gebärden hinter seinem Steuerrad. Er schien zu begreifen, warum Janina so auffällig ihr Gefährt über die Autoschnellstraße steuerte. Sie hatte ihn bemerkt und als Verfolger ausgemacht, den sie nun loszuwerden versuchte.

Handelte es sich um ein harmloses Spiel nach der Masche »Im Wagen vor mir fährt ein schönes Mädchen« oder verfolgte der Unbekannte sie gezielt?

Erst als Janina in Goslar die Schnellstraße verließ und in Richtung ihrer Wohnung weiterfuhr, war sie den Verfolger los.

Janina beschloss, eine Runde zu joggen und auf diese Weise den Feierabend zu genießen. Kurz vor ihrem Untergang hatte die rotglühende Sonne ihren Platz am Firmament zurückerobert. Die dicken Wolken, die den gesamten Tag wetterbestimmend den Himmel verdeckt hatten, schienen im Nichts verflogen zu sein. Am Osthimmel stand der drei Viertel volle Mond und drängte nach oben, während die Sonne schnell an Höhe verlor und hinter den Bergen des Harzes verschwand.

Es war noch hell, als Janina durchgeschwitzt vor der Haustür ihrer Wohnung ankam und sofort den blauen Corsa in derselben Reihe drei Autolängen vor ihrem Polo abgestellt sah. Kein Zweifel: Sie hatte sich das Kennzeichen eingeprägt. Es handelte sich eindeutig um das Fahrzeug ihres Verfolgers. Konnte das ein Zufall sein?

Janina verschwand im Treppenhaus. Sie sah nach der Post, was sie vorher vergessen hatte. Eine Rechnung steckte im Kasten, die bezahlt werden wollte. Werbung fand sie nur selten, da sie es sich mit einem entsprechenden Aufkleber an ihrem Briefkasten verbeten hatte.

Sie stand nun vor ihrer Wohnungstür und suchte nach dem Schlüssel in der Tasche ihrer Jogginghose, in der sie so allerlei überflüssiges Zeug verstaut hatte, sodass ihre Finger ihn nicht sogleich herausfiltern konnten. Plötzlich vernahm sie ein Geräusch, das sie nicht zuordnen konnte. Janina hielt ihre Hand in der Hosentasche sofort daraufhin still, um das störende Rascheln verstummen zu lassen.

Die Polizeianwärterin hörte jetzt jemanden atmen. Sie hatte niemanden zuvor gesehen. Ihr Blick war starr auf die Wohnungstür gerichtet. Es musste hinter ihr sein. Doch sie wagte nicht sich umzudrehen. Stehen bleiben wollte sie aber auch auf keinen Fall. Es musste etwas geschehen. Sie kramte weiter nach ihrem Schlüssel, fand ihn, zog ihn heraus und schloss in Windeseile die Tür auf. Janina sprang mit einem Satz in ihren Wohnungsflur und drehte sich blitzschnell um. Sie war auf alles und auf nichts vorbereitet.

Mit weit aufgerissenen Augen sah sie auf den Flur hinaus, wo sie das Feindliche, ja die vielleicht tödliche Gefahr vermutet hatte. Doch sie sah nichts. Im selben Moment schlug sie die Tür laut zu und verriegelte sie.

Janina rang nach Luft. Da musste etwas gewesen sein. Sie hatte doch ein tiefes Atmen gehört. Oder war das der Beginn eines Verfolgungswahns, der einen ins Irresein trieb?

Auf keinen Fall mochte Janina mit irgendjemandem darüber sprechen. Es war doch lächerlich. Wer sollte sie verfolgen und warum? Sie notierte sich das Kennzeichen des blauen Corsa und wollte gleich am nächsten Morgen vom Büro aus eine Halterabfrage tätigen.

Janina schmierte sich Abendbrot, öffnete eine Flasche Rotwein und ließ sich in einen Sessel vor dem Fernseher fallen, in der Hoffnung, sich dadurch von dem Erlebten abzulenken.

Zeitgleich zu den geschilderten Ereignissen, die Janina Benneis in Goslar erlebte, hielt ihr Großvater sich in Wernigerode auf. Hierbei handelt es sich um ein niedliches Städtchen, das am Rande des Nordharzes in dessen östlichem Teil liegt. Schon zu DDR-Zeiten gehörte Wernigerode nicht zu den haltlos verfallenen Ortschaften der anderen deutschen Republik, sondern zu einer Art Vorzeigestadt, in deren Erhalt die Regierung etwas mehr investiert hatte. So glänzte Wernigerode zu DDR-Zeiten im Vergleich zu der benachbarten Fachwerkstadt Quedlinburg, die zur Geisterstadt verkam, weil die Bausubstanz des historischen Fachwerks regelrecht verwitterte.

Benneis saß vor einem Café am Rathausplatz mit Blick auf das wunderschöne mittelalterliche Gebäude mit seinen zwei symmetrisch angeordneten Spitztürmen. Eine Stadtführerin stand mit einer kleinen Menschenansammlung davor und erklärte ihren Zuhörern mit Enthusiasmus alles Wissenswerte über dieses historische Rathaus. Gern hätte der Hauptkommissar sich der Gruppe heimlich angeschlossen und der älteren Dame gelauscht, die das Herz der Stadt mit markigen Worten zum Schlagen brachte. Leider beförderte der laue Wind das meiste des Gesagten an Benneis' Ohren vorbei. So blieb ihm nur der Blick auf Gebäude und Menschen, die durch die Altstadtstraßen flanierten und das Harzstädtchen in seiner Schönheit genossen, ohne sich Wissen über dessen Geschichte anzueignen. Ein Bild der Bewegung bot sich dem Hauptkommissar aus dem benachbarten Niedersachsen. Manchmal glitt er in Gedanken ab und stellte sich die Frage, was wohl geschehen würde, wenn die Menschen einfach mal stehen blieben und innehielten? Aber ist das Wesen des Lebens nicht auch Ausdruck der Bewegung gleich dem Planeten, auf dem wir leben, der auch nie anhält, sondern sich unentwegt dreht und durchs Universum schwebt? Von Glück und Ausgelassenheit geprägte Momente würden wir gern für die Ewigkeit festhalten. Doch es gab sie nicht. Ewig war die Bewegung, in der nichts blieb und alles vorwärtstrieb. Uns eingeschlossen, egal ob am Wegesrand oder mittendrin im Geschehen.

So glitt Rolf Benneis in Gedanken ab und dachte bei seinen philosophischen Betrachtungen an die schöne lange Zeit an der Seite seiner Ehefrau Patricia. Es hatte so vieles in beider Leben gegeben, was sich tief in die Erinnerung eingegraben hatte, jenes Paradies, in dem die Zeit angehalten wurde. Nun lag sie ans Bett gefesselt in einem Pflegeheim und das Leben drehte sich nur noch um sie herum, während Patricia selbst nicht mehr teilhatte an der Bewegung und somit am eigentlichen Leben. Diese Gedanken waren ja nicht neu. Sie kehrten immer wieder und drängten sich in leicht veränderter Form auf.

Benneis hätte gern einen Schnaps bestellt. Aber er war mit dem Auto hier und außerdem hatte er eine Verabredung mit dem pensionierten Kollegen Schwedt, der er jetzt entgegenfieberte. In einer halben Stunde sollte er bei ihm sein. Es wäre gut, wenn er der hübschen Kellnerin ein Signal geben würde, dass sie zum Bezahlen käme und er aufbrechen könnte in den etwas höher gelegenen Teil von Wernigerode.

So bewunderte er schließlich das Einfamilienhaus, das eingebettet in die bewaldeten Hügel des Vorharzes in einer Talsohle am Rande einer mit Kopfsteinpflaster versehenen Straße lag.

Benneis war zehn Minuten zu früh. Da er nicht wusste, wie er die restliche Zeit unterkriegen sollte, klingelte er einfach an der dunklen Eichenholztür. Wenig später wurde geöffnet und ein Hüne von einem Mann mit weißen Haaren und lockigem grauen Vollbart erschien im Türrahmen und füllte ihn völlig aus. Der Mann schob einen gewaltigen Bauch vor sich her und hatte braune Haut, die zu Leder gegerbt schien. Tiefe Falten legten sich wie Narben über sein Gesicht, als er zu sprechen begann. Aus tiefblauen Augen sah er seinen Besucher musternd an und reichte ihm schließlich die Hand zum Gruße, als Benneis ihm seinen Namen verriet.

»Alt wie ein Baum!« Dieser DDR-Song von den Puhdys fiel dem Wessi beim Anblick seines ostdeutschen Kollegen ein. Ein Stück Ostalgie spulte vor Benneis' Augen wie ein Film ab. City, Karat oder Frank Schöbel – diese einstigen Stars der DDR, deren Musik auch er geschätzt hatte, flimmerten ihm plötzlich durch den Kopf. Das alles lag schon so weit zurück und schien auf einmal zum Greifen nah. Vergangenheit und Gegenwart verschmolzen zuweilen und die lange Zeit dazwischen versank in einem Niemandsland. Schnell beendete Benneis seinen kleinen gedanklichen Ausflug in die Zeit, als es noch die Single als Schallplatte für 5 DM gab und bei einer Platte aus der DDR die drei Buchstaben VEB in der Mitte zu finden waren.

Sekunden nach ihrer Begrüßung gingen die beiden Männer ins Haus und verschwanden dort in Schwedts kleinem Zimmer mit Ausblick auf das Schloss Wernigerode, das über den Wäldern auf den Bergen thronte und schon von Weitem erblickt werden konnte. Es handelte sich um einen sehr unaufgeräumten Raum. Schwedt schien das weniger zu stören als seinen Besucher, der hier am liebsten einmal gründlich aufgeräumt hätte.

Doch das war nicht seine Aufgabe. Er war aus einem anderen Grunde hier.

»Was kann ich nun für Sie tun, lieber Kollege?«, fragte Schwedt ihn förmlich.

»Bei mir ist eine alte Akte wieder auf den Tisch gekommen.«

»Ein Cold Case, wie es Neudeutsch heißt?«, fragte der Hüne nach, wobei ein Lächeln seinen Mund mit den wulstigen Lippen umspielte.

Erst jetzt sah Benneis, dass das rote Sweatshirt seines Gegenübers nicht ganz bis zu dessen Bluejeans reichte, sondern ein Teil nackter Haut von dem übermächtigen Bauch sichtbar wurde. In so einem Aufzug hätte Benneis nie einen Besucher empfangen. Nun teilte er das Problem der Oberflächenvergrößerung nicht, da er sein Leben lang schlank geblieben war, was den Hauptkommissar aus dem Westen mit etwas Stolz erfüllte.

»Ja. Der Polizeicomputer spuckte einen ähnlichen Fall zur gleichen Zeit bei euch aus.«

»Und da dachten Sie, schau mal vorbei.«

»Genau. Ganz genau.«

»Vermutlich liegt der Fall schon einige Jahre zurück, wenn man Sie zu mir geschickt hat«, lächelte Schwedt und seufzte dabei tief.

»Bei uns ist 1988 eine junge Frau spurlos verschwunden und bis heute nicht wieder aufgetaucht. Bei euch ein Jahr früher.«

»1987? Du liebe Zeit! Da waren wir ja noch DDR. Und jetzt wollen Sie wissen, ob es bei beiden Fällen eine Gemeinsamkeit geben könnte?«

»Die gibt es, ja. Beide Male ist eine junge blonde Frau spurlos verschwunden und nie wieder aufgetaucht.«

»Wissen Sie, wie die verschwundene Frau bei uns geheißen hat?«

»Liselotte Ernst.«

Schwedt zuckte kurz zusammen und schlug sich mit der Hand gegen die Stirn.

»Was ist? Können Sie sich an den Fall erinnern?«, platzte es aus dem neugierigen Benneis heraus.

»Und ob, mein Lieber. Und ob. Das ist nicht nur einfach ein Fall gewesen. Das war immer irgendwie mehr. Und wir hatten damals sogar einen Verdächtigen. Aber als ich zuschlagen wollte, war der Mann spurlos verschwunden.«

»Was heißt das?«

»Wenn bei uns in der DDR Menschen spurlos verschwanden, konnte das mehrere, für einen Wessi nicht nachzuvollziehende Gründe haben. Aber ein Grund lag immer nahe: Flucht in den Westen.«

»Haben Sie denn nach der Wiedervereinigung da nicht weiterrecherchiert?«

»Wissen Sie, nach der Wende hatten wir im Osten andere Probleme. Irgendwie habe ich den Fall vergessen und im Geiste zu den Akten gelegt. Die ganze Welt hatte sich verändert und wir haben direkt an der Nahtstelle dieser Umbruchsituation gelebt. Wir hatten einfach andere Sorgen.«

»Verstehe«, sagte Benneis gedankenversunken und verstand es nicht.

»Und warum ist diese alte Geschichte plötzlich wieder so interessant für Sie?«, wollte Schwedt nun wissen.

»Weil wir aktuell einen ganz ähnlichen Fall haben.«

»Sie wollen jetzt aber nicht eine Geschichte von einem Serienmörder spinnen, der 1987 in der DDR, 1988 in der BRD und dreißig Jahre später im wiedervereinigten Deutschland eine junge Frau verschwinden lassen hat?«

»Nein, nein. Keineswegs. Die Geschichten von damals haben mit der aktuellen natürlich nichts zu tun. Aber vielleicht gelingt es uns ja, in die Sache von damals irgendwie Licht zu bringen.«

»Wie wollen Sie das denn bewerkstelligen, lieber Kollege aus dem goldenen Westen?«, lächelte Schwedt.

Benneis spürte eine gewisse Verachtung, weil sein Gegenüber ihn als Kollegen aus dem »goldenen Westen« bezeichnet hatte. Er fühlte sich als Besserwessi und steuerte gegen.

»Herr Schwedt, wenn es nach mir gegangen wäre...! Ist es aber nicht. Meine Enkelin ist Polizeianwärterin in derselben Dienststelle. Sie hat die Akte von damals angefordert und den alten Fall wieder aufgerollt. Außerdem hat sie mir lauter Kollegen aus der benachbarten Stadt Goslar ins Haus geholt, die den aktuellen Fall beackern. So einen Firlefanz haben wir doch damals gar nicht gemacht. Ja, die jungen Leute von heute. Habe ich mich eben ins Auto gesetzt und bin ab nach drüben.«

»Nach drüben!«

»Na ja. In den Nachbarort«, korrigierte sich Benneis verlegen wirkend.

»Manchmal ist die Mauer bei mir im Kopf auch noch da. Gelegentlich habe ich sie mir sogar schon zurückgewünscht. Vieles ist besser, aber der real existierende Kapitalismus ist ja zuweilen noch eine Nummer brutaler, als Marx angenommen hat. Na ja. Schwamm drüber. Keine Politik. Die alten Ermittlungen sind also Ihr Alibi, um das Weite zu suchen«, resümierte Schwedt.

»Gewissermaßen. Aber Sie haben mich jetzt doch neugierig gemacht.«

»Womit?«

»Mit dem Satz, dass Sie in Ihrem Fall einen Verdächtigen hatten, der spurlos verschwunden ist. Er könnte Ihrer Aussage zufolge in den Westen geflüchtet sein. Dann hätten *wir* ihn gehabt.«

»Ich habe den Mann seinerzeit aber nicht für einen Serienmörder gehalten. Der hatte ein ganz normales Familienleben, eine Frau und einen kleinen Sohn. Mit der verschwundenen Frau hatte er offensichtlich ein Verhältnis. Das sollte geheim bleiben. Ist es aber nicht. Unser Verdacht ging dahin, dass er die Frau getötet haben könnte, damit seine Liaison nicht herauskommt.«

»Klingt nach einem nachvollziehbaren und eher banalen Motiv«, war Benneis sich sicher.

»Ja. Schon. Nur eine Leiche haben wir nicht gefunden.«

»Das kenne ich. Und der Ehemann der damals verschwundenen Frau kommt jedes Jahr einmal zu mir in die Dienststelle
und bohrt mir Löcher in den Pelz, ob es irgendetwas Neues
gäbe.«

»Oh, das muss ja furchtbar sein. Darf ich Ihnen was zu
trinken anbieten?«, fragte der Hüne von einem Mann.

Benneis nickte und verlangte nach etwas Alkoholfreiem.

»Wasser?«

»Gerne. Wenn's geht, kein stilles.«

Schwedt grinste in sich hinein, bevor er aufstand und mit
zwei Gläsern und einer Flasche Sauerbrunnen in der Hand zurückkam. Er schenkte beiden ein Glas voll ein und dann stießen sie miteinander an.

»Warum haben Sie gesagt, dass der Fall damals immer irgendwie etwas mehr war oder so ähnlich?«

»Weil sich die übergeordnete Behörde eingeschaltet und
die Ermittlungen eine Zeit lang an sich gerissen hat«, gab
Schwedt zur Antwort.

»Was heißt das? Welche Behörde war das?«

»Na, was glauben Sie denn, Herr Kollege! Die Stasi natürlich.«

»Und weshalb hat die Ihre Arbeit gemacht?«, wollte
Benneis wissen.

»Es hat eine Sonderkommission der Staatssicherheit gegeben. Davon hat die Bevölkerung nichts gewusst. Wenn die
sich eingeschaltet haben, sind die als ganz normale Kriminal-
polizisten in Erscheinung getreten. Waren aber keine. Hatten
Sondervollmachten und Überwachungskameras, während wir
als gewöhnliche Volkspolizisten nicht mal mehr unsern Dienstwagen volltanken durften. Mangelwirtschaft.«

»Und warum hat sich nun diese Sonderkommission der
Staatssicherheit in den Fall eingeschaltet?«, drängelte Benneis
jetzt ein wenig.

»Die verschwundene Frau war geschieden. Aber sie ist vor
ihrer Scheidung mit einem Pfarrer verheiratet gewesen. Dieser

Pfarrer hatte Westkontakte. Der hat mit euren Pfarrern gemeinsam für den Frieden gebetet.«

»Verstehe. Das war für die Stasi Grund genug, ihm zu misstrauen.«

»Meine Schwester ist 1979 über Bulgarien illegal rüber. Die hat mir nach der Wende erzählt, dass sie 1981 an einer Friedensdemo, wo gegen die Aufstellung amerikanischer Mittelstreckenraketen demonstriert wurde, teilgenommen hat. Diese Demo galt bei euch als kommunistisch unterwandert. Meine Schwester hatte eine Anstellung im Öffentlichen Dienst bekommen. Flüchtlingsbonus. Doch plötzlich wurde sie als Ostspionin eingestuft, hat nur noch Probleme bekommen und ist bei jeder anstehenden Beförderung übergangen worden. Erzählen Sie mir jetzt bitte nicht, wie gut der Westen und wie böse der Osten war.«

»Immerhin ist sie nicht in den Knast gekommen.«

»Das ist wohl wahr. Aber das Freund-Feind-Denken ist bei euch genauso ausgeprägt gewesen wie bei uns. Man darf auch nicht vergessen, es war eben Kalter Krieg«, stellte Schwedt klar.

»Was hat die Stasi damals vermutet?«, wollte Benneis wissen.

»Das müssen Sie die Stasi fragen, falls Sie da noch irgendjemanden ausfindig machen sollten. Aber wenn Sie mich fragen, sage ich Ihnen, was ich mir damals gedacht habe.«

»Dann frage ich Sie, Schwedt.«

»Wann die sich eingeschaltet haben, das hing oft von der jeweiligen SED-Bezirksleitung ab. Da ist es dann oft um beteiligte Personen gegangen, aber nicht zwingend um das Verbrechen selbst. Man hat in diesem Fall natürlich ein politisches Motiv gewittert, das hinter dem Verschwinden stehen könnte. Vielleicht wurde die Frau in den Westen geschleust. Vielleicht ist sie auch von Westagenten entführt worden. Alles könnte möglich gewesen sein.«

»Aber dann hat die Stasi das Interesse an dem Fall verloren und Sie weiterermitteln lassen«, schlussfolgerte Benneis.

»Die Leute von der Stasi kamen an Informationen heran, die so ein gewöhnlicher Bulle wie ich nie bekommen hätte. Offenbar ist denen klar geworden, dass das Verschwinden der Frau keinen politischen Hintergrund gehabt hat. Sie hat auch nicht rübergemacht. Das wussten diese Leute. Nun war ich wieder am Ball. Als ich mir ihren Geliebten vornehmen wollte, ist der aber inzwischen weggewesen.«

»Und der hat rübergemacht?«

»Das nehme ich ganz stark an.«

»Das müsste doch rauszukriegen sein. Wie hieß denn der Typ?«, fragte Benneis.

»Werner Matthau.«

»Mal sehen, ob ich drüben irgendwelche Beziehungen spielen lassen kann«, seufzte der Hauptkommissar aus dem Westen.

»Dann passen Sie mal schön auf, dass Sie die Grenzposten nicht übersehen, wenn Sie rübermachen«, lachte Schwedt.

»Hüben und drüben. Sorry. Aber es steckt noch so drin. Ich weiß nicht, ob meine Generation das jemals aus dem Kopf herausbekommt.«

Die beiden plauderten noch eine Weile über die Vergangenheit, die Unterschiede in Ost und West sowie über Belangloses.

»Wissen Sie, Benneis, ich bin Bulle im Osten gewesen. Bin gebürtiger Quedlinburger. Der Liebe wegen hat es mich nach Wernigerode verschlagen. Viele aus Quedlinburg sind hierhergekommen und so mancher Wernigeroder ist rüber zu seinem Liebchen nach Quedlinburg. Ich wäre gern mal in den Winterurlaub ins benachbarte Schierke gefahren. Aber da haben sie mich nicht reingelassen. Schierke lag im Sperrgürtel. Ich hätte ja rübermachen können. Meine Schwester war ja auch schon weg. Man hat mir misstraut. Lange Zeit habe ich privat und beruflich unter der Flucht meiner Schwester gelitten. Ich bin Parteimitglied gewesen. Doch das hat plötzlich nicht mehr gereicht. Mörder durfte ich jagen für die DDR. Aber nach Schierke haben sie mich nicht gelassen. Wie hätte ich dort abhauen sollen?«

»War das unmöglich?«

»So gut wie. Deshalb kann ich mir auch nicht vorstellen, dass Werner Matthau die Flucht geglückt sein soll. Vielleicht ist er erschossen worden.«

»Ich werde das rausfinden«, war Benneis sich sicher.

Dann brach Benneis nach Sonnenuntergang auf und fuhr in die einsetzende Dunkelheit hinein.

Als er vor seinem Haus ankam, checkte er sein Handy und sah, dass er einen eingegangenen Anruf verpasst hatte. Zuerst kam ihm die Nummer nicht bekannt vor. Doch dann fiel ihm ein, dass es sich um die seiner Psychotherapeutin Doktor Angerstein handelte. Er hatte keine Ahnung, was sie von ihm wollte. Erst in der kommenden Woche hatte er wieder einen Termin bei ihr. Deshalb hielt er es für nicht so wichtig oder besser nicht notwendig, sie zurückzurufen. Er freute sich auf sein Zuhause, das Sofa, den Fernseher und ein schönes gekühltes, goldgelbes Feierabendbier.

———

Das Quecksilber war an diesem spätsommerlichen Morgen noch weiter gesunken. Ein Hauch von Herbst wehte über den unter einer Nebeldecke schlummernden Harz. Das Tageslicht breitete sich hinter den tief hängenden, dunklen Wolken aus, die der Sonne keine Chance ließen, ihr Antlitz zu zeigen.

Janina Benneis betrat die Diensträume ihres Kommissariats in Bad Harzburg und sorgte somit für eine geordnete Übergabe beim Schichtwechsel. Der Beamte Heinz Birr, der die ganze Nacht über Wache geschoben hatte, händigte seiner jungen Wachablösung ein Anzeigenformular aus. Während er seine Uniform gegen zivile Kleidung tauschte, las Janina genau durch, was ihr Kollege dort aufgenommen hatte. Ein Auto war geklaut worden. Ein blauer Corsa. Das Kennzeichen kam der Polizeianwärterin höchst vertraut vor.

Als ihr Kollege wieder ins Büro zurückkam, um sich zu verabschieden, sagte er: »Das Auto ist keine viertausend Euro wert. Wer klaut denn so was? Vielleicht übermütige Jugendliche. Eine Wette oder so.«

Janina ging nicht weiter darauf ein. Sie wünschte ihrem Kollegen einen schönen Feierabend und zeigte sich erfreut darüber, gegenwärtig keinen Nachtdienst versehen zu müssen, da es ihr ein Rätsel war, wie der Mensch sich schlafen legen und zur Ruhe begeben sollte, wenn es draußen hell wurde und die Welt zu neuem Leben erwachte.

Nachdem die Polizeianwärterin ihre Dienstuniform angezogen hatte, erschienen auch die anderen Beamten des Kommissariats zur Tagschicht. Sie erhielt eine Textnachricht auf ihrem Smartphone von Leon, der sich für den heutigen Tag krankmeldete. Das trieb ihr die Zornesröte ins Gesicht. Da sie allein in ihrem Teil der Dienststelle war, schrie sie die Wand an und öffnete auf diese Weise ein Ventil, durch das ihre ungezügelte Wut entweichen konnte.

Das durfte ja wohl nicht wahr sein! Leon hatte sich am Vorabend mit einem Freund zusammen in die Arbeitsunfähigkeit gesoffen. Ihr fiel ein, dass Leon den Beamtenstatus auch deshalb schätzte, weil man sich schnell einmal krankmelden konnte, ohne dass das größere Konsequenzen nach sich zog.

Sie stellte sich an diesem Morgen unweigerlich die Frage, ob dieser Mann tatsächlich der Richtige für sie war, ja sein konnte. Janina war jung und hatte das Leben vor sich. Wo stand geschrieben, dass sie gleich am Erstbesten kleben bleiben musste?

Sie lief in ihr Büro und verständigte die Kollegen aus Goslar. Die sollten in die Straße, in der sie wohnte, fahren und nachschauen, ob der blaue Corsa dort noch stand.

Wenig später bekam sie Nachricht darüber. Die Kollegen hatten den Wagen gefunden und fragten, was sie damit machen sollten. Janina bat sie, ihn abschleppen zu lassen und den Eigentümer zu informieren.

Die Polizeianwärterin lehnte sich auf ihrem Schreibtischstuhl zurück und ließ die Gedanken kreisen. Der blaue Corsa war von einem Mann entwendet worden, der nur ein Ziel verfolgt hatte. Er wollte ihr damit nachfahren und unerkannt bleiben. Der Fremde hatte das gestohlene Auto quasi vor ihrer Haustür abgestellt, um Janina dadurch zu signalisieren, dass er wusste, wo sie wohnen würde. Ohne jeden Zweifel hatte dieser Mann es auf die junge Frau abgesehen. Ganz offensichtlich hatte er sie auch schön länger im Visier. Handelte es sich bei diesem Unbekannten um einen Stalker, vielleicht einen in sie Verliebten, der zu schüchtern war, sie anzusprechen? Oder aber war dieser Unbekannte ein Frauenmörder, der sich nach der Ermordung von Annika Wuttke ein neues Opfer ausgesucht hatte? Janina ließ sich jetzt nicht mehr von dem Gedanken abbringen, dass sie sich in akuter Lebensgefahr befand, da sich etwas Unheimliches durch den Vorharz bewegte. Sie musste mit ihrem Großvater sprechen und sich anschließend den Kollegen aus Goslar anvertrauen.

━

Staatsanwalt Behrendt erschien als Nächster an diesem frischen Morgen im Büro. Wo immer er sich blicken ließ, kam sein Besuch einem Auftritt auf einer spektakulären Bühne dieser Welt gleich. Er versprühte den Charme eines Künstlers, der im Rampenlicht stand und ein ganzes Publikum für sich einnehmen wollte. Janina überkam das Gefühl, in tosenden Beifall ausbrechen zu müssen, damit er sich entsprechend gewürdigt fühlte. Er verschaffte sich Aufmerksamkeit um jeden Preis und empfand sich unverkennbar als Hauptdarsteller eines Kammerspiels, dessen Fäden er selbst in der Hand hielt. Dagegen verblasste das Erscheinen der beiden Hauptkommissare Bergmann und Schlüter auf der Dienststelle zum Auftritt von Darstellern unbedeutender Nebenrollen.

Irgendwann verließ Staatsanwalt Behrendt die Bühne und setzte sich mit den Kollegen als Gleicher unter Gleichen an den Tisch. Janina kochte Kaffee und bewirtete die Herren, bevor sie sich ebenfalls zu ihnen setzte und die vier gemeinsam alles miteinander besprachen, was ihre Ermittlungen am Vortage ergeben hatten.

Janina fiel plötzlich die Sache mit der fehlenden Zahnbürste ein und sie zeigte den Kollegen das Foto von Wuttkes Badezimmer, das sie gemacht hatte.

»Könnte das bedeuten, dass Annika Wuttke von selbst gegangen ist und die nötigsten Kultursachen wie die Zahnbürste mitgenommen hat?«, fragte Staatsanwalt Behrendt in die Runde.

»Wo aber soll sie hingegangen sein?«, hakte Hauptkommissar Bergmann nach.

»Zu dem Mann, mit dem sie häufigeren telefonischen Kontakt gehabt hat«, gab Hauptkommissar Schlüter zur Antwort.

»Oder zu ihrer Schwester. Manchmal ist Annika Wuttke auch zu Lisa Havy gegangen, wenn sie es bei ihrem Mann Lars nicht mehr ausgehalten hat«, wusste Janina Benneis beizusteuern, doch dann korrigierte sie sich schnell, »aber davon hat Lisa Havy nichts gesagt.«.

»Da Annika Wuttke aber spurlos verschwunden ist, liegt doch die Vermutung nahe, dass sie zu ihrem Mörder gegangen ist«, resümierte der Staatsanwalt.

»Vorausgesetzt, sie ist überhaupt tot«, gab Bergmann zu bedenken.

»Was ist mit diesem Telefonteilnehmer?«, fragte Behrendt.

»Ole Ranke. Der hat für heute eine Vorladung von uns bekommen, da wir ihn zu Hause nicht angetroffen haben«, sagte Janina.

Die vier unterbrachen ihre Besprechung, weil sie durch ein Geräusch gestört wurden. Es handelte sich um die ins Schloss gefallene Haustür. Janina wusste, dass ihr Großvater nun zum Dienst erschienen war. Es war ihr peinlich, dass der alte Herr jenseits der Dienstzeiten kam und ging und sich offensichtlich nicht die Bohne für die Ermittlungen interessierte, was eigentlich aber seine Pflicht gewesen wäre.

Umso überraschter war Janina, als ihr Großvater seinen Kopf zur Tür hereinsteckte, allen einen guten Morgen wünschte und Staatsanwalt Behrendt um ein Gespräch bat, sobald dieser Zeit dafür hatte. Was konnte er von dem Mann wollen?

Staatsanwalt Behrendt signalisierte Benneis, dass er gleich zu ihm hinüberkommen würde, da die Herrschaften hier ohnehin in Kürze fertig wären.

»Gehen wir mal von der Annahme aus, Annika Wuttke ist tatsächlich Opfer eines Mordes geworden«, setzte der Staatsanwalt noch einmal laut zu einer Überlegung an, »dann stellt sich doch die uralte Frage: Cui bono? Zu Deutsch: Für wen ist der Mord von Vorteil?«

»Lars Wuttke. Im Falle einer Scheidung wäre er leer ausgegangen«, warf Janina sofort ein.

»Was ist mit der Schwester?«, wollte Behrendt wissen.

»Vermutlich bekommen sie und Annika jede die Hälfte des Erbes«, vermutete Janina.

»Wenn Annika tot ist und Lars als ihr Mörder überführt würde, wäre er erbunwürdig und es fiele alles an Lisa Havy«, kombinierte der Staatsanwalt.

»Das klingt nicht sauber, sondern alles zu weit hergeholt und wild konstruiert«, gab Hauptkommissar Bergmann zu bedenken.

»Ich sehe schon, wir haben noch ein ganz schönes Stück Arbeit vor uns. Also, ran an die Buletten!«, blies Behrendt zum Aufbruch.

Er gab noch schnell ein paar dienstliche Anweisungen in Sachen Ermittlungen, dann stand er auch schon auf und ging hinüber ins Büro von Hauptkommissar Benneis.
Nun begrüßten die beiden Männer sich mit Handschlag und der Hauptkommissar bot dem Staatsanwalt einen Platz an.

»Was kann ich für Sie tun?«, wollte er wissen.

»Es gab doch diese Erfassungsstelle in Salzgitter für Straftaten an der innerdeutschen Grenze«, begann Benneis.

»Oh ja. In Salzgitter-Bad. Ein Segen für die Justiz nach der Wiedervereinigung. Unsere lieben Genossen von der SPD damals haben die Zahlungen zum Erhalt dieser Erfassungsstelle für Gewalttaten an der Grenze eingestellt und die Einrichtung zum Relikt des Kalten Krieges erklärt. Damit haben sie eine Forderung des DDR-Regimes ohne Not umgesetzt. Warum wohl hatte die DDR ein Interesse an der Auflösung dieser Erfassungsstelle? Und hiesige Politiker haben sich vor deren Karren spannen lassen!«

Benneis hasste es, wenn Menschen ungefragt ihre politische Auffassung zum Besten gaben und vor anderen auf einer politischen Partei herumdroschen, ohne zu wissen, was die wählten. Dass ausgerechnet der kälteste kalte Krieger Franz Josef Strauß persönlich zu Honecker geflogen war und einen Milliarden-Kredit zum Überleben der DDR eingefädelt hatte, wollte Benneis nicht zur Sprache bringen. Auf eine kontroverse politische Diskussion mit dem Staatsanwalt sollte er sich auf keinen Fall einlassen. Was auch immer er gesagt hätte, es gab nichts zu gewinnen, aber vielleicht viel zu verlieren. Also tat er so, als würde er ihm recht geben und fragte unpolitisch und sachlich weiter. »Wo sind die Akten dieser ehemaligen Erfassungsstelle, wenn man da etwas einsehen möchte?«

»Nach deren Schließung 1992 wurden die Akten dem Oberlandesgericht Braunschweig überstellt und seit dem Jahre 2007 befinden sie sich im Bundesarchiv in Koblenz.«

Ein wandelndes Lexikon, dieser Staatsanwalt! Er hörte sich gern reden, wusste alles besser, gab Anweisungen und verteilte Aufgaben. Danach wurde er meistens nicht mehr gesehen.

»Kann ich da irgendetwas für Sie tun? Brauchen Sie Akteneinsicht? Ich verfüge über Beziehungen, die ich jederzeit spielen lassen kann. Beziehungen schaden nur dem, der keine hat«, lachte der Staatsanwalt.

Benneis wusste, dass es sich bei diesem Angebot von ihm um keine selbstlose Hilfe handelte. Gnadenlos spielte er seine eigene Macht und Größe aus, um dem kleinen Polizeibeamten zu zeigen, wie groß er war. Benneis drehte sich der Magen um. Doch er machte gute Miene zum bösen Spiel und nahm die Möglichkeit der Unterstützung durch den Staatsanwalt dankend an.

»Ich wusste, dass ich Sie nur anzusprechen brauchte. Es wäre mir auch nie in den Sinn gekommen, irgendjemand anderen deshalb zu fragen«, lächelte der Hauptkommissar süßsauer, während der Staatsanwalt sich in einer Weise geschmeichelt fühlte, als hätte das tollste Model der Welt ihm einen Heiratsantrag gemacht.

»Was genau möchten Sie denn wissen, Benneis?«

»Grenzdurchbrüche zwischen 1987 und 1988 deutschlandweit, aber im Besonderen hier in unserer Ecke.«

»Wird umgehend erledigt. Sie können sich darauf verlassen.«

Benneis bedankte sich. Danach erzählte ihm der Staatsanwalt überflüssigerweise, was für glänzende Enkelkinder er besaß. Seinen Schilderungen zufolge mussten diese vor Intelligenz strotzenden Kinder vermutlich mit zwei Jahren in den Kindergarten, mit vier zur Grundschule und mit sechs aufs Gymnasium gekommen sein. »Hoffentlich werden sie eines schönen Tages kiffen, saufen und mit Männlein wie Weiblein von vorne und von hinten durch die Gegend pimpern«, dachte Benneis und wünschte dieses Erlebnis dem Staatsanwalt von ganzem Herzen.

Irgendwann verließ Behrendt die Dienststelle und Benneis beschloss, seine kranke Frau im Pflegeheim zu besuchen.

Die drei anderen Polizeibeamten setzten am heutigen Tage alles auf Ole Ranke, den Mann, der zu der Vermissten zuvor häufiger telefonischen Kontakt unterhalten hatte. Janina erwähnte den gestohlenen Corsa ihren Kollegen gegenüber nicht. Zuerst wollte sie mit ihrem Großvater über das Vorgefallene sprechen. Doch der hatte zunächst um ein Gespräch mit dem Staatsanwalt gebeten und war deshalb unabkömmlich. Als Janina einmal zu ihm hinüberging und nach ihm sah, stellte sie fest, dass Staatsanwalt und Großvater nicht mehr da waren. So behielt Janina die Angelegenheit vorerst für sich und begann, Protokolle anzufertigen.

Die Zeit verrann. Hauptkommissar Bergmann ging ins Büro der Polizeianwärterin und fragte sie, ob Ole Ranke nicht längst hätte aufkreuzen müssen.

Janina schaute auf ihr Smartphone, das ihr die Uhrzeit verriet. Dann antwortete sie: »Eigentlich ja.«

»Was machen wir, wenn er nicht kommt?«, wollte Bergmann wissen.

»Noch einmal zu ihm fahren?«, gab Janina fragend zur Antwort.

»In Ordnung. Wie lange geben wir ihm?«

»Noch zwei Stunden?«

»Abgemacht.«

Rolf Benneis betrat das Pflegeheim, in dem seine Frau seit zwei Jahren lebte, als sei es sein zweites Zuhause. Jede Angestellte oder Pflegerin hier kam ihm inzwischen wie eine alte Bekannte vor. Jeder Winkel dieses Hauses war ihm vertraut, als würde er selbst hier wohnen. Doch an den Geruch konnte er sich einfach nicht gewöhnen. Es roch abgestanden, nach alten Menschen, nach Krankheit und nach Tod. Allein deshalb war er immer wieder froh, wenn er die Eingangstür in entgegengesetzter Richtung durchschreiten und wieder die intensive Harzluft einatmen konnte.

Benneis verbrachte die Zeit mit seiner Frau jedes Mal in Vertrautheit und sehr liebevoll. Zweifelsohne spürte sie das. Doch sobald er sich aufmachte zu gehen, fühlte er, dass sie nicht damit einverstanden war und sich von ihm abgeschoben fühlte. Was hatte seine Therapeutin gesagt? Kranke sind egoistisch. Seine Therapeutin! Sie hatte gestern versucht, ihn anzurufen. Was nur wollte sie von ihm? Benneis hatte diesen entgangenen Anruf verdrängt. Doch jetzt überlegte er, ob er sie nicht zurückrufen sollte.

Aber zunächst schob Rolf seine Patricia im Rollstuhl in die gepflegte Parkanlage, die zu dem Pflegeheim gehörte, und trank dort Kaffee mit ihr. Es schmerzte ihn seelisch sehr, wenn er sah, wie seine Frau, die einst so geschickt und handwerklich versiert war, die Tasse kaum halten konnte und sich beim Trinken vollkleckerte, da ihr Schluckmechanismus durch den Schlaganfall ebenfalls beeinträchtigt war.

In Gedanken glitt er ab und stellte sich vor, hier mit der anderen, der jüngeren, der hübscheren, der gesunden Frau zu sitzen. Er fühlte sich wieder schlecht. Was nur wollte er wirklich? Konnte er beiden Frauen nebeneinander gehören? War es ihm möglich, so eine Art Doppelleben zu führen?

Rolf Benneis schaute in Richtung Burgberg und dachte daran, wie er dort seine Angebetete aus dem Internet in der Seilbahn zum ersten Mal getroffen hatte. Dann fühlte er sich verpflichtet, seiner Frau etwas zu erzählen. Sie konnte ja nicht mehr antworten. Doch er dachte sich Sachen aus, die er zur Sprache brachte. Von den grausamen Dingen seines Alltags erzählte er nichts. Auch Enkelin Janina lobte er in den höchsten Tönen, indem er von ihrer schönen Frisur sprach und was für eine tolle Figur sie in der Polizeiuniform abgab. Wahrscheinlich musste seine Frau zu der Überzeugung gelangen, dass Rolf langsam aber sicher einen Dachschaden bekam. Er schob Patricia wieder ins Haus und ging.

Draußen versuchte er, seine Psychotherapeutin anzurufen. Doch sie nahm das eintreffende Gespräch nicht entgegen. Stattdessen meldete sich ihre Mailbox, auf die Benneis nichts draufsprechen wollte. Er verspürte keine Lust dazu, mit Maschinen zu reden.

Das Haus von Ole Ranke schien verwaist. Als er nach mehr als zwei Stunden immer noch nicht auf der Polizeidienststelle erschienen war, rückten Janina Benneis, Bergmann und Schlüter aus, um vor Ort nach dem Rechten zu sehen.

Nun standen sie im Vorgarten des Hauses, in dem sich auch nach mehrmaligem Klingeln nichts rührte. Nur jene unangenehme Nachbarin erschien sofort wieder auf der Bildfläche und biederte sich den Polizeibeamten an.

»Was will die Alte denn?«, fragte Schlüter.

»Lassen Sie mal! Die kenne ich. Ich weiß mit der umzugehen«, sagte Janina daraufhin sofort.

Als Erstes fiel Janina auf, dass die ältere Dame die gleichen, vielleicht sogar dieselben Sachen trug wie bei ihrem letzten Besuch.

»Ihr Nachbar macht immer noch nicht auf«, sagte Janina etwas vorwurfsvoll.

»Ja, da kann ich doch nichts dafür. Wenn Sie jetzt gleich zu dritt kommen, dann brechen Sie doch einfach mal seine Tür auf. Sie sind doch von der Polizei. Sie dürfen doch so was.«

»Nein, eben nicht. Das Recht auf Wohnung ist unantastbar. Da dürfen wir nur mit einer richterlichen Genehmigung rein.«

»Oder wenn Gefahr im Verzug ist. Das weiß ich. Ich sehe alle Krimis im Fernsehen«, entgegnete die Nachbarsfrau.

»Wann haben Sie Ihren Nachbarn das letzte Mal gesehen?«

»Gestern erst. Der ist wie eine Katze um sein Haus geschlichen.«

Der Frau schien nichts zu entgehen.

»Hatte er auch mal Damenbesuch?«, wollte Janina wissen.

»Nicht dass ich wüsste. Ich habe hier außer seiner Mutter damals keine Frauen gesehen. Aber auch keine Männer, falls Sie das meinen. Er ist ein komischer Kauz. Ein Einzelgänger.«

Janina bedankte sich und ging zum Dienstwagen. Aus dem Kofferraum nahm sie ein Megaphon heraus und stellte sich damit direkt vors Haus von Ole Ranke. Sie hielt es vor ihren Mund und sprach: »Herr Ranke, hier spricht die Polizei. Sie hatten für heute eine Vorladung, der Sie nicht nachgekommen sind. Bitte öffnen Sie die Tür! Wir müssen dringend mit Ihnen reden. Andernfalls werden wir morgen mit einem richterlichen Beschluss zurückkehren und zu Ihnen ins Haus kommen.«

Bergmann und Schlüter betrachteten ihre Kollegin kritisch von der Seite. Doch sie zweifelten am Erfolg ihres Unterfangens. Tatsächlich rührte sich nichts. Vielleicht war aber auch wirklich niemand zu Hause.

Bergmann füllte einen Zettel aus, den er in Rankes Briefkasten schob. Darauf stand sinngemäß das, was Janina zuvor durch die Flüstertüte gesprochen hatte. Dann packten die drei ein, gingen zum Auto zurück und fuhren fort. Die Nachbarin verschwand wieder im Haus.

Es gelang der Mittagssonne für einen Augenblick, die dicke Wolkendecke zu durchbrechen. Doch ehe ihre Strahlen dafür sorgen konnten, Menschen einen inneren Auftrieb zu verleihen, kamen neue dunkle Wolken herbeigepustet und verfinsterten den Harz aufs Neue.

Janina wollte ihre Mittagspause dazu nutzen, in Bad Harzburg ein wenig einzukaufen. Sie überlegte kurz, ob sie besser einen Schirm mitnehmen sollte, verwarf den Gedanken aber wieder, da die Wetter-App auf ihrem Handy eine Regenwahrscheinlichkeit von maximal zwanzig Prozent anzeigte. So ging sie im Vertrauen darauf, dass die achtzig Prozent Trockenheit die Oberhand behielten, in Richtung Fußgängerzone. Zahllose Menschen flanierten hier entlang, obwohl das Wetter wenig einladend war. Aus einem ihr nicht erklärbaren Grunde drehte sich die junge Polizeianwärterin, die ihre Uniform gegen zivile Kleidung getauscht hatte, um und sah in die Menschenmenge, die sich hinter ihr herbewegte.

Janina erschrak zutiefst. Ohne Zweifel folgte ihr der Mann aus dem Parkhaus in Goslar. Sie erkannte ihn sofort wieder. Die junge Frau beschleunigte ihren Gang. Sie hastete jetzt durch die Fußgängerzone und sprang in ein Modegeschäft hinein, wo sie stehen blieb und sich hinter einer Säule versteckte. Durchs

Schaufenster konnte sie nach draußen schauen und die vorbeigehenden Menschen beobachten. Da war er! Etwas ziellos wirkend ging er vorüber. Der Fremde hatte das Objekt seiner Begierde aus den Augen verloren. Wer war der Mann und was wollte er von ihr?

Eine Verkäuferin sprach Janina freundlich an und fragte sie nach ihrem Wunsch. Doch sie schüttelte wortlos den Kopf, verließ das Modegeschäft wieder und lief in entgegengesetzter Richtung zur Polizeidienststelle zurück.

Als sie dort völlig abgespannt und außer Atem ankam, fragten sie ihre beiden Kollegen besorgt, ob ihr nicht gut sei. Doch sie winkte bloß ab und nannte als Grund für ihre Kurzatmigkeit etwas Sport in der Mittagspause. Ihre Frage, wo ihr Großvater denn sei, konnten die beiden anderen nicht beantworten. Er war wie immer außer Haus unterwegs und hatte niemandem verraten, wo er sich aufhielt. Was sollte Janina von ihren beiden Kollegen, dem Freund und dem Großvater nur denken? Doch beschloss sie, ihr Geheimnis vorerst für sich zu behalten.

Rolf Benneis befand sich zu Fuß auf dem Weg zu seiner Dienststelle. Plötzlich klingelte sein Handy. Im ersten Moment wusste er nicht, wo es verstaut war. In die Innentaschen seines grauen Sakkos jedenfalls hatte er es nicht gesteckt. Als er seine Hosentaschen von außen befühlte, merkte er an der Wölbung seiner linken, dass es dort verstaut zu sein schien. Der Polizeibeamte in Zivil zog das Smartphone heraus und wischte über den Bildschirm, um das Gespräch entgegenzunehmen. Doktor Miriam Angerstein rief an und fragte Benneis, ob es ihm möglich wäre, umgehend in ihrer Praxis vorbeizukommen. Sie habe ihm etwas Wichtiges mitzuteilen.

Benneis schaute sich kurz um, weil er sich vergewissern wollte, wo genau in Harzburg er sich befand. Dann sah er auf seine Armbanduhr. Eigentlich hätte er sich im Büro einmal wieder blicken lassen müssen. Doch der Gedanke an einen weiteren Termin außer Haus stimmte ihn gut gelaunt. So sagte er seiner Therapeutin zu, in einer Viertelstunde bei ihr zu sein.

Benneis benötigte zwei Minuten länger als geschätzt. Er brauchte nicht zu klingeln. Miriam Angerstein stand bereits an der geöffneten Haustür und bat den Polizeibeamten herein. Zügig ging sie ihm voraus ins Sprechzimmer, das Benneis wohl vertraut war. Er zog brav seine Schuhe aus und setzte sich wie gewohnt auf einen der Stühle, die auf dem Perserteppich standen.

Seine Therapeutin griff einen der anderen Stühle und platzierte ihn direkt neben dem von Benneis. Zum ersten Mal saß die schöne Frau ganz dicht an seiner Seite und wahrte keine Distanz.

»Womit kann ich Ihnen dienen?«, fragte der Polizeibeamte, der die innere Unruhe der Psychotherapeutin bemerkte. Sie wirkte außerdem sehr bedrückt auf ihn. Benneis erinnerte sich, dass er sie bei seinem letzten Besuch gefragt hatte, ob sie Angst habe. Dieser Eindruck verstärkte sich jetzt.

»Es ist so«, begann sie zu sprechen und holte dann tief Luft, »ich habe natürlich eine ärztliche Schweigepflicht, an die ich mich auch gebunden fühle. Aber es gibt Grenzen und somit Ausnahmen. Anders als ein Beichtvater, der um keinen Preis sein Geheimnis preisgeben darf, fühle ich mich an die Pflicht zum Schweigen nicht mehr gebunden, wenn Menschenleben in Gefahr sind oder vielleicht bereits ein Mensch getötet wurde.«

Benneis wurde hellhörig.

»Einer meiner Patienten faselt ständig davon, einer Frau seiner Begierde Arme und Beine abtrennen und sie dann ermorden zu wollen.«

»Großer Gott!«

»Weil Sie Polizist sind und ja auch der Schweigepflicht unterliegen, betrachte ich das jetzt als eine Form erweiterter Schweigepflicht, in die ich Sie miteinbinde. Es gibt doch da diese vermisste junge Frau aus Harzburg.«

»Ja. Sie meinen, Ihr Patient könnte mit dem Verschwinden dieser Frau etwas zu tun haben?«

»Das weiß ich natürlich nicht. Ich bin keine Kriminalbeamtin. Aber ich weiß, dass mein Patient nicht therapiefähig ist. Zuletzt habe ich Angst vor ihm gehabt, ihn hinausgeworfen und die Therapie abgebrochen. Ich habe ihm empfohlen, sich vollstationär behandeln zu lassen. Aber dazu kann ich ihn nicht zwingen.«

»Verstehe. Sie haben ein ähnliches rechtsstaatliches Problem wie wir auch.«

»So ist das leider. Ich kann ja auch nie mit hundertprozentiger Sicherheit eine Prognose erstellen. Sie können in die Seele eines Menschen letztlich nicht hineinschauen. Ein Restrisiko bleibt immer bestehen.«

»Aber in dem von Ihnen geschilderten Fall haben Sie große Sorge, dass Ihr Patient einer Frau großes Unheil zufügen könnte.«

»Oder schlimmstenfalls schon zugefügt hat.«

»Was genau veranlasst Sie zu dieser Einschätzung, Frau Doktor Angerstein?«, wollte der Hauptkommissar wissen.

»Der Mann ist zu mir gekommen, weil er Stimmen hört, die ihn auffordern, so etwas Schreckliches zu tun. Eigentlich wollte er geheilt und nicht zum Mörder werden. Doch je öfter er zu mir gekommen ist, umso stärker wurden seine Tötungsphantasien, was seinen grundsätzlichen Narzisssmus noch verstärkte. Er hat sich immer mehr in seinen Wahnsinn hineingesteigert, sodass ich am Ende nicht einmal mehr sicher sein konnte, ob er nicht vielleicht mich anfällt.«

»Erzählen Sie mir mehr über den Mann«, bat Benneis seine Therapeutin.

»Er tritt via Internet in Kontakt zu Frauen, die er mit abstrusen sexuellen Wünschen anlockt. Doch das macht er nur zum Zeitvertreib. Er trifft sich nicht wirklich mit ihnen. Frauen seines Beuteschemas befinden sich im wirklichen Leben.«

»Was für abstruse sexuelle Phantasien sind das denn?«

Angewidert erzählte Miriam Angerstein davon. Doch sie hielt sich bedeckt und riss die Dinge nur an. Sie blieb bei Oberflächlichkeiten und ersparte beiden den Blick in die Tiefe.

Benneis schüttelte sich, als er das hörte. Seine Psychotherapeutin verwies darauf, dass derartige sexuelle Praktiken vorkämen und nicht zwangsläufig der Grund für eine psychische Störung sein müssten. Doch das Merkwürdige an ihrem Patienten sei, dass er diesbezüglich nur ein Spiel im Internet mit Frauen spiele. Er sei ein Fake. Die Frauen, die ihm antworteten, möglicherweise auch. Vielleicht waren es noch nicht einmal Frauen.

»Worin liegt Ihrer Meinung nach der Sinn in solchen gefakten Kontaktannoncen?«, wollte Benneis von seiner Therapeutin wissen.

»Schwer zu sagen. Ich kenne keine wissenschaftlich fundierten Ausführungen über derartige Phänomene. Vorstellen könnte ich mir nur, dass Menschen austesten wollen, ob sich für kompletten Schwachsinn oder aber ihre geheimsten und tiefsten Sehnsüchte ein Markt der Möglichkeiten öffnet.«

»So nach dem Motto, mal sehen, ob sich einer meldet und dann sehen wir weiter.«

»Ja. Viele machen es nur aus Blödsinn und die, die es vielleicht doch irgendwo ernst meinen, trauen sich letztlich nicht, ihre schmutzigen Phantasien mit einer ihnen fremden Person in die Tat umzusetzen«, versuchte die Psychotherapeutin das seltsame neuzeitliche Phänomen zu erklären.

»Oder es handelt sich schlichtweg um Prostitution. Ein neuer Weg, Kundschaft zu bekommen«, ergänzte die Psychotherapeutin ihre Ausführungen.

Benneis kratzte sich am Kinn und dachte scharf nach.

»Hat sich Ihr Patient vielleicht mit dem Internet von seinen wahren Phantasien, also von der Mordlust ablenken wollen?«, fragte er schließlich.

»Schon möglich.«

»Wie entsteht Mordlust? Verstümmelungslust?«

»In diesem Fall handelt es sich wirklich um eine Lust. Das heißt, Verstümmelung und Mord finden ihren Antriebsmotor in sexueller Lust. Der Täter ergötzt sich an dem, was er tut. Deshalb glaube ich, dass er nicht zu bändigen sein wird. Wo so eine

Fehlentwicklung herkommt, das mögen die Götter wissen.«

»Das Testosteron ist das Gift auf unserm Planeten«, merkte Benneis kritisch an.

»Wohl wahr. Nur dass es ohne dieses Gift kein Leben auf unserm schönen Planeten gäbe«, konterte Miriam Angerstein.

»Hat Ihr Patient ein Beuteschema?«

»Blonde junge Frauen.«

»Annika Wuttke, also die vermisste Person, ist jung und blond.«

»Deshalb mache ich mir solche Sorgen und habe Sie eingeschaltet, weil ich es nicht mehr länger verantworten kann, der ganzen Entwicklung schweigend zuzusehen«, sagte Doktor Miriam Angerstein und fühlte sich sichtlich erleichtert.

»Jetzt sollten Sie mir den Namen Ihres Patienten verraten«, sagte Benneis.

»Bitte behandeln Sie das alles so vertraulich wie möglich. Von mir haben Sie im Zweifelsfalle nichts gehört. Versprochen?«

»Versprechen kann ich Ihnen das nicht. Aber ich werde mich bemühen. Wer ist es?«

»Sein Name ist...«, Miriam Angerstein schaute in Richtung Fenster und atmete noch einmal tief durch, »Ole Ranke.«

Wortlos sah Benneis seine Therapeutin an.

»Sagt Ihnen der Name irgendetwas?«, fragte sie ihn mit einem Ausdruck des Entsetzens.

»Ich glaube schon.«

Rolf Benneis dankte seiner Therapeutin für ihre Offenheit und versprach, sehr sorgsam mit den Informationen umzugehen und sie, sofern möglich, aus allem herauszuhalten. Dann ging er zu seiner Dienststelle zurück. Dort traf er nur noch die beiden Kollegen aus Goslar an. Die zeigten sich erfreut darüber, den Dienststellenleiter an diesem Tage noch einmal zu sehen.

»Wo ist meine Enkelin?«, wollte er von ihnen wissen.

»Die ist zu einem Verkehrsunfall rausgerufen worden. Danach hat sie noch einen Termin beim Hautarzt, den sie fast vergessen hätte. Wir haben sie beurlaubt«, lächelte Bergmann.

»So soll das eigentlich nicht sein, dass Sie beide hier Wache schieben«, entgegnete Benneis etwas peinlich berührt.

»Es gibt ja noch die Kollegen in den anderen Dienststellen hier im Haus. Wir sind ja nicht allein. Ihre Enkelin hat Sie leider telefonisch nicht erreichen können«, sagte Schlüter.

»Ich bin in Sachen Ermittlungen unterwegs gewesen. Eine Zeugin, die nicht genannt werden möchte, aber durchaus glaubwürdig erscheint, hat mir anvertraut, dass Ole Ranke ein Mann mit Mordphantasien ist.«

»Wie bitte? Nachdem der hier heute nicht erschienen ist, sind wir mit Ihrer Enkelin zu ihm gefahren. Doch er hat wieder einmal die Tür nicht geöffnet«, merkte Bergmann an.

»Dann fahren wir da jetzt noch einmal gemeinsam hin. Ich rufe vorher meinen Freund Kalle vom Harzburger Schlüsseldienst an. Der soll dort hinkommen und uns Zutritt zu Rankes Haus verschaffen.«

»Sollen wir nicht lieber warten, bis wir eine richterliche Genehmigung haben?«, fragte Bergmann.

»Besorgen Sie die. Aber wir gehen da jetzt rein. Gefahr im Verzug«, ordnete Benneis an.

»Wer ist Ihre Zeugin?«, wollte Schlüter wissen.

»Egal. Es muss Ihnen reichen, dass ich es weiß.«

»In Ordnung. Aber dann nehmen Sie das auf Ihre Kappe«, sagte Bergmann.

Benneis widersprach nicht, telefonierte mit Kalle und verließ anschließend mit den beiden anderen die Dienststelle. Draußen hängte er ein Schild mit der Aufschrift »Vorübergehend geschlossen« an die Tür.

Kalle hieß mit vollständigem Namen Karl Theodor Meinecke. Er war ein auffallend kleiner Mann mit Halbglatze und hervorstehenden blauen Augen. Obwohl er die sechzig demnächst erreichen würde, durfte er stolz darauf sein, dass die wenigen ihm verbliebenen Haare dunkelbraun waren und sich kein einziger grauer Schimmer zeigte. Meistens verdeckte eine schwarze Schirmmütze seine Glatze. Allerdings hob Kalle sie immer an, um sich am Kopf zu kratzen. Dann wurde sein glänzendes Haupt für jeden sichtbar.

Meinecke und Benneis kannten sich beinahe ein ganzes Leben. Als Freunde konnten sie nicht bezeichnet werden, aber sie hielten zusammen wie Pech und Schwefel, wenn es darauf ankam. Einer konnte sich stets auf den anderen verlassen. Wann und wo sich beide genau kennengelernt hatten, wussten sie längst nicht mehr. Es kam ihnen vor, als wäre es vom Beginn ihres Lebens an nie anders gewesen.

Kalle begrüßte den Hauptkommissar mit Handschlag und die beiden anderen Herren nur durch Kopfnicken. Auch nachdem Benneis ihm die beiden Kollegen vorgestellt hatte, übte er sich in Distanz und dachte nicht daran, ihnen nachträglich vielleicht doch noch die Hand zu geben.

Die vier Männer standen vor dem Haus von Ole Ranke. Kalle besah es sich misstrauisch, was Benneis nicht entging und ihn zu der Frage verleitete, ob er die fragliche Person kennen würde.

»Nicht persönlich. Aber in der Kneipe habe ich mal gehört, wie einer schlecht über den gesprochen hat. Weiß aber nicht mehr, warum.«

»Dann öffne uns jetzt mal bitte die Tür zu seinem Allerheiligsten. Geh aber auf keinen Fall hinein, sondern sofort zurück und lass uns hier die Arbeit machen«, sagte Benneis.

»Hat er also was auf dem Kerbholz«, schlussfolgerte Kalle.

»Kann sein, muss aber nicht. Also halt in der Kneipe die Schnauze! Verstanden?«

»Kannst dich wie immer auf mich verlassen.«

Dann ging Kalle an die Arbeit. Es dauerte keine zehn Sekunden, bis er die Tür zu Rankes Haus geöffnet hatte. Anschließend zogen die drei anderen ihre Schusswaffen und entsicherten sie. Kalle trat zur Seite, steckte sich eine Zigarette an und inhalierte das Nikotin voller Genuss.

Die Polizeibeamten betraten den Hausflur. Bergmann und Schlüter gingen Rücken an Rücken. Jeder von ihnen trat eine Tür zu einem Zimmer auf, an der sie vorbeikamen und zielte hinein. Benneis ging mit gezogener Waffe hinter den beiden her. So durchstöberten sie das ganze Haus, bis sie zum Schluss feststellten, dass niemand anwesend war. Nun verstauten sie ihre Waffen wieder.

»Der Vogel ist ausgeflogen«, stellte Benneis fest und ging dann wieder zur Eingangstür, wo er Kalle für dessen Unterstützung dankte und ihm auftrug, die Rechnung an seine Behörde zu schicken.

Bergmann und Schlüter besahen sich einzelne Zimmer in dem riesigen Haus, das von nur einem einzigen Mann bewohnt wurde. Unweigerlich stellten sich die Kriminalbeamten die Frage, wer das große Anwesen in Schuss hielt, da alles aufgeräumt und sauber erschien.

Als Benneis ins Haus zurückkehrte, fragte ihn Bergmann, was sie nun machen sollten.

»Sucht seinen PC. Den nehmen wir mit. Und in Goslar könnt ihr den auswerten. Ihr habt doch da bestimmt einen Spezialisten.«

»Tun Sie doch nicht immer so, als wenn Goslar der Nabel der Welt wäre. Wir müssen auch erst einen Mitarbeiter anrufen und herbitten, der für so was zuständig ist«, konterte Bergmann.

»Dann machen Sie mal!«

Schlüter fand schließlich den Computer, zog alle Kabel aus dem Stecker und trug das Gerät unter dem Arm aus dem Haus. Benneis und Bergmann folgten ihm. Draußen zogen die Beamten die Tür zu und ließen sie ins Schloss fallen. Auf den ersten Blick sah alles wie vorher aus. Nichts schien passiert zu sein. Sollte Ranke irgendwann nach Hause kommen, würde er einen Einbruch bemerken und feststellen, dass ihm sein Computer entwendet worden war.

Bergmann und Schlüter stiegen in ihren Dienstwagen und fuhren nach Goslar zurück.

Benneis ging noch einmal zur Dienststelle, wo der Kollege von der Nachtschicht inzwischen anwesend war. Die beiden begrüßten einander und sprachen über Dienstliches. Dann wünschte Benneis eine angenehme Schicht und begann, seinen Feierabend zu genießen.

Es war ein lauer Spätsommerabend und die tief stehende Sonne verlieh den Kirchtürmen von Goslar und den Giebeln jener hochgebauten Altstadthäuser ein strahlend rotes Antlitz. Menschen in luftiger Kleidung flanierten durch die Straßen und zeigten ein wenig nackte Haut, die bei den meisten allerdings nicht so recht braun werden wollte, da die regnerischen Tage dieses Sommers eindeutig in der Überzahl waren.

Janina Benneis schlenderte von der Kaiserpfalz, die sie sich gern aus einer gewissen Distanz mit Regelmäßigkeit besah, über die *pons regis*, also die Königsbrücke, zum Marktplatz von Goslar. Dabei wählte sie stets den schmalen Fußweg an der rauschenden Gose entlang und erfreute sich am Anblick des Mühlenrades, das gemächlich, aber treu seinen Dienst versah.

Schließlich betrat sie den Marktplatz mit seinem sagenumwobenen Brunnen in der Mitte und den Altbauten wie dem Rathaus und der Kaiserworth, die den Platz einrahmen. Es kostete Janina etwas Mühe, einen freien Platz an einem der zahlreichen Tische vor den Restaurants zu finden. Doch nach kurzem Suchen hatte sie schließlich einen ergattert, auf dem sie sich niederließ.

Janina bestellte sich ein Hefe-Weizen. Die Polizeianwärterin trank es nur sehr langsam, da sie die viele Flüssigkeit nicht schnell in sich hineinschütten konnte. Sie bekam davon Sodbrennen. Deshalb schlug Janina zum Zeitvertreib eine Illustrierte auf, in der sie herumblätterte und sich modische

Kleidung für den bevorstehenden Herbst ansah.

Hin und wieder schaute Janina auf ihr Smartphone. Doch es wollten keine Nachrichten für sie eingehen. Die Polizeianwärterin hatte erwartet, dass ihr Freund Leon sich einmal bei ihr gemeldet hätte. Doch der schien offensichtlich gar nicht daran zu denken. So sah Janina auch keine Veranlassung, ihm zu schreiben. Irgendwann an diesem Abend genehmigte sie sich den letzten Schluck aus ihrem Bierglas und rief eine Kellnerin herbei, bei der sie zahlen wollte.

Ihre Wohnung befand sich ganz in der Nähe. So gestaltete sich der Heimweg als kurzer gemütlicher Spaziergang.

Janina empfand es als schade, dass sie schon zu Hause angekommen war. Gern wäre sie noch ein Stück gegangen. Doch dazu verspürte sie auch nicht so die rechte Lust und deshalb ging sie ins Haus hinein und schloss ihre Wohnungstür auf. Sie wusste nicht, was sie störte. Aber irgendetwas war anders als sonst. Die junge Frau versuchte sich einzureden, dass sie vielleicht wunderlich werden würde. So überging sie die Angelegenheit einfach und betrat ihr Schlafzimmer, in dem sie sich bis auf den Slip auszog. Anschließend streifte sie sich ein weißes Sweatshirt über, das sie in ihrer Wohnung trug, mit dem sie sich aber auch zu Bett begab. Nackt schlief Janina, wenn sie allein war, ungern, da sie immer recht schnell zu frieren begann. Sie ließ sich auf ihr Sofa fallen und stellte mithilfe der Fernbedienung ihren Fernseher an. Wahllos schaltete sie sich durch zahlreiche Programme durch, blieb aber an keinem haften, da sie sich durchweg von nichts angesprochen fühlte, was sie zu sehen bekam.

Rolf Benneis saß ebenfalls auf seinem heimischen Sofa und hatte sich im Gegensatz zu seiner Enkelin für ein Programm entschieden. Er folgte einem Fernsehfilm auf dem Zweiten.

Plötzlich klingelte sein Smartphone. Überrascht darüber, wer ihn jetzt auf seinem Telefon anrief und sprechen wollte, schaute er zunächst nach der Nummer des Anrufers, die ihm allerdings nichts sagte. Etwas genervt nahm er das Gespräch entgegen und wunderte sich, was der Kollege Bergmann aus Goslar von ihm wollte. Hätte das nicht bis zum nächsten Tag Zeit gehabt? Doch verkniff sich Benneis, seinen Unmut über den späten Anruf kundzutun.

»Was gibt es zu so später Stunde?«, fragte er freundlich.

»Wir werten den Computer von Ole Ranke aus. Dabei sind wir auf etwas Merkwürdiges gestoßen.«

»So? Was denn?«

»Ranke hat nicht wenige Fotos von Ihrer Enkelin auf seinem PC.«

»Kennt er Janina?«

»Wohl eher kaum. Aber Ihre Enkelin geht nicht ans Telefon.«

»Was soll ich da jetzt machen?«

»Ich wollte nur hören, ob sie vielleicht bei Ihnen ist?«

»Hier ist sie nicht. Versuchen Sie es mal bei ihrem Freund, dem Kollegen Leon Färber.«

Benneis suchte ihm dessen Nummer heraus und beendete das Gespräch. Doch ließ ihm das alles irgendwie keine Ruhe. Er versuchte selbst, Leon Färber anzurufen. Aber der ging nicht ans Telefon. Warum hatte dieser Ranke Fotos von seiner Enkelin auf seinem PC? Da stimmte doch irgendetwas nicht.

Janina hatte den Fernseher ausgeschaltet. Inzwischen war es dunkel geworden. Die junge Frau zog nie ihre Gardinen vors Fenster. So fiel genügend Licht von den Straßenlaternen in ihr Wohnzimmer, das ihr ausreichte, wenn sie nicht gerade etwas lesen wollte.

Plötzlich vernahm sie ein Geräusch. Kam es von der Nachbarwohnung oder aus ihrer eigenen? Janina hielt inne und versuchte ganz leise zu sein. Doch es blieb still. Trotzdem befiel sie eine Angst, für die sie keine Erklärung hatte.

Die Polizeianwärterin stand von ihrem Sofa auf und wollte

ins Bad gehen. Als sie mit nackten Füßen über den Flur schlurfte, erschrak sie beim Anblick ihres Kleiderständers. Er war leer. Beim Betreten ihrer Wohnung war ihr aufgefallen, dass irgendetwas nicht stimmte, ohne zu wissen, was. Jetzt gab es keinen Zweifel für sie. Janina war nicht allein in ihrer Wohnung. Es musste sich noch jemand hier aufhalten und gut versteckt haben. Sie wusste ganz genau, dass zwei ihrer Sommerjacken dort gehangen hatten. Warum waren sie fort? Wer hatte sie verschwinden lassen?

Verunsichert schlich sie nun auf Zehenspitzen weiter und trat mit dem rechten Fuß die Badezimmertür auf. Auf dem Fußboden lag eine Axt, die sie trotz der verhältnismäßig starken Dunkelheit zweifelsfrei erkennen konnte. Janina begann am ganzen Körper zu zittern. Sie drückte auf den Lichtschalter. Jetzt spiegelte sich die Axt im Schein ihres Badezimmerstrahlers und sie besah sich das scharfkantige, glatt geschliffene Teil mit vor Entsetzen weit aufgerissenen Augen. Ihre Blicke lösten sich von der Axt auf dem Badezimmerboden. Hastig drehte sie sich um. Doch da war niemand. Irgendwo musste die tödliche Gefahr aber lauern.

Janina wollte aus ihrer Wohnung hinausrennen. Doch ihr war klar, dass das Feindliche ganz nah sein musste und dass sie an ihrer Flucht vermutlich mit Gewalt gehindert werden würde. Mutig verließ sie das Bad und ging auf den Flur zurück. Dann spürte sie einen kräftigen Schlag gegen ihre Stirn. Das Bild vor ihren Augen kam ins Wanken, bevor es sich verlor und in das tiefe Schwarz der Finsternis überwechselte.

Janina schlug ihre Augen auf, weil der Ruf des Lebens sie ins Jetzt zurückholte und einen Schlaf beendete, von dem sie nicht wusste, wie lange er gedauert hatte. Zunächst musste die Polizeianwärterin ihre Gedanken sortieren, um sich zu vergewissern, wo sie sich befand und was geschehen war.

Ihr Mund war zugeklebt, ihre Hände hinter ihrem Rücken zusammengebunden und ihre nackten Füße in Fußschellen, wie sie in jedem Erotikshop erworben werden konnten, zusammengekettet. Sie saß auf dem Fußboden ihrer eigenen Küche. Licht brannte. Die Gardinen vor dem Küchenfenster hatte jemand zugezogen. Auf dem Küchentisch erblickte Janina jene Axt, die sie vorher in ihrem Bad entdeckt hatte.

Der Fremde, der sich in ihrer Wohnung aufhalten musste, schien sich in einem der anderen Räume zu befinden. Sollte Janina sich bemerkbar machen oder lieber still bleiben? Ein Befreiungsversuch wäre sinnlos gewesen. Doch was hatte der Eindringling mit ihr vor? Warum die Axt?

Plötzlich hörte sie Schritte. Der Fremde kam zu ihr in die Küche und stellte sich vor sie. Gebannt sah Janina den Mann an und erkannte unschwer den Verfolger im Parkhaus in ihm wieder. Also doch! Er war es, der sie die ganze Zeit verfolgt und beobachtet hatte. Doch wer war der Mann und warum hatte er sich ausgerechnet an ihre Fersen geheftet?

»Du bist schön, junges Mädchen. Ich werde dir jetzt zunächst deine Arme abhacken und dann deine Beine. Anschließend wirst du verbluten. Wie schnell oder langsam das geht, hängt von deiner körperlichen Konstitution ab. Ich werde jedenfalls genau so lange bei dir bleiben, bis du übern Jordan bist, schönes Mädchen.«

Janina bewegte sich hektisch hin und her. Panische Angst ergriff sie. Sie war einem Psychopathen in die Hände gefallen, einer kranken Seele, der nicht mit Vernunft oder Verhandlungen begegnet werden konnte.

Der unheimliche Mann ging zum Küchentisch und nahm die Axt in die Hand. Er setzte sich auf einen Stuhl und ließ seine Arme schlaff nach unten hängen. Sein Blick richtete sich ebenfalls auf den Boden. In dieser Stellung schien er zu verharren.

Minuten vergingen, ohne dass etwas geschah. Janina fürchtete, dass er jeden Augenblick wie ein reißendes Tier auf sie losspringen und mit seiner Orgie beginnen würde. Doch es passierte nichts. Janina blieb ganz ruhig sitzen, da sie fürchtete, ihn ansonsten zu provozieren.

Jetzt legte er die Axt beiseite, stand von dem Küchenstuhl auf und ging auf Janina zu. Er holte den Schlüssel für die Fußschellen aus der Hosentasche und öffnete sie. Mit dem Messer schnitt der die Handfesseln hinter ihrem Rücken durch und schließlich entfernte er das Klebeband von ihrem Mund.

Irritiert und fragend sah Janina ihren Peiniger an.

»Frag mich nicht! Ich bin krank. Stimmen befehlen mir diesen Dreck. Aber ich will kein Mörder werden. Woher kommt das denn? Warum ich?«

»Woher kommt was?«, traute sich Janina jetzt zu fragen.

»Dass ich einen Steifen kriege, wenn ich daran denke, einer jungen Frau Arme und Beine abzuhacken und sie dann verbluten zu sehen? Das ist doch von Gott so nicht vorgesehen. Sexuelle Lust soll doch etwas Schönes sein. Aber beim Gedanken an Zärtlichkeiten rührt sich bei mir nichts. Warum denn nur nicht?«

Der Mann war völlig verzweifelt.

»Sie sollten in psychiatrische Behandlung gehen«, sagte Janina zaghaft.

»Da bin ich doch gewesen. Die Alte hat mich rausgeschmissen und gesagt, dass sie mir nicht helfen kann. Mir ist nicht zu helfen.«

In diesem Augenblick hörten beide ein lautes Krachen. Der Fremde hielt sich mit beiden Händen die Ohren zu, als fürchtete er ein schweres Donnerwetter. Janina überkam insgeheim eine große Freude. Ihr war schlagartig klar, dass ihre Wohnungstür aufgebrochen wurde. Dabei konnte es sich nur um ihre Kollegen handeln, die kamen, um sie zu befreien. Sekunden später standen ihr Großvater und die Kollegen Bergmann und Schlüter mit gezogenen Pistolen in ihrer Küche und richteten sie auf den Einbrecher.

»Hände hoch!«, schrie Benneis.

Der Mann hob seine Hände langsam in die Höhe und ließ sich von Bergmann widerstandslos festnehmen und Handschellen anlegen.

»Sind Sie Ole Ranke?«, ging Benneis den Mann scharf an.

Wortlos nickte er.

Verwundert sah Janina ihren Großvater an. Dieser Mann

war Ole Ranke, der allein in dem großen Haus wohnte und die Tür nicht öffnete?

Bergmann und Schlüter nahmen den Festgenommenen in ihre Mitte. Jeder von ihnen packte Ranke unter den Arm. Dann verließen die drei Janinas Wohnung.

So sehr sie sich darüber freute, ihren Großvater als Retter in größter Not zu sehen, überwog die Trauer darüber, dass ihr Freund an dieser Aktion nicht beteiligt war.

»Wie seid ihr darauf gekommen?«, wollte Janina von ihrem Großvater wissen.

Er erzählte ihr daraufhin seine Geschichte und Janina anschließend ihre.

»Er hat von seinen Mordgelüsten Abstand genommen?«, wunderte sich Benneis.

»Offensichtlich. Er wollte mir Arme und Beine abhacken und mich verbluten sehen. Dabei hätte er wohl einen oder mehrere Abgänge bekommen. Aber er hat es nicht getan.«

»Der Mann gehört in die Klapsmühle. In die Geschlossene. Und du, Kind, kommst heute mit zu mir nach Hause und schläfst dort.«

»Gern, Opa«, freute sich Janina, zog sich etwas an und packte schnell die nötigsten Sachen in ihre Reisetasche.

»Hast du irgendwas von Leon gehört?«, wollte sie schließlich wissen.

»Nein. Er war nicht zu erreichen. Krank heißt offensichtlich krank bei deinem Freund.«

»Schöner Freund«, zischte Janina.

Benneis nahm die Axt an sich, um sie sicherzustellen. Dann verließen die beiden die Wohnung und Janina zog von außen die Tür zu.

Leon Färber erschien am nächsten Morgen pünktlich in der Dienststelle und wunderte sich darüber, dass er seine Freundin noch nicht am Arbeitsplatz antraf. Von seinem Chef, Rolf Benneis, war er in den letzten Monaten nichts anderes gewohnt, als dass er zu spät zum Dienst erschien. Auch die Goslarer Kollegen waren noch nicht anwesend, worüber sich Leon ebenfalls wunderte.

Noch bevor er sich seine Dienstuniform anziehen konnte, klingelte es an der Tür und er ließ eine hübsche junge Frau eintreten, die sich ihm als Monique Schaller vorstellte. Er bat sie, in seinem Büro Platz zu nehmen und einen Augenblick zu warten. Den nutzte er, um sich umzuziehen. Als er in Dienstuniform in sein Büro zurückkam, sprach ihn die junge Frau mit *Herr Wachtmeister* an, was Leon amüsierte.

Seine Besucherin befand sich seiner Schätzung nach im selben Alter wie er. Die betont schlanke Frau trug schulterlanges schwarzes Haar und hatte eine auffallend blasse Gesichtsfarbe. Die schwarz bemalten Lippen hoben ihren weißen Teint besonders stark hervor. Unaufgefordert legte die Besucherin ihre weinrote Jacke ab, unter der sie ein kurzärmeliges Sweatshirt trug. Ihr linker Arm war vollständig bis zum Handgelenk kunstvoll tätowiert.

Leon zeigte sich von der Attraktivität seiner Besucherin stark beeindruckt. Doch dann endlich fragte er sie nach dem Grund ihres so frühen Besuches bei der Polizei.

»Es geht um meine Kollegin Annika Wuttke. Sie wird vermisst.«

»Das ist leider richtig.«

»Ich bin im Urlaub gewesen. Die Polizei war schon in unserer Augenarztpraxis und hat sich erkundigt. Was meine Kolleginnen nicht wissen konnten, da sie nicht so dicke mit Annika sind, sie wollte sich von ihrem Mann scheiden lassen.«

»Ganz sicher?«, vergewisserte sich Kommissar Leon Färber.

»Absolut. Sie hat Lars als Langweiler empfunden und seine Wutausbrüche gehasst, die ihr von Mal zu Mal mehr Angst eingejagt haben.«

»Hatte sie einen neuen Mann?«

»Nein. Sie wollte vorübergehend zu ihrer Schwester ziehen.«

»Die Schwester hat uns gegenüber ausgesagt, dass Annika Wuttke eine neue Bekanntschaft geschlossen haben muss. Irgendwas übers Internet.«

»Sie hatte da jemanden, den sie für einen Idioten gehalten hat. Annika hat mal auf unanständigen Seiten herumgesurft. Sie hat einem Mann auf ein Inserat geschrieben. Der hat ihr tatsächlich geantwortet. Annika hat ihm ihre Handynummer gegeben und sie haben sich SMS geschickt. Sie wollte wissen, ob der Mann den Schwachsinn, den er da im Internet in seinem Inserat geschrieben hat, ernst meint oder ob das alles Fake ist.«

»Und? Ist alles Fake gewesen?«

»Ja. Sie hat mit ihm ein Date ausgemacht, zu dem er natürlich nicht erschienen ist. Ich bin dabei gewesen. Wenn er wirklich aufgetaucht wäre, hätten wir beide ihn in die Flucht geschlagen.«

»Aber wenn Menschen außergewöhnliche sexuelle Interessen haben und das Internet deshalb nutzen, warum dann so eine Verarsche?«, wollte Leon Färber nicht in den Kopf.

»So was ist doch einfach lächerlich.«

»Offensichtlich nicht für jeden Menschen. Warum hat Annika Wuttke solche Seiten aufgemacht und dann auch noch Kontakt zu jemandem aufgenommen?«, fragte sich der Kommissar.

»Neugier. Spaß an der Spannung, am völlig Verrückten.«

»Oder zu schauen, ob das völlig Verrückte vielleicht doch kein Fake ist und man selber ja auch ein bisschen verrückt ist und mal wissen will, wie weit es andere sind?«

»Vielleicht. Ich habe es auch für spannend gehalten, aber nicht geglaubt, dass sich tatsächlich ein Mann gegenüber einer Frau outet.«

»Falls doch, wären Sie im Zweifelsfalle nicht abgeneigt gewesen«, schlussfolgerte Leon Färber. Er besah sich die schöne

Frau ganz genau und empfand eine gewisse Abscheu ihr gegenüber. Dabei konnte es ihm doch völlig egal sein, was sie dachte und machte.

»Also Annika Wuttke hat in der Wirklichkeit keinen anderen Mann gehabt, sondern nur diesen Fake aus dem Netz. Aber sie wollte sich von ihrem Mann scheiden lassen und vorübergehend zu ihrer Schwester ziehen«, resümierte Färber.

Monique Schaller nickte und sah verlegen zur Seite. Sie spürte, dass ihr Gegenüber wenig Verständnis für ihre Art von Abenteuerlust zu haben schien. Es war ihr peinlich, dass sie sich so viel Intimes entlocken lassen hatte.

»Dann nehme ich das jetzt so zu Protokoll und danke Ihnen für Ihre Mühe und Ihre offenherzige Aussage. Schönen Tag noch, Frau Schaller.«

Sie stand auf, schnappte sich ihre Jacke vom Stuhl und ging hinaus, ohne Auf Wiedersehen zu sagen.

Hauptkommissar Rolf Benneis stand bereits vor der Bürotür. Leon hatte ihn nicht kommen hören. Die Besucherin huschte an ihm vorbei. Daraufhin betrat der alte Herr das Büro und erzählte auf Leons Frage nach Janina von den schrecklichen Ereignissen der letzten Nacht.

Leon machte sich ernsthaft Sorgen und bereute es, sich telefonisch nicht mehr bei seiner Freundin gemeldet zu haben.

»Das ist eure Sache. Aber ich habe eben mitangehört, was die Besucherin dir erzählt hat«, sagte Benneis. »Das deckt sich mit einer anderen Zeugenaussage. Annika Wuttke hatte diesen Kontakt per Handy zu Ole Ranke, der Schweinkram im Internet inseriert hat, allerdings nur zur Verarschung. Die virtuelle Welt war für ihn so etwas wie ein Vorspiel zur wirklichen Welt, in der er zum Monster mutiert ist.«

»Aber in letzter Sekunde hat er Janina verschont.«

»In letzter Sekunde sind wir da gewesen und haben Janina gerettet, während du krankgefeiert hast«, sagte Benneis mit bitterer Miene. Er drehte sich um und ließ seinen Kollegen zurück, der sich nun schwere Vorwürfe zu machen begann. Genau das war Benneis' Absicht gewesen.

Hauptkommissar Bergmann betrat gut gelaunt die Dienststelle und legte seinem Harzburger Kollegen nach freundlichem Gruß eine Mappe auf dessen Schreibtisch, die Benneis voller Neugier hastig durchblätterte.

»Da haben Sie alle Kontaktadressen von Ole Ranke schwarz auf weiß. Aber wenn das ohnehin nur Blödsinn gewesen ist oder wie es Neudeutsch so schön heißt, Fakes, dann können wir damit herzlich wenig anfangen. Interessanter dürfte da schon die Auswertung von Annika Wuttkes Computer sein.«

»Was erfahren wir denn dadurch?«, fragte Benneis äußerst interessiert.

»Am Tage ihres Verschwindens hatte Annika Wuttke ein Doppelzimmer im Goslarer Luxushotel *Zur Kaiserpfalz* gebucht. Wohlgemerkt ein Zimmer für zwei Personen. Mein Kollege Schlüter wird dort nachher gleich hinfahren und versuchen herauszufinden, wer diese zweite Person ist.«

»Dann hat Annika Wuttke auch ihrer Freundin und Kollegin aus der Augenarztpraxis nicht die Wahrheit erzählt, sondern stattdessen mit ihr ein albernes eher vorpubertäres Spiel gespielt.«

»Was für eine Freundin?«, zeigte sich Bergmann irritiert.

»So ein kleines Dummchen, die hier heute herkam nach der Masche *Herr Lehrer, ich weiß was.* Die wollte sich so ein bisschen wichtigmachen, hatte ich den Eindruck. Vielleicht hat sie gedacht, sie kann uns was Neues erzählen, wenn sie über Schweinkram im Internet spricht. Ich denke, diese Spur ist nicht heiß. Ole Ranke ist nicht der mögliche Mörder, falls sie denn tot ist«, war Benneis sich sicher.

»Können Sie das hundertprozentig ausschließen, Benneis?«

»Was sind schon hundert Prozent? Aber ich glaube, ich kann es ausschließen. Ja.«

»Wie geht es Ihrer Enkelin?«, zeigte sich Bergmann ernsthaft besorgt.

»Den Umständen entsprechend gut. Janina hat bei mir übernachtet. Ich habe gesagt, sie soll heute erst mal zu Hause bleiben. Nachher schaue ich bei ihr vorbei.«

Bergmann ging hinüber in das andere Büro, während Benneis sich die Akte durchblätterte, in der alle E-Mail-Adressen aufgelistet waren, zu denen Ole Ranke Kontakt unterhalten hatte. Eine dieser Adressen lächelte den Hauptkommissar an. Er kannte sie nur zu gut und rieb sich ratlos an seinem Kinn.

———

Janina lag auf dem Sofa ihres Großvaters in dessen Wohnzimmer in eine Decke eingerollt und folgte eher beiläufig dem Fernsehprogramm, das irgendein Sender zu dieser mittäglichen Zeit ausstrahlte. Geistig war sie abwesend und versuchte so, die schrecklichen Ereignisse des Vortages ein wenig in den Hintergrund zu drängen. An Vergessen brauchte sie gar nicht erst zu denken. Das Grausame hatte sich in ihr Bewusstsein tief eingegraben. Es würde sicherlich zahlreicher Therapiestunden bedürfen, um Janina einigermaßen wieder fit für Alltag und Beruf zu machen.

Als sie die Wohnungstür ins Schloss fallen hörte, stellte sie mit der Fernbedienung den Ton am Fernsehgerät leise und lauschte weiteren Geräuschen, bis sie sicher war, dass ihr Großvater die Wohnung betreten hatte.

Sich freudig und optimistisch gebend kam er ins Wohnzimmer und brachte frisches Obst und eine Flasche Traubensaft mit. Janina fühlte sich an ferne Kindertage erinnert, an denen sie bei ihren Großeltern genächtigt und ihr Opa sie immer fürsorglich mit allem Möglichen versorgt hatte. Diese unbeschwerten Tage sehnte die so gebeutelte Janina sich herbei. Natürlich wusste sie, dass es unmöglich war, die Zeit zurückzudrehen. Doch sie verstand, dass eine glücklich verlebte Kindheit ein starkes Fundament sein konnte, wenn der raue Wind des Lebens einen Erwachsenen vom Sockel stoßen wollte. Die Erinnerung schenkte ihr Kraft und war eine Quelle, aus der Janina reichlich schöpfen konnte.

Als sie bemerkte, dass ihr Großvater nicht einfach wieder hinausgehen und sie sich selbst überlassen wollte, stellte Janina den Fernseher ganz aus. Benneis setzte sich zu seiner Enkelin aufs Sofa und nahm ihre Hand.

»So schnell kriegt uns keiner klein«, sagte er zuversichtlich und sah, dass Tränen über die Wangen seiner Enkelin rollten. Sie sprang vom Sofa auf und wechselte in eine kniende Haltung über, aus der sie ihren Großvater in den Arm nehmen konnte.

Die beiden drückten einander ganz fest und hielten sich gegenseitig. Irgendwann wich die Kraft von ihnen und Janina legte sich aufs Sofa zurück. Ihr Großvater reichte ihr ein Taschentuch, mit dem sie sich die verwischten Tränen aus dem Gesicht rieb.

»Hast du Leon heute schon gesehen?«, fragte Janina plötzlich und für ihren Großvater unerwartet.

»Ja«, sagte er kommentarlos und stand vom Sofa auf.

»Hat er sich nach mir erkundigt?«

»Indirekt.«

Mehr wollte Janina nicht über ihren Freund wissen. Sie erkundigte sich daraufhin nach ihrer Großmutter.

Benneis schien nicht auf ihre Frage antworten zu wollen. Er druckste herum und sagte schließlich: »Ich habe mich schon einmal mit dem Gedanken an eine andere Frau getragen.«

»Aber du hast doch eine Frau.«

»Ja. Und ich habe doch keine.«

»Denkst du an Sex?«

»Ja und nein. Mit Anfang sechzig ist man auch dafür noch nicht zu alt. Aber vielmehr denke ich daran, jemanden treffen zu können, mit dem ich mich unterhalten kann, der mit mir spricht«, sagte Benneis in fast weinerlichem Tonfall.

»Verstehe. Du hast Oma also abgeschrieben. Der Mohr hat seine Schuldigkeit getan.«

»Quatsch! Ich besuche deine Großmutter fast jeden Tag. Das wird auch so bleiben. Aber ich habe ja auch nur dieses eine Leben.«

»Es steht mir sicherlich nicht zu, darüber zu urteilen und dein Leben zu bewerten, Opa. Doch in Ordnung finde ich das nicht.«

»Ich finde es ja selber nicht in Ordnung. Fakt ist, dass ich jetzt seit zwei Jahren hier allein im Haus lebe«, sagte Benneis und war den Tränen nahe.

Janina stand jetzt auf, ging einen Schritt auf ihren neben dem Sofa stehenden Großvater zu und nahm ihn in den Arm.

»Es war ja auch nur ein Gedanke«, entfuhr es dem Großvater, der sich gleich wieder aus der Umarmung löste und weitersprach, »jetzt müssen wir erst einmal sehen, dass du Kind wieder auf die Beine kommst. Ich kenne eine gute Psychotherapeutin hier in Harzburg. Frau Doktor Angerstein. Bei ihr werde ich dir einen Termin besorgen.«

»Ist das die, bei der du auch in Therapie bist?«, fragte die Enkelin.

»Du weißt davon?«, zeigte sich der Großvater überrascht.

»Leon spioniert deinen Terminkalender aus.«

»Dieser Kaschube. Ja, ich rede mit der Therapeutin über dasselbe Thema, über das wir beide uns eben gerade unterhalten haben.«

»Du denkst also ernsthaft darüber nach, dir eine neue Frau zuzulegen.«

»Ich habe mich sogar schon mit einer getroffen. Aber das heißt nichts. Mich plagen Gewissensbisse.«

»Das ist gut so, Opa. Man bricht nicht einfach ein Versprechen. Ihr seid verheiratet und habt euch einmal geschworen in guten wie in schlechten Zeiten.«

»Das ist richtig. Nur du hast mit Anfang zwanzig noch keine Vorstellung davon, wie lange das Leben sein kann und wie viele Kurven es für dich bereithält, sodass du den geraden Weg, auf den du dich eingeschworen hast, nicht einhalten kannst. Es ist immer leichter, Dinge zu versprechen, als sie am Ende auch einzuhalten.«

»Was sagt denn deine Therapeutin?«

»Nun, sei mir nicht böse, aber das geht nur mich und Frau Angerstein etwas an. Vielleicht erzähle ich es dir später einmal, Janina. Sie hilft einem jeden in seiner speziellen Situation. Das ist ihr Job. Sie muss mir als Patienten verschiedene Verhaltensmuster aufzeigen und schauen, welches zu mir am besten passt, da sie auch die Folgen meines möglichen Verhaltens einschätzen muss.«

Janina öffnete den Schraubverschluss der Traubensaftflasche, die ihr Großvater ihr mitgebracht hatte. Doch Benneis sprang auf und holte ein Glas für sie aus dem Wohnzimmerschrank, da er es nicht mochte, wenn einfach so aus der Flasche getrunken wurde.

»Wie sieht es denn mit deinem Cold Case aus?«, fragte ihn seine Enkelin, um zu einem anderen unverfänglicheren Thema überzuleiten.

»Ich bin dran, Kleines. Ich bin dran.«

———

Diesmal hatte Rolf Benneis die Psychotherapeutin Miriam Angerstein um einen dringenden Gesprächstermin gebeten. Sie kam seinem Ansinnen umgehend nach, weil die Psychologin vermutete, dass die Polizei irgendetwas gegen Ole Ranke unternommen hatte.

Zum ersten Mal betrat der Hauptkommissar das Wohnzimmer von Miriam Angerstein, da sie ihn diesmal in ihr privates Ambiente bat. Ihm fiel auf, wie liebevoll sie den Raum eingerichtet hatte. Ein Meer von Blumen zierte die Fensterbänke, während Duftkerzen auf Tischchen und Schränken vor sich hinleuchteten und dafür sorgten, dass sich der Geruch von Zimt im ganzen Zimmer ausbreitete. Für Benneis mischte sich das Flair vergangener Studentenzeiten mit dem Charme eines Wohlfühlraums, in dem zur Massage eingeladen wurde.

Die beiden nahmen in der geometrisch angeordneten Sitzecke ihrer Couchgarnitur Platz. Die Gastgeberin servierte

Ingwertee mit Orange gemischt. Obwohl Benneis sich keineswegs krank fühlte, beschlich ihn das Gefühl, dieses Haus gesünder wieder zu verlassen, als er es betreten hatte.

Als Miriam Angerstein nun von ihrem Besucher hörte, was am gestrigen Abend passiert war, zeigte sie sich erleichtert über die Tatsache, ihre Schweigepflicht gebrochen zu haben, was ihr offensichtlich jedoch schwer im Magen lag.

Benneis handelte bei dieser Gelegenheit sofort einen Termin für seine Enkelin aus, den die Psychotherapeutin ihm auch gleich nannte. So wusch eine Hand die andere.

»Er wollte also tatsächlich einer jungen blonden Frau Arme und Beine abtrennen und sie dann verbluten sehen«, sagte Miriam Angerstein.

»Doch am Ende hat er es nicht getan.«

»Aber er hat sich zu weit vorgewagt. Ranke hat das Reich seiner Phantasien verlassen und den schrecklichen Boden der Realität betreten. Wie oder wobei hat er Ihre Enkelin überhaupt kennengelernt?«

»Er hat sie beobachtet, als sie an seiner Haustür klingelte. So hat er das in einer ersten Vernehmung gegenüber unseren Kollegen aus Goslar eingeräumt. Da Janina mit Dienstauto und in Uniform vor seiner Tür gestanden hat, ist es für ihn ein Kinderspiel gewesen, herauszufinden, wer sie ist. Anschließend hat er sie gestalkt und hat zum Schluss in ihre Wohnung eingebrochen. Es war ein Segen, dass Sie mich vorgewarnt haben. Ansonsten hätte ich kaum Verdacht geschöpft.«

»Trotzdem habe ich meine dienstlichen Pflichten natürlich verletzt.«

»Wir werden das so vertraulich wie möglich behandeln. Niemand wird erfahren, dass wir in Rankes Haus vor seiner Straftat eingedrungen sind«, sicherte Benneis seiner Therapeutin zu.

Doch so richtig ließ sie das alles auch nicht aufatmen.

»Warum hat Ole Ranke sich mit so vielen Frauen E-Mails geschrieben? Natürlich anonym. Aber er hat die Frauen mit einem Inserat im Internet gelockt, in dem er vorgegeben hat, Frauen mit bestimmten perversen Neigungen zu suchen«, wollte Benneis von Miriam Angerstein wissen.

»Das Internet ist ein Hort für die abartigsten Dinge auf dieser Welt. Viele nutzen das, um zu sehen, was passiert, wenn. Sie verfolgen keine konkreten Absichten. Aber einige suchen so lange, bis sich der geeignete Partner findet. Für Ranke war es vermutlich eine Art Testfall.«

»Wo liegt die Grenze zum Verbotenen?«, wollte Benneis wissen.

»Ganz einfach. Dort, wo zwei Menschen etwas nicht einvernehmlich tun oder einer von beiden minderjährig ist. Wenn sich eine ganz klare Beziehung entwickelt, die Täter und Opfer nicht nur spielerisch darstellt, sondern so unter Zwang in Wirklichkeit entsteht, liegt eine Straftat vor. Wenn Sie mich beispielsweise fesseln vor dem Sex, weil ich das so will, ist das in Ordnung. Fesselt ein erwachsener Mann eine Person gegen ihren Willen, handelt es sich dem Gesetz nach um Freiheitsberaubung.«

»Wie entstehen solche abartigen Phantasien?«

»Schwer zu sagen. Das Problem ist, wenn Männer, es handelt sich überwiegend um Männer, sexuelle Lust beim Quälen eines Menschen verspüren. So etwas kommt leider bei nicht wenigen Spezies Ihres Geschlechts vor. Das bildet den Stoff, aus dem Kriege sind. Wenn die Waffen jede Form des Widerstands gewaltsam beendet haben und nur noch wehrlose Frauen und Kinder da sind, beginnt das entsetzliche Marodieren. Viele Männer lassen einmal das wilde Tier aus sich heraus und legen sich als Kriegsheimkehrer, der seine Pflicht fürs Vaterland getan hat, ins heimische Ehebett zurück. Andere haben Blut geleckt. Sie sind auf den Geschmack gekommen. Ein Serientäter ist geboren.«

»Was hat das psychologisch für einen Sinn?«, schlug Benneis sich mit der Faust vor die Stirn.

»Vielleicht ist es ein Fehler, in allem, was vorkommt, einen

Sinn sehen zu wollen. Es könnte doch sein, dass durch einen schlichten Fehler im Erbsystem etwas entstanden ist, das von der Natur an nachfolgende Generationen weitervererbt wird, aber nicht die Oberhand gewinnt, weil es von keinem Nutzen in der Evolution ist. Oder wir Menschen erkennen den Grund der Evolution hierfür nicht, weil wir uns Religionen und Ethik geschaffen haben, die so etwas verbieten.«

»Lässt sich derartiges sexuelles Fehlverhalten therapieren?«

»Ab wann spricht man von zu therapierendem Fehlverhalten? Es hat Zeiten gegeben, und die liegen noch nicht lange zurück, da hat man Homosexuelle therapieren wollen, weil ihr Verhalten als pervers und krankhaft eingestuft worden ist. In einigen islamischen Ländern werden noch heute kleine Mädchen mit erwachsenen Männern verheiratet. Frauenbeschneidung wird von Männern praktiziert. Je nachdem, wo eine Gesellschaft die Norm festgelegt hat, die dann von den meisten akzeptiert wird. Aber egal, was an sexuellen Verhalten oder Fehlverhalten vorliegt – da es sich um triebhaftes Verhalten handelt, ist eine Therapie kaum möglich. Sie hätten keinen Homosexuellen je von seinen Neigungen abbringen können, wenn es bei der Einstufung als Krankheit geblieben wäre. Und so ist das mit anderen Dingen auch. Pädophilie ist nicht heilbar. Ebenso wenig wie Alkoholismus. Sie können einzig versuchen, den Trieb zu unterdrücken, in dem der Kranke nicht in die Versuchung gebracht wird.«

»Tabletten?«

»Ja auch. Oder Kastration.«

»Wann haben Sie gewusst, dass Sie Ole Ranke nicht helfen können?«

»Von Anfang an. Doch ich darf die Hoffnung nicht aufgeben.«

»Woher kommen Rankes abnorme Neigungen?«

»Das lässt sich nicht mit wissenschaftlicher Exaktheit aussagen.«

»Und nichtwissenschaftlich unexakt?«

»Ich habe wirklich keine Ahnung, Herr Hauptkommissar.

Aber ich bin froh, dass Sie Ranke unschädlich gemacht haben.«

»So lange, bis eine Person Ihrer Berufsgruppe kommt und ihm bescheinigt, dass er geheilt ist.«

»Nicht geheilt. Aber so weit therapiert, dass auf Grund einer zu seinen Gunsten gestellten Sozialprognose davon ausgegangen werden kann, es mit einem Mann zu tun zu haben, der aller Voraussicht nach nicht rückfällig wird.«

»Glückwunsch, Frau Doktor!«

Es war ein schöner warmer Sonntagmorgen. Einige schneeweiße Wolken huschten über den azurblauen Himmel und verdeckten die Sonne immer mal wieder kurz. So entstanden neckische Schattenspiele in den Straßen von Bad Harzburg.

Rolf Benneis hatte mit seiner Enkelin Janina den Gottesdienst in der Kirche besucht. Beide sehnten sich nach etwas geistlichem Zuspruch. Die Ereignisse der letzten Tage waren der Auslöser hierfür.

Anschließend gingen sie zur Minigolfanlage nahe der Hauptstraße, wo sie mit Bällen und Schlägern einige Stunden verbrachten. Der Großvater war seiner Enkelin weit unterlegen, die fast jede Runde mit Bravour gewann. Es bereitete ihm Genugtuung zu sehen, wie Janina von einer geradezu kindlichen Freude über ihre Glückssträhne ergriffen wurde und endlich ausgelassen wirkte. Der Stress des Alltags und all die bösen Erinnerungen schienen sich im Augenblick irgendwo in der Ferne bedeckt zu halten. Nach ihrem Match setzten sie sich in eines der Straßencafés und aßen jeder einen großen Eisbecher mit Früchten und Sahne.

Am Nachmittag fuhr Janina zu ihrer Wohnung nach Goslar hinüber. Von ihrem Freund Leon hörte sie nichts. Vermutlich trieb ihn sein schlechtes Gewissen und er tat lieber nichts, bevor er irgendetwas Falsches machte.

Rolf besuchte seine Frau und verbrachte einige Stunden

mit ihr. Die Besuche schienen ihm immer mehr als eine lästige Pflicht. Stets war Benneis bemüht, sich keinesfalls etwas anmerken zu lassen. Doch er konnte die Tatsache nicht leugnen, dass er Magenbeschwerden verspürte, sobald er in die Nähe des Pflegeheims kam und sich erleichtert fühlte, wenn er es verlassen konnte.

Am heutigen Sonntag hatte sich Benneis wieder mit seiner Internetbekannten Sybille Keitel verabredet. Die beiden trafen sich am Fuße des Baumwipfelpfads, auf den an diesem Sonntag bei dem außerordentlich schönen Wetter ein großer Ansturm von Besuchern stattfand.

Benneis bezahlte brav für seine Begleitung und dann gingen sie über das Rondell der Anlage langsam nach oben, bis sie den von Metallgittern eingezäunten Weg erreichten, auf dem sie über eine beträchtliche Strecke in Höhe der Baumkronen den Wald durchqueren konnten. Beide empfanden den Baumwipfelpfad als tolle Neuerung und eine Bereicherung für den Kurort, in dem sie lebten.

Sybille hatte sich betont modisch gekleidet und erweckte in Benneis das Gefühl, als wolle sie ihm gefallen. Hin- und hergerissen zwischen seiner kranken, pflegebedürftigen Frau und dieser gesunden und vitalen Begleiterin versuchte Benneis, sich jetzt nur auf seine Bekannte zu konzentrieren und jeden Gedanken an seine Frau aus dem Kopf zu streichen.

Die beiden spazierten den Weg durch die grünen Baumkronen in die eine Richtung und kehrten am Ende um, damit sie ihn auch wieder zurückgehen konnten. Dabei beobachteten sie die vielen anderen Menschen, die das schöne Wetter ausnutzten. Auf dem Hinweg redeten die beiden über Belangloses, auf dem Rückweg aber sprach Sybille Rolf auf dessen Frau an.

»Ich habe gerade versucht, nicht an sie zu denken. Das fällt mir in der Tat schwer. Ein bisschen fühle ich mich nämlich wie ein Schweinehund.«

»Ich kann dich nur zu gut verstehen. In deiner Gegenwart halte ich mich gern auf und fühle mich geborgen und irgendwie geschützt. Aber ich weiß ja, dass du weder Witwer noch Single bist. Von daher bin ich einfach nur die Frau, mit der du gerade zusammen über den Baumwipfelpfad gehst.«

»Das ist nett, wie du das sagst. Ich habe eine Frage an dich«, holte Rolf offenbar tief aus.

Sybille blieb stehen und sah ihren Begleiter hoffnungsfroh an.

»Du hast mir erzählt, dass du im Internet auf einen Mann gestoßen bist, der sehr freizügig über seine sexuellen Vorlieben und Interessen geschrieben hat. Das gefiel dir aber nicht und du hast den Kontakt zu dem Typen abgebrochen.«

»Ja. Kann ja passieren.«

»Natürlich. Aber man muss schon spezielle Seiten anklicken. Sonst lernt man solche Leute nicht kennen.«

»Was willst du mir damit sagen?«, sah sie ihn ein bisschen verärgert an. Sybille schien sich ertappt zu fühlen.

»Du hast dir oft und regelmäßig mit diesem Mann geschrieben und wolltest dich mit ihm treffen. Aber zu dem Treffen ist es nicht gekommen, weil er dich versetzt hat.«

»Na und? Kontrollierst du mich etwa?«

»Zufall. Das kam ganz nebenbei bei unseren Ermittlungen heraus. Der Typ, den du treffen wolltest und der ja locker fünfzehn Jahre jünger ist als du, wollte meiner Enkelin Arme und Beine absägen und sie dann töten oder ihr beim Sterben zusehen.«

»Oh Gott! Das ist ja schrecklich«, hielt sich Sybille die Hände vors Gesicht.

»Nur meine Enkelin hat ihn nicht aus freien Stücken übers Internet kennengelernt. Er hat ihr aufgelauert, nachgestellt und schließlich bei ihr eingebrochen.«

»Na wie gut, dass er mich versetzt hat. Es ist wohl doch nicht ganz ungefährlich, sich übers Internet mit wildfremden Männern zu verabreden«, stellte Sybille fest.

»Mit mir hat es ja auch geklappt. Wir haben uns über eine seriöse Seite kennengelernt«, lächelte Benneis.

»Ich weiß, dass diese andere Seite nicht ganz sauber war. Aber er hat nett geschrieben.«

»Sybille, ich weiß, was er geschrieben hat, und ich weiß, was du geschrieben hast. Meine Kollegen haben das gecheckt. Und ich kriege das mit dem, wie ich dich hier erlebe, nicht zusammen. Was auch immer du dir vorstellst, ich beabsichtige nicht, mit dir Dinge zu tun, von denen du geschwärmt hast und die ich ekelig finde.«

»Hör auf!«, unterbrach sie ihn energisch. »Was liest du fremde E-Mails? Kennst du kein Briefgeheimnis? Ich wollte mal Spaß haben. Mal was anderes erleben. Was ist so schlimm daran?«

»Nichts. Nur dass ich für solche Späße nicht zu haben bin.«

»Dann scher dich doch zum Teufel!«, fauchte sie ihn an und ging forschen Schrittes davon. Benneis versuchte erst gar nicht, sie zurückzuhalten. Wortlos ließ er sie gehen.

Im selben Moment tat es ihm leid, was er gemacht hatte. Er hatte sie in den Wind geschickt, die verwitwete Schönheit, die sich für ihn interessierte und eine Seite zu besitzen schien, die dem Hauptkommissar unheimlich war. Möglicherweise handelte es sich dabei nicht einmal um eine Facette ihrer Persönlichkeit, sondern nur um eine Seite im Internet, die sie aus reiner Lust und Langeweile angeklickt hatte.

In Wahrheit fiel es ihm entsetzlich schwer, sich einem anderen, einem neuen Menschen zu öffnen und hinzugeben, um auf seine alten Tage vielleicht noch Neuland in sexueller Hinsicht zu betreten.

In diesem Augenblick wurde dem Hauptkommissar grausam klar, wie schwer es doch war, sich tatsächlich von dem Menschen zu lösen, mit dem man ein Leben lang zusammen war und so viel Freud und Leid geteilt hatte. In seinem Alter war es schwer, noch einmal jenes Maß an Kraft aufzubringen, um sich in jeder Hinsicht einem neuen und zugleich fremden Menschen öffnen und letztlich hingeben zu können.

Er hatte einen Großteil seines Lebens gelebt und wusste

eine großartige und hervorragende Frau an seiner Seite. Sein Ausflug ins Internet mochte ähnlicher Natur gewesen sein wie der von Sybille. Rolf schwebten keine sexuell ausschweifenden Dinge vor, aber der Hintergrund seines Handelns war kein edler gewesen. Vielleicht hätte er seine Frau, die sich nicht mehr wehren konnte, betrogen. Möglicherweise wäre er mit dieser Fremden durch die Betten gesprungen und hätte mit ihr gemacht, wonach beiden verlangte.

Sybille hätte nach dem Tod ihres Mannes einfach gern mal etwas Verrücktes getan. Was war so schlimm daran? Nichts. Rolf Benneis hatte nur nach einem Grund gesucht, die Frau loszuwerden. Dazu musste er etwas finden, um sie sich selber schlecht zu reden. Er hatte sie ja eigentlich toll gefunden. Doch der Polizeibeamte, der stets für Recht und Ordnung eintrat, konnte es seiner Patricia nicht antun. Er hatte sich und seiner neuen Bekannten etwas vorgemacht.

———

Die neue Woche begann regnerisch. Ein neues Tiefdruckgebiet machte sich über dem Harz breit und ließ der Sonne keine Chance. Es goss wie aus Eimern.

Janina Benneis meldete sich auf Anraten ihres Großvaters krank. Im Verlauf des Vormittags lag zudem der Termin mit der Psychotherapeutin Doktor Angerstein.

Kommissar Leon Färber überging Janinas Abwesenheit völlig. Er grüßte Benneis und sprach mit ihm über dienstliche Belange, als würde die junge Polizeianwärterin überhaupt nicht existieren.

Die Kollegen Bergmann und Schlüter erschienen ebenfalls zum Dienst und fluchten über den vielen Regen. Die Fahrt von Goslar nach Bad Harzburg hatte sich auf Grund der Wassermassen in den Spurrinnen als recht beschwerlich herausgestellt. Vielleicht war das der Grund, weshalb sie auf den Staatsanwalt noch einige Minuten warten mussten, bis auch er schließlich über das Wetter schimpfend in der Dienststelle erschien. Behrendt zog seine Regenjacke aus. Dabei riss er sich sein stets offenes Sakko fast vom Körper, das er dann aber etwas ungehalten wieder überstreifte und zurechtruckelte.

Als Kommissar Färber das Büro mit einem Aktenordner unter dem Arm betreten wollte, knallte Hauptkommissar Benneis ihm demonstrativ die Tür vor der Nase zu.

»Aber der Kollege gehört doch zu unserer Soko«, wandte Hauptkommissar Bergmann irritiert über das Vorgehen seines Kollegen ein.

»Jetzt nicht. Kommissar Färber hat zurzeit eine andere wichtige Aufgabe zu erledigen.«

Die vier setzten sich, ohne dass einer der anderen drei Benneis' eigenmächtiges Verhalten weiter kommentiert hätte.

Staatsanwalt Behrendt sprach die Ereignisse um die Enkelin des hiesigen Dienststellenleiters an, der daraufhin erklärte, dass sie sich krankgemeldet habe, wofür alle vollstes Verständnis zeigten.

»Dann können wir wohl davon ausgehen, dass der Festgenommene bei der Vermissten Annika Wuttke vorher ganze Sache gemacht hat«, resümierte der Staatsanwalt.

»Eher nicht. Ranke hat ja bei meiner Enkelin auch plötzlich geblockt.«

»Was wollen Sie damit sagen, Benneis?«, fragte Behrendt ihn aufgebracht.

»Dass er es nicht war. Hier ist kürzlich eine Kollegin von Frau Wuttke aufgetaucht, die bestätigt hat, dass sie sich mit einem Mann anonym geschrieben hat. Doch als es zum Treffen kommen sollte, wurde sie versetzt. Die Kollegin aus der Augenarztpraxis ist dabei gewesen. Durch die Computerauswertung sowie die des Handys wissen wir, dass es Ranke war, mit dem sich die Vermisste schrieb.«

»Nicht übers Internet hat sie einen anderen Mann kennengelernt. Sie hat allerdings übers Internet ein Doppelzimmer mit diesem anderen im Goslarer Hotel *Zur Kaiserpfalz* gebucht«, fügte Bergmann hinzu.

»Und ich bin dorthin gefahren und habe herausgefunden, wer dieser andere Mann ist«, verkündete Schlüter stolz, »er hat nämlich dort seine Personalien angegeben, weil er das von Annika Wuttke gebuchte Zimmer bezogen hat, um es nach wenigen Stunden sang- und klanglos wieder zu verlassen.«

»Das heißt, Annika Wuttke ist im Hotel nie angekommen«, schlussfolgerte Benneis.

»Und wer hat nun das fragliche Hotelzimmer für sehr kurze Zeit bezogen und dort vergeblich auf seine Verabredung gewartet?«, fragte der Staatsanwalt.

»Volker Kleist«, lautete Schlüters kurze knappe Antwort.

Behrendt schlug mit der Faust auf den Tisch.

»Kennen Sie den Mann?«, wollte Benneis wissen.

»Er ist der Besitzer der Goslarer Brauerei *Kaiserpfalz-Pils*. Der Mann ist Anfang fünfzig, hat drei Kinder aus erster Ehe und ist offensichtlich nicht ganz ausgelastet in zweiter Ehe verheiratet. Geld wie Heu«, wusste der Staatsanwalt die nötigen Informationen beizusteuern.

»Dann hätten wir ja ein Tatmotiv. Die Ehefrau hat herausgefunden, dass ihr Mann sie betrügen wollte, und die Nebenbuhlerin kurzerhand ausgeschaltet«, mutmaßte Bergmann.

»Sie werden Volker Kleist natürlich aufsuchen und befragen müssen. Aber äußerste Diskretion, wenn ich bitten darf. Nein! Ich muss Sie darum ersuchen, meine Herren«, brannte es dem Staatsanwalt unter den Nägeln.

»Warum hat sich dieser Volker Kleist nicht von selbst bei der Polizei gemeldet? Das Date im Hotel ist ja offensichtlich ausgefallen. Der Mann bekommt keinen Kontakt zu seiner Angebeteten und liest Tage später, dass sie vermisst gemeldet wurde und spurlos verschwunden ist«, stellte Benneis die Fakten zusammen.

»Er selbst kann wohl kaum der Mörder sein«, kombinierte Schlüter, woraufhin ihn der Staatsanwalt scharf anging.

»Kleist ist doch kein Mörder! Das ist ja lächerlich.«

»Man hat schon Pferde kotzen sehen vor der Apotheke«, warf Benneis locker in die Runde.

»Aber nicht im Harz!«, donnerte ihn Behrendt an.

»Wir werden trotzdem alle Beteiligten gleich behandeln, egal welchen Einfluss sie haben oder wie dick ihr Geldbeutel ist«, stellte Hauptkommissar Bergmann klar.

»Das sollen Sie ja auch. Nur mit der gebotenen Rücksicht. Es muss sich ja nicht unbedingt auf der Titelseite der Boulevard-Presse wiederfinden«, merkte der Staatsanwalt an.

»In Ordnung. Dann fahren wir los und machen uns an die Arbeit«, sagte Schlüter, woraufhin die beiden Hauptkommissare aus Goslar aufbrachen.

Nun saßen der Staatsanwalt und der Dienststellenleiter allein im Büro.

»Bei der Gelegenheit fällt mir ein, dass ich ja aktiv für Sie geworden bin und meine Beziehungen etwas habe spielen lassen. Natürlich wären Sie auf dem Dienstwege auch an dieselben Informationen herangekommen. Aber der Dienstweg dauert ja bekanntlich immer etwas länger«, sagte der Staatsanwalt siegessicher lächelnd.

Dann warf er seine dünne abgewetzte Ledertasche auf den Schreibtisch, öffnete sie und entnahm ihr eine Mappe, die er Benneis aushändigte. Der blätterte sie sogleich auf und bedankte sich beim Staatsanwalt für seine Mühe, ohne zu wissen, was genau er ihm da mitgebracht hatte.

»Es hat in der Tat Ende 1987 bei Braunlage einen Grenzdurchbruch gegeben, bei dem ein Flüchtling angeschossen und schwer verletzt worden ist«, sagte Behrendt.

Nun wusste Benneis wieder, worum er den Staatsanwalt gebeten hatte.

»Sie können das auch auf YouTube abrufen. Da ist Filmmaterial zu dieser Flucht ins Internet gestellt worden.«

»Vielen Dank.«

»Ich hoffe, ich habe Ihnen weiterhelfen können.«

»Gewiss, Herr Staatsanwalt. Ich weiß nur noch nicht, ob

und wie ich die Unterlagen auswerten kann«, sagte Benneis.

Dann standen beide Männer von ihren Stühlen auf und verabschiedeten sich mit Handschlag voneinander. Benneis geleitete Behrendt nach draußen und ging in sein Büro zurück. Leon Färber stellte sich ihm in den Weg und ging ihn scharf an.

»Seit wann bist du Mitglied der Sonderkommission?«

»Ich habe Janina vertreten. Einer muss ja Stallwache machen.«

»Was ist denn mit Janina?«

»Ruf sie doch an, wenn du Informationsbedarf hast«, knallte er ihm gegen den Kopf und marschierte schließlich an ihm vorbei in sein Büro.

Er schlug die Tür zu, setzte sich und las die Akte quer, die ihm der Staatsanwalt mitgebracht hatte. Im ersten Augenblick glaubte Benneis seinen Augen nicht zu trauen. Doch dann las er es immer wieder, bis er keinen Zweifel mehr hatte. Der Flüchtling, um den es ging, hieß Werner Matthau.

Benneis fuhr seinen Computer hoch und wählte den vom Staatsanwalt genannten Kanal. Er gab die Stichworte *Flucht - Werner Matthau - DDR* ein und konnte daraufhin sofort das Video aus dem Jahre 1987 aufrufen. Gezeigt wurde ein Filmbeitrag einer Tagesschau der ARD aus dem Oktober 1987.

Im Harz nahe der Ortschaft Braunlage ist in der letzten Nacht einem DDR-Bürger die Flucht geglückt. Im Kugelhagel der DDR-Grenztruppen durchbrach der Mann die Absperranlagen, wobei er schwer verletzt wurde. Eine Kugel traf ihn in die Schulter, unweit vom Herzen entfernt. Bei dem Flüchtling handelt es sich um den 35-jährigen Werner Matthau aus Wernigerode im Ost-Harz. Von den Schüssen an der innerdeutschen Grenze alarmiert, verständigten Anwohner die Polizei, die den geflohenen und dem Kugelhagel entkommenen DDR-Bürger in Empfang nahm und dafür sorgte, dass er ins nächste Krankenhaus gebracht wurde, wo Spezialisten ihn noch in derselben Nacht operierten.

Bonn protestierte scharf gegen den erneuten Einsatz von Schusswaffen durch DDR-Grenzer. Gerade sechs Wochen liegt

der Besuch von DDR-Staats- und Parteichef Erich Honecker zu-
rück, bei dem auf höchster politischer Ebene ein humaner Um-
gang an den Grenzanlagen zwischen beiden deutschen Staaten
vereinbart worden war. Die Aussetzung des Schießbefehls offen-
bart sich jetzt allerdings als reine Makulatur. Von höchster politi-
scher Ebene wurde der Schusswechsel im Todesstreifen der DDR-
Grenzanlagen aufs Schärfste verurteilt.

Unterdessen wurde Werner Matthau von Bundesbürgern im
West-Harz als Mann der Stunde und ein Held der Freiheit gefei-
ert.

Aus dem Ministerium für innerdeutsche Beziehungen hieß
es dazu, der Fall Werner Matthau habe aufs Neue gezeigt, dass
es eine Abstimmung mit den Füßen gegen das Unrecht des DDR-
Regimes gebe. Freiheit sei das höchste Gut. Wer sie seinen Bür-
gern in so drastischer Weise verweigere, werde vor der Geschichte
keinen dauerhaften Bestand haben.

»Zwei Jahre hat es danach noch gedauert. Dann war
Schluss«, sagte Benneis vor sich hin und fühlte sich beim Ansehen der alten Fernsehaufnahmen zurückversetzt in jene Zeit
der deutschen Teilung, als er noch jung war und den Brocken
nur vom Torfhausberg und von der einen Seite sehen konnte.

Einen Augenblick überlegte der Hauptkommissar, dann
reizte es ihn, das Internet ebenfalls nach jenen Merkwürdig-
keiten zu durchstöbern, mit denen er in den letzten Tagen konfrontiert worden war.

So gab er auf der Internetbühne der Welt einen Begriff ein.
Sofort stieß er auf ein beträchtliches Angebot von Videoclips,
die jedoch alle mit Inhaltswarnung gesperrt worden waren. Es
gab also Sittenwächter im Internet und das ist gut so. Die wenigen Videoclips, die er sich ansehen konnte, zeigten im Grunde
nichts anderes als eine Form von Prostitution, vielleicht Stra-
ßenstrich, wo kaum etwas sichtbar wurde.

Benneis verstand all diese Dinge nicht und er fühlte sich
nicht traurig deswegen. Sein Leben war bestimmt von einer

Sexualität ohne Abgründe und er empfand es als schön und hatte nie etwas vermisst. Vielleicht gehörte er zu den Auslaufmodellen und schien für all diese Sachen schlicht zu alt. Dann war es halt so. Es reizte ihn nichts daran, hinter die Kulissen mancher Prostituierter zu blicken. Wer es brauchte, sollte es sich holen, solange er auf dem Boden des Gesetzes blieb. Sicherlich war es gut, wenn es einen Markt für alles Mögliche gab. Jeder konnte frei entscheiden, ob er sich auf diese Bühne begeben wollte oder nicht. Benneis verspürte jedenfalls kein Verlangen danach. So fuhr er den Computer wieder herunter und widmete sich Werner Matthau. Der Hauptkommissar wollte wissen, ob der Mann noch lebte und wo er gemeldet war. Darum kümmerte er sich jetzt.

—

Janina Benneis befand sich im Sprechzimmer von Frau Doktor Miriam Angerstein. Beide saßen sich diagonal gegenüber und waren locker gekleidet. Die Schuhe hatten die Frauen ausgezogen. Die Psychotherapeutin war barfuß, während ihre Patientin weiße Socken trug.

»Mein Großvater hat mir diesen Termin hier besorgt, stimmt's?«, eröffnete Janina das Gespräch.

»Es handelt sich bei Ihnen um einen Notfall. Ich weiß, was passiert ist, und möchte versuchen, Ihnen zu helfen.«

Janina zeigte sich wenig überzeugt von der Antwort der Psychotherapeutin, berichtete ihr aber schließlich von der tagelangen Verfolgung durch den Unbekannten, der sie sich ausgesetzt sah.

»Warum haben Sie mit niemandem darüber gesprochen?«, wollte Doktor Angerstein wissen.

»Ich wusste gar nicht, ob eine reale Gefahr für mich bestanden hat oder ich mir alles nur eingebildet habe. Da wollte ich nicht die Pferde scheumachen.«

»Falsch. Es gibt offensichtlich keinen Menschen in Ihrem

Leben, mit dem Sie über Ihre Ängste, ob begründet oder nicht, sprechen können«, diagnostizierte die Psychotherapeutin messerscharf.

Janina versteckte ihre Hände unter ihren Oberschenkeln und wippte wechselseitig mit den Füßen. Sie fühlte sich ertappt.

»Ich wollte Sie nicht in Verlegenheit bringen. Mir geht es darum, Ihnen Dinge in Ihrem Leben aufzuzeigen, die Ihnen möglicherweise nicht gefallen, um gemeinsam mit Ihnen nach Wegen zu suchen, etwas zu verändern oder es akzeptieren zu lernen.«

»Mein Großvater ist der Dienststellenleiter. Also mein Chef. Aber in erster Linie mein Opa.«

»Das kann ein Problem werden, ja. Sie sollten sich vielleicht versetzen lassen.«

»Opa würde das nicht verstehen. Ihm verdanke ich meinen Job bei der Polizei. Ihm verdanke ich meinen Termin hier bei Ihnen. Wenn ich ihm von der möglichen Bedrohung erzählt hätte, dann hätte er mich wahrscheinlich nicht mehr alleine auf die Straße gehen lassen. Dann habe ich auf dieser Dienststelle noch meinen Freund kennengelernt. Er ist auch ein Kollege. Doch bin ich mir nicht sicher, ob er der Richtige für mich ist.«

»Klingt nach Neustart. Doch das erfordert Mut.«

»Ich möchte diesen Fall um jeden Preis zu Ende bringen.«

»Welchen?«, fragte die Psychotherapeutin interessiert.

»Den mit der vermissten Frau. Mein Großvater hatte vor dreißig Jahren einen ähnlichen Fall, den er nicht lösen konnte. Ich möchte das gern in meiner Vita anders haben, weil ich denke, dass es für alles eine Lösung gibt. Man muss nur mit dem richtigen Blick auf die Dinge schauen und erkennen, welche Spur heiß ist.«

»Wie wollen Sie das denn immer erkennen?«

»Die Wahrheit will gesehen werden. Was gesehen werden will, offenbart sich.«

»Wie soll sich die Wahrheit in Ihrem Kriminalfall offenbaren?«, hakte Doktor Angerstein nach.

»Sie hat sich schon offenbart. Ich habe sie nur noch nicht gesehen. Ich muss noch einmal genau hinschauen.«

»Glauben Sie, dass der Mann etwas mit dem Verschwinden dieser Frau zu tun hat, der Sie töten wollte?«

»Nein, Frau Doktor. Er hat mich auch nicht umbringen wollen.«

»Ist die verschwundene Frau noch am Leben?«

»Definitiv nicht«, lautete Janinas kategorische Antwort.

»Was macht Sie so sicher? Sie haben doch keine Leiche gefunden?«

»Wir haben ja auch erst an einer Stelle gesucht.«

»Wo wollen Sie denn noch suchen, Frau Benneis?«

»Im Umfeld des Mörders.«

»Sie erscheinen mir mutig und selbstbewusst genug, Ihr Leben zu meistern und Ihren Weg zu gehen. Ich werde Ihnen da vermutlich keine große Hilfe sein können. Trotzdem unterschätzen Sie bitte nicht, was ein derartiger Überfall, wie Sie ihn erleben mussten, mit einem macht. Verdrängung ist der falsche Weg. Die grausige Erinnerung wird sich Bahn brechen. Sie sollten dann psychiatrische Hilfe in Anspruch nehmen. Ich bin immer für Sie da, auch ohne dass Ihr Großvater den Termin abspricht. Hier ist meine Karte. Rufen Sie mich an!«

Janina nahm das Angebot dankend an, nickte zuversichtlich und streifte sich ihre Turnschuhe wieder über. Mit Handschlag verabschiedeten sich die beiden Frauen voneinander und trennten sich mit gutem Gefühl.

———

Vor den Toren Goslars, etwas abgelegen hinter einer Bergkuppe, stand die Villa Kleist, in der die Familie seit Generationen lebte. Es war nicht ganz einfach, auf das streng abgeschirmte Gelände zu gelangen. Für die Hauptkommissare Bergmann und Schlüter gestaltete sich der dortige Besuch verhältnismäßig problemlos, da sie sich vorher beim Hausherrn telefonisch angemeldet hatten.

Volker Kleist war ein schlanker großgewachsener und gutaussehender Mann, der sich stets modisch gekleidet zeigte. Für einen über Fünfzigjährigen hatte er auffallend dichtes Haar, das nur wenige graue Ansätze zeigte und sich überwiegend dunkelblond präsentierte.

Die Villa Kleist erinnerte ihre Besucher an ehrwürdige Schlösser, die bei Stadtführungen besichtigt werden konnten und Einblicke in das pompöse Leben vergangener Adelsgeschlechter gaben. So trauten sie sich kaum, auf den ihnen zum Sitzen angebotenen Stühlen Platz zu nehmen, da das geschwungene Holz, aus dem sie hergestellt waren, den Anschein hatte, dem Gewicht eines normal gebauten Mannes nicht mehr standhalten zu können. An diesem Eindruck änderten auch die neuen weinroten Stoffbezüge nichts. Aber die Hauptkommissare begriffen schnell, was deutsche Wertarbeit bedeuten konnte. Die antiken Holzstühle erwiesen sich als äußerst stabil.

»Womit kann ich dienen, meine Herren? Polizeibeamte habe ich bisher noch nicht in meinem Hause empfangen«, eröffnete Brauereibesitzer Volker Kleist das Gespräch.

»Es geht um Annika Wuttke, die für sich und für Sie ein Doppelzimmer im Hotel *Kaiserpfalz* gebucht hat«, tastete sich Hauptkommissar Bergmann behutsam an die delikate Angelegenheit heran.

»Frau Wuttke hat mich versetzt. So etwas macht keine Frau zweimal mit mir.«

»Haben Sie nicht versucht, Frau Wuttke telefonisch zu erreichen?«, schob Hauptkommissar Schlüter die nächste Frage nach.

»Natürlich habe ich das. Dreimal sogar. Doch vergeblich. Da bin ich wieder abgereist. Selbstverständlich habe ich die Hotelrechnung zuvor beglichen. Und warum interessiert sich dafür die Polizei?«, zeigte sich Kleist verwundert.

»Wissen Sie nicht, dass Frau Wuttke seit jenem Tag als vermisst gilt?«, fragte Bergmann ganz direkt.

»Nein. Nachdem sie mich versetzt hat, war diese Frau

uninteressant für mich.«

»Herr Kleist, wir interessieren uns für alles im Zusammenhang mit Annika Wuttke, weil wir davon ausgehen, dass sie möglicherweise Opfer eines Gewaltverbrechens geworden ist«, ergänzte Schlüter.

Kleist sah betrübt zu Boden.

»Wo haben Sie denn Frau Wuttke kennengelernt?«, wollte Bergmann wissen.

»Ich bin Patient bei dem Augenarzt, wo sie als Arzthelferin arbeitet. Zugegeben ich habe ihr schöne Augen gemacht. Wir haben uns verliebt, tagsüber in verschiedenen Hotels getroffen und – na ja, was man eben so miteinander anstellt, wenn man sich sympathisch ist.«

»Verstehen Sie mich bitte nicht falsch. Mein Kollege und ich sind nicht von der Kirche. Wir haben ein Verbrechen aufzuklären. Sowohl Frau Wuttke wie auch Sie, Herr Kleist, haben einen Ehepartner«, sagte Schlüter sehr bestimmend.

»Meine Ehe existiert nur noch auf dem Papier. Aus geschäftlichen Gründen stellen meine Frau und ich diesen Vertrag nicht infrage. Aber wir gehen unsere eigenen Wege, und das im gegenseitigen Einvernehmen. Was Frau Wuttke anbetrifft, wollte sie sich scheiden lassen.«

»Ihretwegen?«, fragte Bergmann.

»Möglich. Aber ich habe ihr keine Hoffnungen gemacht. Bigamie ist schließlich verboten.«

»Hat Frau Wuttke Ihnen gegenüber mal etwas von einem anderen Mann, einer Internetbekanntschaft, erwähnt?«, wollte Schlüter nun wissen.

»Ja. Lächerlich. Sie hat sich einen Spaß daraus gemacht, sich mit irgendwelchen Perverslingen zu schreiben.«

»Und das Verhältnis zu ihrem Mann?«, fragte Schlüter.

»Ihr Mann war ständig gereizt. Es lief aber nichts mehr zwischen ihnen. Sie hatten sich auseinandergelebt.«

Bergmann und Schlüter sahen einander an. Sie wussten offensichtlich nicht mehr, was sie Brauereibesitzer Kleist noch hätten fragen können. So standen sie von ihren Stühlen auf und signalisierten, dass die Befragung für sie beendet war.

»Geben Sie mir bitte Bescheid, wenn Sie etwas Neues von oder über Frau Wuttke in Erfahrung bringen? Es tut mir natürlich leid, dass ihr etwas zugestoßen sein könnte. Daran habe ich überhaupt nicht gedacht, als sie zum verabredeten Ort und Zeitpunkt nicht erschienen ist.«

Die Hauptkommissare sicherten es dem sich nun äußerst besorgt zeigenden Brauereibesitzer zu.

Hauptkommissar Benneis stand vor einem Einfamilienhaus am Rande von Bad Harzburg. Er hatte seinen Unterlagen entnommen, dass hier bis zu seinem Tode im Jahr 1999 Werner Matthau zur Miete gewohnt hatte.

Eine schlanke Frau von fünfzig Jahren kam mit dem Fahrrad angefahren, stieg ab und schob das Gefährt in die Einfahrt des Grundstückes. Benneis folgte der Dame, die sich erschrocken zu ihm umblickte.

»Keine Angst. Ich bin die Polizei und bitte nicht erschrecken deswegen«, sagte Benneis. Er zeigte sofort seinen Ausweis, den sich die Fahrradfahrerin sehr genau besah.

»Entschuldigung, aber man kann ja heutzutage gar nicht vorsichtig genug sein«, entgegnete sie daraufhin.

»Völlig korrekt. Ich ermittle in einer uralten Geschichte und bin dabei auf Werner Matthau gestoßen, der hier einmal gewohnt hat.«

»Das ist richtig. Aber der war schon tot, als mein Mann und ich das Haus im Jahre 2000 gekauft haben. Danach sind unsere zwei Kinder geboren, Paul und Jessica. Beide sind in der Schule. Paul wird bald sein Abitur machen.«

»Werner Matthau hat hier aber zur Miete gewohnt, richtig?«

»Ja. Und wohl auch alleine. Allerdings nach seinem Tod wollte der Eigentümer das Haus gern abstoßen und hat es an uns verkauft.«

»Haben Sie von dem damaligen Eigentümer des Hauses mal irgendetwas über ihren Vormieter gehört?«, zeigte sich Benneis interessiert.

»Nein. Nie. Und der Besitzer, von dem wir das Haus gekauft haben, ist auch vor einigen Jahren gestorben. Aber was soll das für eine alte Geschichte sein, in der Sie da ermitteln?«, fragte die Frau.

»Ich habe noch nicht einmal nach Ihrem Namen gefragt. Ich bitte vielmals um Entschuldigung«, sagte Benneis verlegen lächelnd.

»Becker. Heidi Becker.«

»Nun Frau Becker, ich weiß es selbst noch nicht.˙ Es kann eine völlig unbedeutende Spur sein und nichts zu sagen haben. Es wäre besser, wenn Sie einfach vergessen würden, dass ich hier gewesen bin. Es könnten unnütz die Pferde scheugemacht werden.«

»Wenn Sie es sagen«, lachte Frau Becker und schob ihr Rad in die Garage.

Benneis ging zu seinem Auto zurück, das er unweit des Hauses am Straßenrand abgestellt hatte.

Werner Matthau war eine Spur. Vermutlich hatte er sich nach seiner geglückten Flucht Ende der Achtzigerjahre in dieses Haus eingemietet und dort bis zu seinem Tode Ende der Neunzigerjahre gewohnt. In der DDR hatte Matthau in einer Familie mit Frau und Sohn gelebt. Im Westen lebte er offensichtlich allein. Ins Visier der Stasi war er geraten, weil er im Osten mit der geschiedenen Frau eines Pastors ein Verhältnis unterhielt, die dann spurlos verschwand. Dieser Pfarrer verfügte aus politischen Gründen über Westkontakte. So lauteten jedenfalls die Schilderungen des inzwischen pensionierten Kollegen aus Wernigerode.

Benneis wollte noch einmal zu Schwedt fahren. In Harzburg fand er keine Spuren, die auf ein mögliches Verbrechen hindeuteten. In Wernigerode aber hatte es diese gegeben.

Gemeinsam mit dem pensionierten Kollegen aus dem Osten wollte sich Hauptkommissar Benneis auf Spurensuche begeben. Dieses sollte das letzte Kapitel in dem Vermisstenfall von vor dreißig Jahren werden, das Benneis aufschlagen wollte. Danach würde er den Fall endgültig zu den Akten legen. Sollte Flöthe ihn noch einmal aufsuchen und nach Neuigkeiten fragen, würde er ihm entgegenhalten, dass er bei seinem letzten Besuch selbst davon gesprochen hatte, besser nicht in den alten Geschichten von damals herumzuwühlen. Vielleicht käme er ja auch von selbst nicht mehr und die Sache würde sich irgendwann erledigen.

Die aus Goslar zurückgekehrten Kollegen Bergmann und Schlüter zeigten sich überrascht, Polizeianwärterin Janina Benneis auf der Dienststelle anzutreffen. Sie saß in Färbers Büro und stritt mit ihrem Freund lautstark. In Gegenwart der Kollegen beendeten die beiden jungen Leute ihre Streitigkeiten allerdings vorerst. Alle vier begrüßten einander freundlich und setzten sich in Janinas Büro zusammen an einen Tisch.

Bergmann und Schlüter berichteten von der Befragung, die sie in Goslar mit Brauereibesitzer Volker Kleist durchgeführt hatten. Anschließend trugen sie mithilfe des Aktenordners alle Fakten zusammen, die sich im Vermisstenfall Wuttke bislang ergeben hatten.

»Die Spur Volker Kleist erscheint mir nicht heiß«, wertete Hauptkommissar Bergmann den Besuch dort.

»Der Hauptverdächtige ist und bleibt der Ehemann«, war Schlüter sich sicher.

»Klar. Die Ehe steht auf dem Spiel. Seine Frau betrügt ihn munter und lustig. Im Falle einer Scheidung geht er leer aus. Wenn das nicht Motiv genug ist?«, gab Kommissar Leon Färber zum Besten.

»Wir denken bei der Motivsuche linear. Handlungen vollziehen sich nicht selten in Rückkopplungen. In denen können wir logisch ausgerichteten Menschen nicht denken. Das habe ich auf der Polizeischule gelernt«, merkte Janina an.

»Ja, die jungen Leute mit ihrem gerade frisch erworbenen Theoriewissen und ihrer noch nicht vorhandenen Lebenserfahrung«, lachte Bergmann, »irgendwas müssen sie euch ja auf der Polizeischule erzählen und beibringen. Neunzig Minuten Unterricht können da verdammt lang werden.«

Janina fühlte sich nicht ernst genommen, stand schmollend auf und kochte Kaffee. Der jungen Kollegin entging nicht, was die älteren Herrschaften über sie dachten. Sie war grün hinter den Ohren und das ließen sie sie spüren. Janina verließ das Büro demonstrativ, nachdem sie den Kaffee aufgesetzt hatte.

»Was für Verdächtige gibt es noch?«, belebte Leon Färber die Diskussion aufs Neue.

»Ole Ranke. Auch wenn er Janina verschont hat, heißt das noch lange nicht, dass er Annika Wuttke nicht getötet hat. Die beiden standen schließlich in telefonischem Kontakt zueinander. Wer sagt uns denn, dass sie sich nicht doch getroffen haben?«, kombinierte Bergmann.

»Und was ist mit Lisa Havy, der Schwester von Annika Wuttke?«, warf Schlüter seine Überlegung in die Runde. »Immerhin wollte Annika Wuttke zu ihr. Und die Zahnbürste fehlt auch.«

»Ja, Schlüter. Wenn Annika Wuttke ihren Mann verlassen wollte und die Koffer schon gepackt hatte, gibt es nur zwei Möglichkeiten. Lars Wuttke hindert sie daran. Vielleicht kommt es zum Streit und er tötet sie im Affekt. Oder Annika geht zu ihrer Schwester und wird von ihr getötet. Nur warum? Lisa Havy kann es doch egal sein, ob sich ihre Schwester mit einem anderen Mann im Hotel treffen will«, sagte Bergmann.

»Am ehesten kommt Lars Wuttke als Täter infrage. Bei ihm passt einfach alles zusammen«, meinte Leon Färber.

»Und Annikas Handy am Oderteich?«, zuckte Schlüter mit den Achseln.

»Wuttke selbst könnte es dort hingelegt haben, um uns auf eine falsche Spur zu hetzen. So finden wir heraus, dass seine Frau in regem Kontakt zu Ole Ranke gestanden hat, über dessen Mordphantasien Wuttke aber nichts wissen kann. Er darf wohl davon ausgehen, dass die Polizei in einer großangelegten Suchaktion nach seiner Frau Ausschau hält. Nur er weiß, dass wir sie dort nicht finden werden, weil er sie woanders vergraben hat. Nach dem von Wuttke eingeplanten Misserfolg bei der Suche am Oderteich kann er sicher sein, dass wir so schnell nicht wieder wie die Bekloppten mit einer Hundertschaft auf die Suche nach seiner Frau gehen werden«, kombinierte Bergmann.

»Alles schön und gut, Herr Kollege. Aber wir müssen das Wuttke beweisen. Und ohne Leiche wird es besonders schwer werden«, wusste auch der jüngere Kollege Leon Färber.

»Wo hält sich eigentlich der Dienststellenleiter Benneis schon wieder auf?«, fragte Schlüter.

»Im Vorruhestand, nehme ich an«, gab Leon Färber zur Antwort und durfte sicher sein, dass er den Lacher auf seiner Seite hatte.

———

Der pensionierte Hauptkommissar Schwedt in Wernigerode erwartete seinen Kollegen Rolf Benneis aus Bad Harzburg schon ziemlich gespannt, da der seinen Besuch am Telefon recht aufgeregt angekündigt hatte. So trafen die beiden Kriminalisten am frühen Nachmittag in Schwedts Haus aufeinander. Der pensionierte Kollege aus dem Osten unterbreitete Benneis einen Vorschlag, den der akzeptabel und vielversprechend fand.

Die Sonne war durch die dicke Wolkendecke des Vormittags gebrochen und verzauberte den Harz in eine Bilderbuchlandschaft. Schwedt schlug vor, zum Schmalspurbahnhof in Wernigerode zu fahren und von dort mit der Brockenbahn einen Ausflug auf den höchsten Berg des Harzes zu unternehmen. Das ließ Benneis sich nicht zweimal sagen, denn es mochte

Jahrzehnte zurückliegen, dass er mit der Brockenbahn gefahren war. So begaben sich die beiden mit Benneis' Wagen zum Bahnhof, wo Schwedt zum Schalter ging, um die Fahrkarten zu lösen, während Benneis noch nach einem geeigneten Parkplatz suchte.

Eine Dampflokomotive schnaufte vor sich hin. Acht historische Anhänger reihten sich hinter das schwarze Ungetüm, um von ihm in Kürze durch die Landschaft gezogen zu werden. Benneis und Schwedt setzten sich in den vorletzten Anhänger. Als der Hauptkommissar aus dem Westen seinen pensionierten Kollegen aus dem Osten fragte, was er für dessen Fahrkarte bekäme, sagte er: »Ich lade Sie ein, lieber Freund. Da ich der Ältere von uns beiden bin, schlage ich vor, wir duzen uns einfach. Ich bin der Dieter.«

»Einverstanden. Rolf.«

»Ich denke, dass das ein Beitrag zur inneren Wiedervereinigung ist, damit du nach dreißig Jahren nicht immer noch nach einem Grenzposten Ausschau hältst.«

Benneis lachte laut und sagte: »Die Fahrkarten sind aber sauteuer.«

»Rede nicht! Eingeladen ist eingeladen und einem geschenkten Gaul...«

»...schaut man nicht ins Maul. Danke. Übrigens weißt du, dass ich mich gleich nach der Wiedervereinigung für den Erhalt und den Ausbau der Brockenbahn stark gemacht habe?«

»Du aus dem Westen?«

»Ja, Dieter. Ich gehöre den Eisenbahnfreunden an. Nach der Grenzöffnung sollten bei euch dieselben Fehler gemacht werden wie bei uns in den Sechzigern, Siebzigern und Achtzigern. Sämtliche Bahnstrecken wurden stillgelegt und abgebaut, weil sie angeblich unrentabel gewesen sind. Für die Brockenbahn wollte damals keiner eine Mark hergeben.«

»Und heute fährt sie Millionen ein und ist die Touristenattraktion. Na ja! Das hat vielleicht daran gelegen, dass ihr damals alle eure unfähigen Leute, die bei euch nichts geworden sind, zu uns rübergeschickt habt. Die sollten hier Aufbauhilfe leisten. Einen Kriminalkommissar hat man uns damals auch geschickt. Der wurde von A 11 nach A 15 befördert. Allerdings musste ich dem erst einmal Rechtschreibung beibringen.«

»Ist einiges schiefgegangen damals. Aber ist ja auch alles ziemlich plötzlich gekommen. Jedenfalls haben wir die Brockenbahn retten können und nun fährt sie seitdem auf den höchsten Gipfel unseres schönen Harzes«, freute sich Benneis.

Der Zug setzte sich in Bewegung und fuhr zunächst durch Wernigerode an schmucken Häuschen mit Balkonen vorbei, deren Geländer mit Kästen buntester Blumen geschmückt waren. Es roch nach Kohle und die Dampfwolke breitete sich über dem hupenden Zug aus und vernebelte allmählich alles rechts und links des Schienenstranges.

Dann ging es aufwärts und das qualmende und stinkende Ungetüm quälte sich über zahlreiche Kurven fast in Serpentinen allmählich durch traumhafte Landschaften nach oben. Das alles hatte ein bisschen was von Disney World. Es lag der Zauber des Abenteuers in der Luft.

Plötzlich ließ der Zug auf der einen Seite den Wald mit seinen hohen Laubbäumen hinter sich und ermöglichte den ungehinderten Ausblick auf den höchsten Punkt des Berges, zu dem die Eisenbahn die Fahrgäste noch transportieren würde. Direkt neben dem Bahngleis verlief der Goetheweg, über den zahllose Besucher das Bergmassiv zu Fuß erreichen wollten. Es wurde kräftig gewinkt, so kräftig, dass einige zweifelsohne nach eigenem Ermessen auch gewunken hatten.

Die Fahrt verging gefühlt recht schnell. Doch eine Weile waren die beiden Kommissare unterwegs gewesen. Oben am Zielbahnhof angekommen verließen sie den Zug und gingen zu Fuß weiter bis zum Restaurant *Brockenwirt*, wo Benneis seinen Kollegen einlud. Er bestellte beiden ein großes Bier, für Schwedt eine Soljanka und für sich eine Bratwurst mit Brötchen und Senf.

Während Schwedt seine Suppe löffelte, sagte er: »Die haben uns die Russen dagelassen. Ist nicht alles schlecht gewesen, was aus dem Osten kam.«

»Nur auf den Brocken haben euch die Russen auch nicht draufgelassen.«

»Von hier oben haben sie versucht, euch auszuspionieren«, sagte Schwedt.

»Ich weiß. Gott sei Dank ist das Geschichte und alles ist damals friedlich verlaufen«, merkte Benneis an.

Dann streiften die beiden noch ein wenig auf dem Brocken herum und genossen die Aussicht ins Tal rundherum. Der Himmel zog sich rasch wieder zu. Es begann zu stürmen und die Temperatur sank drastisch schnell. Die Kriminalisten eilten in den zur Abfahrt bereitgestellten Zug, wo sie diesmal einen Sitzplatz im zweiten Anhänger fanden. Langsam aber sicher ging es wieder bergab. Auf der Rückreise fanden sie nun endlich Zeit und Muße, über den alten Fall zu sprechen.

»Du hattest es so wichtig gemacht«, sagte Schwedt, als Benneis davon zu erzählen anfing.

»Werner Matthau, du erinnerst dich?«, fragte Rolf.

»Natürlich. Was ist mit ihm?«

»Der hat tatsächlich 1987 im Herbst rübergemacht. Er ist bei der Flucht in der Nähe von Braunlage angeschossen worden. Im Westen hat man ihn als Held der Freiheit begrüßt. Bei uns hat der Typ dann etwas mehr als zehn Jahre in einem Einfamilienhaus allein zur Miete gewohnt, bis er 1999 verstorben ist.«

»Ach, der lebt nicht mehr?«

»Nee. Hast du denn nichts davon mitbekommen, dass der zu uns rüber ist? Das ging doch durch die Nachrichten.«

»Durch die Westnachrichten. Ich habe die *Tagesschau* aber nur selten gesehen. Ein Drittel fast jeder Sendung hat sich mit der innerdeutschen Problematik beschäftigt. Und immer waren wir die Bösen. Da habt ihr den Matthau also als Helden der Freiheit gefeiert. Dass der abgehauen ist, weil er hier wegen eines Mordes vielleicht eingefahren wäre, ist euch natürlich nicht in den Sinn gekommen. Er hat halt ins Freund-Feind-Schema gepasst, und da brauchte keiner mehr genau hinzusehen.«

»So wird es wohl gewesen sein. Aber wenn er ein Mörder war, dann hat er jetzt bei uns gelebt. Und hat es wieder getan.«

»Dann wäre er in der Tat ein Serienmörder gewesen«, stellte Schwedt klar.

»Lebt der Pfarrer noch, dessen Exfrau damals spurlos verschwunden ist, oder die Frau, mit der Matthau zusammenlebte, oder deren Sohn?«, wollte Benneis wissen.

»Die Frau ist auch tot. Sie ist ja nie mit Matthau verheiratet gewesen, aber ebenso wie er zusammen mit dem Sohn in den Westen gegangen, allerdings erst nach der Wiedervereinigung. Und der Sohn lebt, glaube ich, auch bei euch im Westen, wenn man das denn heute noch so sagen darf.«

Benneis lachte. Hüben und drüben! Dann wurde er wieder etwas ernster und fragte Schwedt: »Was genau kannst du mir über den Fall noch sagen, Dieter?«

»Es ist zwar schon lange her. Doch manches vergisst man einfach nicht und es kommt einem vor, als wäre es erst gestern gewesen. Das war so: Pastor Sicks hier aus Wernigerode hat seine Exfrau bei mir als vermisst gemeldet. Obwohl die beiden längst geschieden waren, hatten sie weiterhin Kontakt zueinander und haben einen freundschaftlichen Umgang gepflegt. Sie haben sich regelmäßig gesehen. Plötzlich war sie verschwunden. Liselotte Sicks hatte nach der Scheidung ihren Mädchennamen angenommen und hieß seitdem wieder Liselotte Ernst. Der Pfarrer wusste, dass sie mit Werner Matthau öfter unterwegs gewesen ist. Nur dessen Familie sollte davon wohl keinen Wind bekommen. Darauf haben wir natürlich später keine Rücksicht nehmen können. Und die Leute von der Stasi haben derartige Befindlichkeiten ohnehin nicht interessiert.«

»Warum ist Matthau in Verdacht geraten?«, wollte Benneis wissen.

»Er war unser einziger Verdächtiger, nachdem die Stasi einen politischen Hintergrund ausschließen konnte.«

»Wie haben die beiden sich kennengelernt?«

»In einem Tanzlokal. Keins mit dem besten Ruf«, gab Schwedt zur Antwort.

»Wo haben sich die beiden getroffen?«

»Pastor Sicks wusste das. Seine Ex hat es ihm erzählt. Ein altes verfallenes Haus am Ortsrand. Es steht heute noch. Damals hat es sich auch schon um einen Leerstand gehandelt.«

»Habt ihr da mal nach der Leiche gesucht?«, wollte Benneis wissen.

»Ehrlich gesagt, wenn du da irgendwo etwas von dem verbliebenen restlichen Putz von den Wänden haust, kracht das ganze verfallene Ding ein.«

»Weißt du, was ich möchte?«

»Sag es mir, Rolf!«

»Ich möchte diesen Pfarrer kennenlernen und das alte Haus einmal sehen.«

»Zu dem Haus können wir gleich fahren, wenn wir wieder unten sind. Mit dem Pfarrer muss ich sehen, wie ich den ausfindig mache«, antwortete Schwedt.

»Du kriegst das schon hin.«

»Meinst du, Matthau hat die Frau ermordet und sie in der Ruine eingemauert? Dort, wo er mit ihr...? Er hätte ein Motiv gehabt. Es sollte nichts rauskommen. Aber das war doch auch alles dünn. Ich hatte damals keine Lust mehr, mir den Arsch deswegen aufzureißen. Erst nimmt mir die Stasi den Fall weg. Dann bin ich wieder gut genug und nach Schierke haben sie mich braven DDR-Bürger nicht reisen lassen. Meinst du, ich wollte für die Stasi die Kastanien aus dem Feuer holen? Wenn die kein Interesse hatten, sollte ich kleiner Hansel es haben? Es hat sich damals unter Anleitung des Pfarrers eine Bürgerwehr gebildet, die nach der verschwundenen Frau gesucht hat. Und mit welchem Effekt? Da hatten sie alle die Stasi am Arsch, die diesen selbsternannten Verein ganz schnell wieder aufgelöst hat. Und als Werner Matthau dann die Sause gemacht hat, ist mir eingefallen, dass da noch viele andere Akten auf meinem

Schreibtisch gelegen haben.«

»Verstehe, Dieter. Ich habe vor dreißig Jahren auch einen miesen Job gemacht. Meine Gründe waren andere. Dann lass uns jetzt mal etwas genauer hinschauen. Ich will wissen, wer dieser Matthau war und was er getan hat«, sagte Benneis mit Bestimmtheit.

Der Dampfzug lief polternd im Zielbahnhof Wernigerode ein. Benneis und Schwedt stiegen aus dem Gefährt aus und gingen zum Parkplatz.

Schwedt erklärte seinem neuen Bekannten aus dem Westen, wo er langfahren musste, um zu jenem verfallenen Haus am Ortsrand zu gelangen. Es dauerte nur wenige Minuten, da konnten sie es in der Ferne schon erkennen. Rasch näherten sich die beiden dem gespenstisch anmutenden Haus. Es hatte wirklich den Anschein, als würde es demnächst einfach von selbst zusammenfallen. Auch wenn es nicht von einer Bombe getroffen worden war, sah es doch aus wie eine Weltkriegsruine. Benneis hatte solche Bilder noch vor Augen. In den Sechzigerjahren während seiner Kindheit gehörten ausgebombte Häuser in Großstädten wie Braunschweig zum alltäglichen Straßenbild dazu.

Die beiden Männer stiegen aus dem am Straßenrand abgestellten Auto aus und gingen auf das verfallene Gebäude zu. Benneis ging von rechts um das Haus herum und Schwedt von links. Auf der Hinterseite begegneten sich beide, marschierten aber weiter, bis sie auf der Vorderseite wieder davorstanden.

Die Tür war mit einer rostigen Eisenkette zugehängt und verschlossen, die Fenster mit Holzbrettern vernagelt. Ein lieblos an einem Holzpfahl befestigtes Plastikschild warnte vor dem Betreten der Baustelle und wies darauf hin, dass Eltern für ihre Kinder hafteten. Mit ein bisschen Phantasie ließ sich das verfallene Haus aus der Gründerzeit in ein glanzvolles Gebäude verwandeln, wie es einmal ausgesehen haben mochte. Doch es war vermutlich nicht der DDR-Sozialismus allein, der für diesen jämmerlichen Zustand gesorgt hatte.

»Die Besitzer sind irgendwann in den Achtzigern gestorben. Es hat keine Erben gegeben. Und niemand hat sich zuständig gefühlt und darum gekümmert. Aber wie du siehst, ist es ja im Kapitalismus kaum anders. Fast dreißig Jahre ist es her, dass euer System auch bei uns eingeführt wurde«, stellte Schwedt fest.

»Das ist wohl wahr. Aber wir haben doch genügend Häuser vor dem kompletten Verfall gerettet«, rückte Benneis die Aussage seines neuen Bekannten etwas zurecht.

»Wen meinst du mit *wir*?«

»Wir alle mithilfe des westdeutschen Kapitals.«

»Na ja. Wir alle zahlen dafür aber auch einen hohen Preis.«

»Wie können wir in das Gebäude hineinkommen?«, wollte Benneis wissen.

»Am besten ganz offiziell. Wir rufen die Polizei und zeigen unsern Verdacht an, dass eine Leiche in dem Haus versteckt sein könnte. Dann rücken meine Exkollegen hier an und nehmen es auseinander. Oder das Gebäude stürzt über ihnen zusammen und nimmt sie auseinander.«

»Kannst du deine Kollegen gleich anrufen?«

»Natürlich. Aber die werden frühestens morgen hier mit entsprechendem Gerät anrücken. Kannst du morgen noch einmal vorbeikommen?«

»Klar. Machst du auch Pastor Sicks für mich ausfindig?«
»Ich schaue, was ich für dich tun kann. Irgendwie hast du mich richtig heiß gemacht. Ich will jetzt auch wissen, was damals war«, sagte Schwedt.

Der Sommer drehte noch einmal voll auf. Das herrliche Wetter lockte zahlreiche Besucher in den Harz. Die Einheimischen befanden sich größtenteils bei der Arbeit oder in der Schule, da die Sommerferien längst vergangen waren und die meisten schon sehnsüchtig in Richtung Herbstferien schauten.

Die Sonderkommission der Polizei kam nicht so recht voran. Staatsanwalt Behrendt hatte an diesem Morgen die Polizeibeamten in der Harzburger Dienststelle zusammengetrommelt, um mit ihnen gemeinsam noch einmal alle Punkte in dem mysteriösen Vermisstenfall durchzugehen. Diesmal nahm auch Kommissar Leon Färber wieder an der Besprechung teil. Neben Janina Benneis hatte sich aber auch ihr Großvater zur Runde dazugesellt und zeigte reges Interesse an dem, was die Kollegen austauschten. Das geschah zu deren Verwunderung, hatte Hauptkommissar Rolf Benneis doch bislang durch sein merkwürdiges Verhalten eher für den Eindruck gesorgt, als habe er sich schon in den Ruhestand verabschiedet und das alles ginge ihn irgendwie nichts mehr an. Doch zur völligen Überraschung der anderen diskutierte Benneis lebhaft mit und stellte laut Überlegungen zum möglichen Tathergang an, die allerdings auch nicht zielführend waren. Enkelin Janina schwieg zu alledem. Sie schien nachzudenken. Worüber, das behielt sie jedoch für sich.

Unter Verdacht standen weiterhin Ole Ranke, der in Untersuchungshaft saß, und Ehemann Lars Wuttke, der sich auch weiterhin auf freiem Fuß befand, da die Anschuldigungen gegen ihn nicht hieb- und stichfest waren und für eine Festnahme keinesfalls ausreichten.

Staatsanwalt Behrend bemerkte die Sackgasse, in der sie sich befanden, und versuchte eine Kehrtwendung hinaus aus dem Dilemma, indem er vom Thema ablenkte und Benneis ganz offen auf die Geschichte mit dem DDR-Flüchtling Ende der Achtzigerjahre ansprach.

»Ich habe den Mann ausfindig gemacht, Herr Staatsanwalt. Drüben hat er unter Mordverdacht gestanden. Die Frau, die er ermordet haben könnte, ist bis heute nicht wieder aufgetaucht. Dann ist der Mann aus der DDR geflüchtet. Er wurde beim Grenzdurchbruch angeschossen und schwer verletzt. Nach seiner Genesung hat der Mann in einem Einfamilienhaus zur

Miete bis zu seinem Tode 1999 in Bad Harzburg gewohnt. Und gleich, nachdem er hier im Westen gelebt hat, ist bei uns Kerstin Flöthe auf Nimmerwiedersehen verschwunden.«

»Das ist ja höchstinteressant, was Sie da herausgefunden haben. Aber wenn der mögliche Mörder seit fast zwanzig Jahren tot ist, hilft uns das natürlich auch nicht mehr weiter«, merkte Behrendt etwas abfällig dazu an.

»Uns vielleicht nicht, Herr Staatsanwalt. Aber möglicherweise den Angehörigen, die seit dreißig Jahren auf ein Lebenszeichen oder die Todesnachricht warten. Sie könnten endlich Gewissheit bekommen.«

»Nur, wenn Sie die Leichen finden«, sagte Behrendt.

»Wenn wir die Spur des Mörders aufnehmen können und mehr über ihn in Erfahrung bringen, wird uns das zu seinen Opfern führen. Da bin ich mir sicher.«

»Sind Sie sich auch sicher, Benneis, dass Sie das bis zu Ihrer Pensionierung noch schaffen werden?«, fragte Bergmann provozierend.

Doch Benneis verspürte wenig Lust, auf die Äußerung seines Goslarer Kollegen einzugehen.

»Wo vergräbt ein Mörder sein Opfer?«, stellte Janina plötzlich eine Frage, die alle zum Nachdenken brachte. »Vergräbt er es weit weg oder ganz nah dran?«

»Das ist eine Frage der Logistik. Ein menschlicher Körper ist recht groß. Es muss ein tiefes Loch gegraben werden. Die Leiche muss ungesehen dorthin transportiert werden. Hinterher hat der Täter die Aufgabe, alle Spuren seiner Baustelle zu beseitigen«, sagte Hauptkommissar Schlüter.

»Am sichersten erscheint es mir, eine Leiche in der Wand einzumauern«, fügte Bergmann hinzu.

»Und seelisch? Ich meine, das Wissen, im wahrsten Sinne des Wortes eine Leiche im Keller zu haben?«, fragte sich Janina.

»Das kann einem Täter auch eine gewisse Ruhe vermitteln, solange er nicht an die Geisterstunde glaubt. Wenn er sie in den eigenen vier Wänden eingemauert hat, kann er sicher sein, zu wissen, dass die Leiche nirgendwo aufgetaucht ist«, wusste Staatsanwalt Behrendt zu den ganzen Vermutungen beizusteuern.

»Sprechen wir jetzt von unserm aktuellen Fall oder dem historischen?«, vergewisserte sich Bergmann.

»Vielleicht von beiden«, gab Benneis zur Antwort und dachte laut weiter nach, »wenn ein Täter keinen Komplizen hat, wird es für ihn schwer, eine Leiche auf Nimmerwiedersehen verschwinden zu lassen. Außer er mauert sie in den eigenen vier Wänden ein.«

»Ja, Opa. Wenn er das Opfer aber vergräbt, bleibt ihm nicht viel Zeit. Die Grabungsarbeiten sind ein Killer für ihn. Sie dauern zu lange und sind offensichtlich. Das kann nicht unbemerkt geschehen. Selbst draußen am Oderteich wäre die Gefahr zu groß, dass Spaziergänger des Weges kommen. Und man muss die Leiche erst einmal so weit von der Hauptstraße weg in den Wald bekommen. Ohne Auto nicht ganz einfach«, stellte Janina für alle nachvollziehbar ihre Gedanken an.

»Aber was genau sagt uns das jetzt?«, wollte der Staatsanwalt wissen.

»Solange wir nicht wissen, wer Annika Wuttke ermordet hat, bekommen wir nach unserer fehlgeschlagenen Suchaktion am Oderteich garantiert nicht noch einmal grünes Licht für eine Hundertschaft, die irgendwo im Erdreich nach einer Leiche sucht«, war Schlüter sich sicher.

»Wer von beiden kann es gewesen sein? Der perverse Ole Ranke oder der Ehemann, der den armen Verlassenen und Besorgten spielt?«, stellte Staatsanwalt Behrendt die Frage in den Raum.

»Ole Ranke hätte zum Mörder werden können. Aber er ist es noch nicht. Dessen bin ich mir sicher. Wuttke hat ein Motiv. Aber besteht nicht auch die Möglichkeit, dass ein ganz anderer für das Verschwinden der Annika Wuttke verantwortlich sein könnte?«, fragte Janina Benneis.

»Und wer?«, brachte Bergmann mit dieser kritischen Frage seine Bedenken zum Ausdruck.

»Ich merke schon, es gibt noch viel zu tun. In beiden Fällen. Na dann, an die Arbeit, Kollegen!«, sagte der Staatsanwalt und brach daraufhin zu einem weiteren Termin auf.

Benneis bat seine Enkelin zu sich ins Büro. Die beiden setzten sich um den Schreibtisch herum. Der Großvater erkundigte sich bei Janina nach ihrem Befinden. Sie gab an, sich recht gut zu fühlen.

»Hat dir meine Psychotherapeutin weiterhelfen können?«, wollte er nun von ihr wissen.

»Ein bisschen. Aber mir ist auch deutlich geworden, dass ich hier raus muss. Abnabelung geht anders, Opa.«

»Ich kann dich verstehen, mein Kind. Da bist du ganz deine Mutter und auch deine Oma.«

»Ich möchte diesen Fall aber zu Ende bringen. Es ist mein erster und ich will nicht, dass die Frau in dreißig Jahren immer noch verschwunden ist.«

»Dich hat der Ehrgeiz gepackt und das ist gut so. Ich bin sicher, du wirst entscheidend dazu beitragen, den Fall Wuttke zu lösen. Und ich werde den Fall Kerstin Flöthe mit dreißigjähriger Verspätung abschließen. Das verdanke ich auch deinem Eifer, Liebes.«

»Was wird aus Oma?«

»Ich werde sie gleich nach meiner Pensionierung zu mir in unser Haus zurückholen. Mithilfe einer Pflegerin bekomme ich das schon in den Griff.«

»Das finde ich toll, Opa.«

»Ich gebe zu, dass ich eine Weile andere Gedanken gehabt habe. So was ist vielleicht auch normal. Aber am Schluss bleibt dir die eine Gewissheit: Was auch immer im Leben passiert – das Hemd sitzt näher dran als die Hose.«

»Zurück zur Arbeit. Wie geht es weiter?«

»Wir suchen in Sachsen-Anhalt nach der Leiche der verschwundenen Frau im unmittelbaren Umfeld des Mörders und anschließend hier«, sagte Benneis.

»Und ich werde nach der Leiche von Annika Wuttke suchen. Ich bin sicher, ich werde sie finden. Bei all unseren Überlegungen habe ich irgendetwas übersehen. Es war schon da. Ganz offensichtlich und zum Greifen nah. Aber es ist mir durchgerutscht«, sagte sie in einem Anflug von Verzweiflung.

»Es wird dir wieder einfallen, Kleines. Und was ist mit Leon?«

»Braucht man so was als Freund? Ich glaube eher nicht. Und das werde ich ihm sagen müssen.«

Dieter Schwedt hatte für seinen Kollegen Rolf Benneis einen Termin bei Pfarrer Sicks ausgemacht und ihm den telefonisch mitgeteilt. Die Durchsuchung des verfallenen Hauses am Ortsrand von Wernigerode war erst für den folgenden Tag anberaumt worden, da die Einsatzkräfte vorher keine Zeit hatten.

Benneis wählte diesmal die alte B 6, die Landstraße nach Wernigerode über Eckertal an Stapelburg vorbei. Sie schlängelte sich in Kurven durch den Nationalpark Harz, bis eine Straße nach rechts in eine Siedlung abknickte, an deren Einmündungsbereich sich eine Gaststätte befand. An ihr fuhr Benneis immer etwas langsamer vorbei und schaute beim Anblick des Lokals stets in die Vergangenheit zurück. Dort hatte er als verhältnismäßig junger Mann manchmal an schönen Sommertagen auf der Terrasse gesessen und ein Eis gegessen oder Kaffee getrunken. Direkt auf der anderen Seite der Straße, gleich hinter den Anrainern, verlief die Grenze. Eine Totenstille beherrschte die Szenerie vom Ende der Welt.

Nach der Grenzöffnung war sofort eine Behelfsbrücke gebaut worden, damit der nun möglich gewordene Verkehr von West nach Ost und umgekehrt über die Ecker hinwegrollen konnte. Anfänglich wurde der grenzüberschreitende Verkehr von DDR-Posten noch kontrolliert. Diese Kontrollen fanden erst nach der Einführung der D-Mark in der DDR am 1. Juli

1990 ein Ende. Später wurde die neue, elegant geschwungene Brücke über die Ecker gebaut. Heute erinnert nur noch das braune Straßenschild daran, bis zu welchem Tag genau Deutschland und Europa an dieser Stelle geteilt waren.

Benneis liebte diese Strecke und fuhr sie immer dann, wenn er es nicht eilig hatte. Auf der Autobahn ging es im Grunde auch nicht schneller voran. Nur gefühlt kam man auf der vierspurigen Schnellstraße in kürzerer Zeit zum Ziel.

Pfarrer Arne Sicks bewohnte eine Zweizimmerwohnung in Wernigerode, die hier im Volksmund Zweiraumwohnung hieß. Auch nach dreißig Jahren deutscher Einheit ließen sich Unterschiede in der Sprache, im Auftreten und Verhalten mancher Menschen sowie auf dem Speiseplan feststellen. Einige der einst im Osten gebräuchlichen Wörter sind in den westlichen Sprachgebrauch eingegangen und umgekehrt verhält es sich genauso. Aber Unterschiede blieben auch. Vielleicht fielen sie nur denjenigen auf, die die Grenzöffnung persönlich miterlebt hatten und auf das früher so quälend Trennende in besonderer Weise achteten.

Der sich im Ruhestand befindende Pastor, den Benneis in dessen Wohnung antraf, machte auf ihn den Eindruck eines Altlinken, wie Pastoren dieser Altersgruppe auch im Westen zu finden waren. Es gab diese Friedensbewegtheit mit Spruchbändern, Strickpullovern, längeren Haaren und Vollbärten. *Schwerter zu Pflugscharen* lautete die Parole im Osten, während im Westen überall weiße Friedenstauben auf blauem Kreis umherflatterten.

Arne Sicks trug seine Haare noch immer schulterlang, nur dass sie inzwischen weiß geworden waren. Unter die weißen Haare seines Vollbartes mischten sich einige braune, die eine Ungepflegtheit suggerierten, die es jedoch gar nicht gab. Die Nickelbrille im Gesicht und die Birkenstockschuhe an den Füßen rundeten das Klischee ab, das der pensionierte Pfarrer gern am Leben erhielt.

Seine ganze Wohnung glich einer politischen Teestube aus den

Siebzigerjahren, in der hinter jeder Teepackung die Initialzündung zur Weltrevolution vermutet werden konnte, was natürlich lächerlich war. Im Osten hatte diese Revolution angeblich stattgefunden, doch der Tee schmeckte auch nicht besser.

Was es aber damals in diesen linken Kreisen gab, war eine grenz- und systemübergreifende Sehnsucht nach Frieden durch Abrüstung. Was die Menschen in Ost und West erleben mussten, war allerdings die größte atomare Aufrüstung aller Zeiten.

Rolf Benneis war Polizist geworden und hatte in dieser Rolle einmal die Aufgabe gehabt, Friedensdemonstranten in Schach zu halten. Er sah in ihnen nur vom Osten gesteuerte und bezahlte Provokateure, die das System der Bundesrepublik auszuhöhlen versuchten. Benneis war der perfekte Kalte Krieger gewesen und er wusste es. Als der Osten seine Grenzen öffnete, fühlte er sich als Sieger. Es hatte lange gedauert, bis er sein einseitiges Weltbild etwas geradegerückt hatte. Ganz war es ihm vermutlich bis auf den heutigen Tag nicht gelungen und seine Sorge, dass der freundliche Gastgeber das schnell merken würde, begleitete ihn in die Wohnung des Pfarrers hinein.

»Pfarrer in der DDR war bestimmt nicht ganz einfach«, begann Benneis das Gespräch und setzte zunächst bewusst wieder auf die politische Karte, um an seinem Schwarzweißbild der Geschichte zu feilen.

»Im Westen doch wohl auch nicht. Leere Kirchenbänke am Sonntagmorgen sind schon länger ein gesamtdeutsches Problem oder besser gesamteuropäisches«, verteidigte er sich sofort.

»Das ist wohl wahr. Aber durften Sie denn frei predigen?«

»Schon. Nur manchmal hat eine zu freie Predigt ein Gespräch zur Klärung eines Sachverhalts nach sich gezogen«, lachte Sicks.

»Sie hatten Westkontakte?«

»Ja. Ich durfte auch mal rüber zu euch. Aber der Preis war hoch. Horch und Guck war immer dabei. Ich habe nicht offen gegen die DDR gepredigt, sondern immer einen christlichen Sozialismus gefordert. Den wollten die Sozialisten natürlich nicht und später die Kapitalisten auch nicht«, schüttelte der Pfarrer verständnislos mit dem Kopf.

Rolf Benneis suchte vergeblich nach einem Kreuz irgendwo an einer der Wände dieses Wohnzimmers. Statt christlicher Symbole bekam der Besucher aus Bad Harzburg leckeren Tee angeboten.

»Ich bin aber aus einem anderen Grunde zu Ihnen gekommen«, leitete Benneis nun zum eigentlichen Thema über.

»Meine verschwundene Exfrau, ich weiß«, gab der Pfarrer in Ruhe zur Antwort.

»Ihr Kontakt zu ihr ist auch nach der Trennung noch gut gewesen?«, vergewisserte sich der Hauptkommissar.

»Ausgezeichnet sogar. Sie ist letztlich mit meinem Beruf nicht klargekommen. Dass sie dann in ein obskures Tanzlokal gegangen ist, wo sie Werner Matthau kennengelernt hat, mochte der Tatsache geschuldet sein, dass wir uns auseinandergelebt hatten.«

»Sie ist also die Geliebte von Werner Matthau gewesen«, rückversicherte sich Benneis.

»Die beiden haben sich in einem alten verfallenen Haus getroffen, das es noch heute gibt.«

»Ich weiß. Wann genau ist Ihre Exfrau verschwunden?«

»Das ging höchstens acht Wochen mit den beiden. Er ist zu mir gekommen und hat mich gefragt, ob meine Frau zu mir zurückgekehrt wäre, da er sie nicht mehr finden könnte. Tage später habe ich sie als vermisst gemeldet. Matthau ist bald danach in den Westen abgehauen und hätte das fast mit dem Leben bezahlt. Von meiner Exfrau hatte man auch angenommen, dass sie sich in den Westen abgesetzt hatte. Doch das war wohl nicht so. Hat jedenfalls die Stasi gemeint. Und die hiesige Polizei hat sie auch nicht gefunden. Der Kommissar damals hieß Schwedt. Eine Pfeife.«

Vermutlich dachte Flöthe über Benneis genauso, da er ja dessen Frau auch nicht gefunden hatte.

»Matthau hat mit einer Frau zusammengelebt, mit der er nicht verheiratet gewesen ist, aber einen gemeinsamen Sohn gehabt hat«, sagte Benneis.

»Richtig.«

»Hat die Frau von dem Verhältnis ihres Partners mit Ihrer Exfrau irgendetwas mitbekommen?«

»Falls nicht, dann hat die Stasi mit ihren etwas rüpelhaften Methoden dafür gesorgt, dass das Ganze kein Geheimnis mehr war.«

»Diese Frau von Matthau hätte doch ein Tatmotiv gehabt«, meinte der Hauptkommissar.

»Eifersucht? Nein. So sehr hat die den Matthau, glaube ich, auch nicht geliebt.«

»Aber Mutter und Sohn sind Matthau doch in den Westen, also nach Bad Harzburg gefolgt?«

»Die haben da aber nicht mehr zusammengelebt, sondern sind jeder ihrer Wege gegangen. Ich habe Frau Ranke sogar einmal in Harzburg besucht.«

Hatte Benneis sich gerade verhört?

»Wen haben Sie in Harzburg besucht?«, hakte er nach.

»Matthaus ehemalige Lebensgefährtin«, gab er zur Antwort.

»Und die hieß wie?«

»Ranke. Elisabeth Ranke. Eine wirklich umgängliche Frau. Auf keinen Fall die Mörderin meiner Ex.«

»Wissen Sie auch, wie ihr Sohn heißt, der noch lebt?«

»Ole. Ole Ranke.«

Es traf Rolf Benneis wie ein Blitz. Das konnte, ja das durfte doch nicht wahr sein! Ole Ranke war der Sohn von Werner Matthau, der unter dem Verdacht stand, zwei Frauen ermordet zu haben. Und er selbst war in die Fußstapfen seines Vaters getreten. Hatte er die Mordlust von seinem Vater geerbt? Ging so etwas biologisch überhaupt? Und wenn Ole Ranke seinem Opfer Arme und Beine bei lebendigem Leib hatte abtrennen wollen und sich mit der Frage quälte, woher diese grausigen Neigungen kamen, hatte dann Matthau Ähnliches mit seinen

Opfern angestellt?

Pfarrer Sicks war die Veränderung im Gesicht seines Besuchers nicht entgangen. Benneis war ganz blass geworden und der Geistliche fragte nach dem Grund hierfür.

»Diesen Ole Ranke haben wir festgenommen. Er wollte meine Enkelin töten.«

»Was?« Sicks mochte das nicht glauben.

Benneis verspürte den dringenden Wunsch, mit Doktor Angerstein sprechen zu wollen. Noch bekam er nicht alles unter einen Hut. Aber er fühlte, wie es sich zu runden begann. Die Vergangenheit wurde zu neuem Leben erweckt. Die Lösung der dreißig Jahre zurückliegenden Fälle rückte für ihn in greifbare Nähe. Die Leichen mussten gefunden werden. Das war das Allerwichtigste.

Hauptkommissar Benneis bedankte sich für die Gastfreundschaft des Pfarrers und verabschiedete sich mit den besten Wünschen.

»Haben Sie sich nie gefragt, was mit Ihrer Frau damals passiert ist?«, fragte er im Hinausgehen.

»Doch. Aber allmählich habe ich begriffen, dass sie bei Gott ist. Das ist gut so. Und wenn Gott will, dass ihr Tod ein Geheimnis bleibt, dann soll es so sein.«

»Gott wird uns ein schreckliches Geheimnis offenbaren. Nach dreißig langen Jahren. Und es wird nicht das einzige sein.«

Janina und Leon gingen sich aus dem Weg, wo sie nur konnten. Doch ihre kleine abgeteilte Dienststelle im Kommissariat von Bad Harzburg ließ ihnen keine Chance dazu. Die Raumnot schweißte sie zusammen. Außerdem wollten sich die jungen Leute nicht die Blöße eines weiteren Streits in Gegenwart der Kollegen aus Goslar geben, die eines ihrer Büros besetzt hielten, um Amtshilfe im Fall der vermissten Annika Wuttke zu leisten.

An diesem Tag beschlossen die Hauptkommissare aus Goslar Feierabend zu machen, da sie nicht erwarteten, dass sich irgendetwas Entscheidendes ereignen würde. Kommissaranwärterin Benneis und ihr Freund und Kollege Kommissar Leon Färber redeten den beiden gut zu, ihren Dienst für heute zu beenden, wovon sie sich tatsächlich überzeugen ließen.

Nachdem sie gegangen waren, hielten sich Janina und Leon allein in der Dienststelle auf. Jede Möglichkeit, sich irgendwie aus dem Weg zu gehen, schien ihnen nun verwehrt. Zwangsläufig mussten die beiden aufeinanderprallen und ihr einsetzender Streit würde heftig und unbändig ausfallen. Zu viel Wut hatte sich angestaut, die sich nun Bahn zu brechen versuchte. Es dauerte gar nicht lange, da fielen böse Worte und die jungen Leute donnerten sich Vorwürfe über Vorwürfe an den Kopf. Es wurde immer lauter, sodass vorübergehende Passanten annehmen mussten, die Polizei müsse sich gegenüber zornigen Bösewichten behaupten.

Janina fühlte sich gekränkt, dass Leon sie völlig mit ihrer Angst und deren Bewältigung allein gelassen hatte, nachdem sie in die Fänge von Ole Ranke geraten war. Leon konnte sich des Eindrucks nicht erwehren, seine Freundin würde ohnehin kein rechtes Interesse mehr an ihm hegen.

»Du wirst genau wie mein Großvater hier in Harzburg verschimmeln«, warf sie ihm gegen den Kopf.

»Na und! Was ist so schlimm an Bad Harzburg?«, schrie er zurück.

»Nichts, Leon. Aber wenn du sechzig bist, kannst du hier in Bad Harzburg zusehen, wie sie um 18 Uhr die Bürgersteige hochklappen. Mit Anfang zwanzig aber brauche ich noch ein bisschen mehr vom Leben.«

»Dann zieh doch in eine Großstadt. Du wirst schnell sehen, was Leben dort bedeutet. Als Bulle hast du keinen beschaulichen Job, sondern musst jeden Tag für irgendwelche Typen den Arsch hinhalten.«

»Das hätte ich in Goslar auch beinahe gemusst. Nein, Leon.

Deine Perspektiven sind nicht mehr meine.«

»Aber meinen Schwanz haste immer gern genommen.«

»Das ist jungenhaft primitiv, was du jetzt vom Stapel lässt. Ich habe dich mal geliebt und bin gern mit dir zusammen gewesen. In jeder Beziehung. Aber damit ist jetzt Schluss. Du bist einfach nicht der Richtige für mich und wir beide sind nicht füreinander geschaffen«, stellte Janina kategorisch klar.

»Ich will aber nicht ohne dich sein«, konterte Leon.

»Das ist dein Problem. Ich werde einen Versetzungsantrag stellen. Mein Großvater wird in Kürze pensioniert werden und dann kannst du hier ein ganz neues Revier nach deinen Vorstellungen aufbauen und wirst Hauptkommissar.«

»Na toll!«

Janina verspürte wenig Lust, weiter mit ihrem Freund zu diskutieren. Sie sehnte klare Verhältnisse herbei und wollte nun einfach Schluss machen.

»Das soll ich jetzt so akzeptieren?«, fragte er sie wütend.

»Es ist mir völlig egal, ob du es akzeptierst oder nicht. Es ist eine unabänderliche Tatsache. Wir beide sind kein Paar mehr. Und tschüss«, knallte Janina Leon gegen den Kopf.

***

Eigentlich hätte Miriam Angerstein einen Patienten um diese Zeit erwartet. Doch der hatte kurzfristig abgesagt, sodass sie überraschend eine knappe Stunde frei hatte. Die Psychotherapeutin wäre gern in die Fußgängerzone gegangen und hätte irgendwo draußen einen Cappuccino getrunken. Doch als sie gerade Praxis und Haus verlassen wollte, stand Benneis unangemeldet vor der Tür und bedrängte sie mit seinem Anliegen, das er sehr wichtig machte.

Nicht sichtlich erfreut darüber ging sie ins Haus zurück und nahm den überraschenden Besucher mit in ihr Therapiezimmer. Dort zogen sich beide die Schuhe aus und setzten sich auf die dafür vorgesehenen Stühle.

Verhältnismäßig schnell bemerkte die Therapeutin, dass Benneis kein Problem mit ihr ansprechen wollte, dass ihn selbst betraf. Er erzählte ihr von Werner Matthau und dessen Sohn Ole Ranke. Interessiert lauschte Miriam Angerstein den spannenden Ausführungen des Hauptkommissars.

»Das ist heftig. Was genau wollen Sie jetzt von mir wissen, Herr Benneis?«

»Ich möchte wissen, ob es erblich ist, ob Mordlüste und Mordphantasien weitervererbt werden können.«

»Das ist eine gute Frage. Eine wissenschaftliche Abhandlung darüber ist noch lange kein Beweis. Wenn Augenfehler vererbt werden, Lernbehinderungen, Krankheiten wie Krebs oder Herzinfarkt, warum dann nicht auch Mordlust? Es kann durchaus so sein. Wie gesagt, einen wissenschaftlichen Beweis dafür kenne ich jetzt nicht. Aber das würde erklären, warum Ole Ranke plötzlich von so schrecklichen Phantasien heimgesucht wurde, für die er keine Erklärungen hat und die er für sich auch ablehnt.«

»Derer er sich aber nicht erwehren konnte.«

»Anscheinend bislang doch. Er hat Ihre Enkeltochter ja verschont.«

»Aber er war kurz davor, das Gleiche zu tun wie sein Vater«, sagte Benneis.

»Ist es denn sicher, dass sein Vater ein Serienmörder gewesen ist?«, fragte Frau Doktor Angerstein eher ungläubig.

»Die Indizien sprechen hier eine eindeutige Sprache. Aber letztlich fehlt uns noch der entscheidende Beweis. Der existiert erst dann, wenn wir die Leichen der Frauen von damals gefunden haben«, versuchte Benneis, die Sache klarzustellen.

»Wenn Ole Ranke seine abscheulichen Neigungen geerbt hätte und das als wissenschaftlich fundiert gelten würde, ergäben sich möglicherweise für mich neue Therapieansätze. Denn unser Hauptproblem ist immer gewesen, dass ich keine Erklärung für ihn hatte, wo es herkam, warum er ist, wie er ist.«

»Für uns beide erklärt das auf dem jeweiligen Gebiet eine Menge«, war sich Benneis sicher.

»Danke, dass Sie mich darüber informiert haben, Herr Hauptkommissar.«

»Eine Hand wäscht die andere. Da Werner Matthau schon zwanzig Jahre tot ist, sehe ich jetzt kein Problem darin, mit Ihnen gesprochen zu haben. Außerdem bin ich mir sicher, dass Sie mit meinen Informationen ebenso vertraulich umgehen werden wie ich mit denen, die ich von Ihnen erhalten habe«, sagte Benneis voller Zuversicht.

»Wo Sie nun gerade schon einmal bei mir sind, Herr Benneis, wie sieht es denn bei Ihnen privat aus?«, wollte seine Therapeutin von ihm wissen.

»Ich habe mich jetzt entschieden, meine Frau nach meiner Pensionierung zu mir nach Hause zu holen.«

»Und diese andere Frau?«

»Es hat sich erledigt.«

»Sie sind sich sicher, dass das der richtige Weg für Sie ist und Sie das durchhalten werden?«

»Nein. Aber es ist der Weg, der sich für mich gut anfühlt.«

»Das ist in Ordnung. Dann kann ich Ihnen da nur zu raten.«

Die beiden standen von ihren Plätzen auf, reichten einander die Hand zur Verabschiedung und wünschten sich noch einen schönen Tag.

Miriam Angerstein eilte zu ihrem Café in die Fußgängerzone und Benneis zu seiner Dienststelle.

Seine Enkelin verweilte in ihrem Büro, während Leon Färber auf Streife war. Der Hauptkommissar nutzte die Gelegenheit und setzte sich zu Janina. Die kündigte sofort darauf an, beiden einen frischen Kaffee zu kochen. So schlürften sie eine Weile später das heiße Getränk in sich hinein und Janina erzählte ihrem Großvater unter Tränen, dass sie mit Leon Schluss gemacht habe.

»Ich glaube, du hast die richtige Entscheidung getroffen«, sagte Benneis und versuchte seine Enkelin etwas zu trösten.

»Ich würde nachher gerne Oma einen Besuch abstatten.«

»Dann lass uns zusammen dorthin gehen, mein Liebes. Wenn du damit einverstanden bist«, schlug der Großvater vor.

»Selbstverständlich«, gab Janina zur Antwort.

Das Telefon auf ihrem Schreibtisch klingelte und sie nahm den Hörer in die Hand und führte ihn an ihr linkes Ohr.

»Benneis. Ach, hallo Herr Bergmann. – Was? – Oh Scheiße! Alles klar. Danke für die Info. Wir reden morgen drüber. Auf Wiederhören und schönen Feierabend.«

»Was ist passiert?«

»Ole Ranke hat sich in seiner Zelle im Untersuchungsgefängnis erhängt.«

A m folgenden Morgen trafen sich die drei Beamten aus Bad Harzburg mit den beiden aus Goslar sowie dem Staatsanwalt im Harzburger Revier. Die Nachricht von Ole Rankes Freitod hatte sie alle durcheinandergewirbelt. Nun erzählte Benneis von seinen Ermittlungen in den alten Fällen und von dem Tatverdächtigen Werner Matthau, der Rankes Vater war. Während seiner Schilderungen musste Benneis an Miriam Angerstein denken, die vielleicht einen neuen Therapieansatz für ihren Schützling hätte finden können, aber es nun nicht mehr brauchte.

»Das dürfte doch wohl einem Schuldeingeständnis gleichkommen«, meinte Staatsanwalt Behrendt zu der ganzen Situation.

»Sie meinen, er hat Annika Wuttke getötet? Und ich sollte sein zweites Opfer werden?«, rückversicherte sich Janina Benneis.

»Ole Ranke hat die Kollegin Benneis im realen Leben kennengelernt und Annika Wuttke übers Internet, aber nie wirklich«, gab Hauptkommissar Bergmann zu bedenken.

»Aber haben Sie eine andere Erklärung für seinen Suizid?«, stellte der Staatsanwalt die Frage wie ein Totschlagargument in den Raum, dem keiner zu widersprechen vermochte.

»Dann wäre der Fall abgeschlossen«, schlussfolgerte Hauptkommissar Schlüter.

»Wir könnten wieder nach Hause fahren und in Goslar bleiben und uns den Ritt nach Harzburg jeden Tag sparen«, meinte Bergmann.

»Aber wo ist die Leiche?«, fragte Benneis.

»Lieber Kollege Benneis. Es hat schon Kriminalfälle gegeben, in denen nie eine Leiche gefunden wurde und trotzdem ein Täter überführt und wegen Mordes angeklagt und verurteilt worden ist. Da Ranke den Freitod gewählt hat, können wir uns weitere Ermittlungen schenken. Ich als Herr des Ermittlungsverfahrens stelle die Ermittlungen im Fall Annika Wuttke ein und erkläre sie hiermit für beendet. Unsere ins Leben gerufene *Soko Annika* löse ich hiermit wieder auf«, stellte Staatsanwalt Behrendt klar.

Die sechs Ermittler saßen noch ein Stündchen zum Schwätzchen zusammen, dann brachen die Goslarer wieder auf.

Die drei Harzburger hatten ihre Dienststelle im Gebäude der Polizei für sich allein und räumten die Büros um, die sie somit in ihren ursprünglichen Zustand verwandelten.

Benneis telefonierte von seinem Büro aus. Er rief Flöthe an, den Mann der damals verschwundenen Kerstin.

»Sie?«, wunderte sich der Angerufene, »Sie wollen mir jetzt aber nicht sagen, dass es eine neue Spur gibt?«

»Ich habe Sie das damals nicht gefragt. Ist Ihre Frau kurz vor ihrem Verschwinden allein in Tanzlokale gegangen?«

Es blieb still in der Leitung. Benneis musste sich mit einem zusätzlichen *Hallo* erst Gewissheit darüber verschaffen, dass Flöthe überhaupt noch am Apparat war.

»Ich bin noch dran.«

»Überlegen Sie ruhig«, sagte Benneis.

»Da brauche ich nicht zu überlegen. Ich weiß es. Sie ist mehrere Male in eine Disko oder ein Tanzcafé gegangen.«

»Können Sie sich in dem Zusammenhang an den Namen Werner Matthau erinnern?«

»Ja. Wie kommen Sie darauf?«, wollte Flöthe wissen.

»An was genau im Zusammenhang mit diesem Mann erinnern Sie sich?«, wurde Benneis nun sehr konkret.

»Nur, dass er ein guter Tänzer war und meine Frau mit ihm getanzt hat. Mehr nicht.«

»Warum haben Sie vor dreißig Jahren den Namen dieses Mannes nie erwähnt?«

»Eine flüchtige Bekanntschaft. Sonst nichts.«

»Das zu beurteilen hätten Sie lieber mir überlassen sollen. Diese flüchtige Bekanntschaft mit Herrn Matthau könnte Ihrer Frau zum Verhängnis geworden sein«, war Benneis sich sicher.

»Aber woher wollen Sie denn das auf einmal wissen? Wie sind Sie auf den Mann gestoßen?«

»Polizeiliche Ermittlungen, die Sie damals durch Ihr Schweigen behindert haben.«

»Aber doch nicht absichtlich.«

»Genau da bin ich mir nicht sicher, Herr Flöthe. Dieser Mann wäre doch der Tatverdächtige Nummer eins gewesen, wenn ich von ihm gewusst hätte. Sie haben mich bewusst ins Leere laufen lassen, weil Sie Angst hatten, dass ich Ihre Frau finden könnte und damit die Wahrheit aufdecken.«

»Welche Wahrheit?«

»Dass Ihre Frau Sie damals betrogen hat.«

»Werden Sie ihre Leiche finden?«

»Vielleicht. Ich melde mich wieder bei Ihnen.«

Benneis legte den Hörer auf und konnte sich vor Wut kaum bändigen. Über dreißig lange Jahre hatte Flöthe ihn spüren lassen, dass er den Kommissar für einen Versager hielt. Und Benneis hatte irgendwann angefangen, dies selbst von sich zu glauben. Trotzdem hatte er als junger Polizeibeamter damals auch nicht mit der nötigen Härte nachgebohrt und gleichberechtigt in alle Richtungen ermittelt. Er war zu grün hinter den Ohren gewesen und mangels schwerer Verbrechen nie zu einem erfahrenen Kriminalisten geworden.

Janina Benneis saß in ihrem Büro und schmollte. Sie sah aus dem Fenster und schaute den Wolken zu, die über den Himmel hinwegfegten. Die Enttäuschung über die Einstellung der Ermittlungen sowie die Auflösung der Soko war ihr anzusehen und der Großvater bemerkte sie, als er ihr Büro betrat. Doch er wirkte ähnlich verstimmt.

Um sie zu trösten, erzählte er seiner Enkelin die Geschichte mit Flöthe. Sie fand das ungeheuerlich und freute sich umso mehr, dass es ihrem Großvater zu gelingen schien, nach so langer Zeit endlich Licht ins Dunkel dieses alten Falles zu bringen. Umso mehr zeigte sich die junge Polizistin enttäuscht darüber, dass man ihr den ersten richtigen Fall vor der Nase weg aus den Händen genommen hatte.

»Das ist doch nicht richtig, Opa. Der Fall Annika Wuttke ist nicht abgeschlossen.«

»Aber wer soll es denn sonst getan haben? Du darfst dich auch nicht in irgendwas verrennen, Kleines.«

»Ich verrenne mich doch nicht, Opa. Genau wie du muss ich eine Leiche finden.«

»Damit steht und fällt alles«, wusste auch Benneis.

Sein Handy klingelte und er sah an der aufleuchtenden Nummer, dass es Schwedt war, der da anrief.

Das Gespräch war von kurzer Dauer und anschließend sagte der Großvater seiner Enkelin: »Ich muss nach Sachsen-Anhalt. Wir wollen dort ein verfallenes Haus auf den Kopf stellen und nach einem Opfer von Werner Matthau suchen.«

»Dann viel Erfolg. Und ich grübele weiter über den ungelösten Fall Annika Wuttke. Nachher habe ich noch einen Termin bei Frau Doktor Angerstein.«

Wenn ein Haus seine Lebensgeschichte erzählen könnte, würde vermutlich mancher Zuhörer aus dem Staunen nicht mehr herauskommen. Schon seine Geburtsstunde mochte spannungsgeladen sein. Warum war es wann von wem erbaut worden und weshalb genau an jenem Ort?

Das Haus am Rande von Wernigerode im Schatten der mächtigen Bäume des angrenzenden Waldes, der sich über die hügelige Landschaft erstreckte, war Mitte der Dreißigerjahre entstanden. Damals herrschte eine nationale Aufbruchstimmung in Deutschland. Die nationalsozialistischen Schreihälse und Demagogen schworen die Menschen im Lande auf eine herrliche Zukunft ein. Zwei Etagen über dem Erdgeschoss sollten den Bewohnern genügend Raum zur Entfaltung geben. Die brachten schließlich das Leben ins Haus.

Doch nur wenige Jahre später schien sich das in alle Winde zu zerstreuen, da der Krieg seinen Tribut forderte. Bomben fielen nicht auf das einsame Haus am Stadtrand, doch zahlreiche seiner Bewohner kehrten nicht mehr heim. Vorübergehend waren Fremde hier untergebracht, zumeist Flüchtlinge, Vertriebene oder Ausgebombte.

Erst in den Sechzigerjahren bezog wieder eine Familie das Haus und übertünchte es mit neuer Farbe. Es war die wenig strahlende Farbe des DDR-Sozialismus, die sehr schnell abblättern sollte, ohne dass sie von jemandem wieder aufgefrischt worden wäre.

In den Achtzigern stand es schließlich leer. Die Familie war zerbrochen durch Tod und Krankheit oder widerliche Streitigkeiten, die sich gern in scheinbar intaktes Familienleben einschlichen. So trieben sich Liebespärchen in dem leer stehenden Haus herum, das zusehends mehr verfiel.

Nach der Wende gab es für die Wände auch keinen neuen Anstrich. Niemand wollte ernsthaft mehr in dieses Haus ziehen. Doch vor dem Abbruch blieb es verschont, da keiner sich zuständig fühlte und für die Kosten aufkommen wollte. Irgendwann wurden die kaputten Fenster mit Brettern vernagelt und die Türen aus Sicherheitsgründen mit Ketten verriegelt.

Nun standen haufenweise Polizeibeamte in entsprechenden Uniformen davor und trennten die verrosteten Eisenketten mit Schneidbrennern durch. Dann arbeiteten sie sich allmählich ins Innere vor.

Spinnweben hingen fast überall im morschen Treppenhaus. Einzelne Balken lagen auf dem Boden herum. Es war stockfinster und die Besucher mussten mit starken Scheinwerfern ins Innere leuchten, um sich ihren nicht ganz ungefährlichen Weg zu bahnen.

Hauptkommissar Benneis parkte sein Auto halb auf der Fahrbahn der nicht so stark befahrenen Straße und halb auf dem Seitenstreifen. Als er ausstieg, sah er seinen pensionierten Kollegen Schwedt in sicherer Entfernung vor der Ruine stehen und mit einem uniformierten Kollegen quatschen. Der Hauptkommissar aus Niedersachsen gesellte sich zu den beiden, woraufhin Schwedt ihn mit dem anderen Kollegen bekannt machte. Immer wieder unterbrachen die drei ihr nun gemeinsam geführtes Gespräch, wenn von drinnen laute Geräusche zu hören waren.

»Es kommt mir fast so vor, als würden wir das Wrack der Titanic heben«, sagte Schwedt.

Die Beamten des Sonderkommandos bewegten sich in dem Haus vorwärts wie in einer finsteren Höhle. Mit Helmen, Stiefeln, Seilen, Stricken waren sie ausgerüstet und trugen Hammer und Beile mit sich herum. Manche Treppenstufen waren brüchig und konnten nicht betreten werden. Sie mussten sie überspringen wie eine durchlöcherte Hängebrücke über einer Schlucht. Dann begannen die Beamten, überall Wände aufzuhacken. Von draußen hatte es den Anschein, als würden fleißige Bienen an ihrem Stock arbeiten.

»Und? Glaubst du, wir finden was?«, wollte Schwedt von seinem Kollegen aus dem Westen wissen.

Der andere Polizeibeamte grinste vor sich hin. Er schien alles für Blödsinn zu halten.

»Es wäre zu schön, um wahr zu sein«, seufzte Benneis und glaubte selbst nicht daran. Eigentlich war ihm die Lösung des

Falls zu offensichtlich. Und doch vollzog sich nicht immer alles im Verborgenen, sondern lag zuweilen für jeden sichtbar auf der Hand, nur war nicht genau hingeschaut worden.

Ein Polizeibeamter kam plötzlich aufgeregt aus der Hausruine herausgelaufen und kam in Richtung der drei Polizisten.

»Wir haben ein menschliches Skelett gefunden. Einen Torso. Keine Arme und keine Beine«, berichtete er aufgeregt.

»Durchsuchen Sie alles weiter. Möglicherweise hat man die Extremitäten an einem anderen Ort versteckt«, sagte Benneis.

»Aber wieso? Das Haus ist doch groß genug. Da konnte der Mörder das Skelett ganz einmauern«, wandte Schwedt ein.

»Matthau hat dem Opfer Arme und Beine abgetrennt, als es noch gelebt hat«, gab Benneis zum Besten. Die beiden anderen sahen ihn daraufhin gequält an.

»Woher willst du das wissen?«, fragte ihn Schwedt.

»Matthau hatte einen Sohn. Der hat es genauso anstellen wollen, sich dann aber doch beherrschen können. Nun hat der Gute sich aufgehängt. Aber ich bin sicher, Matthau hatte diesen perversen Dachschaden und hat ihn an seinen Sohn weitervererbt.«

Der Polizeibeamte kam abermals aus dem Haus, um den Kollegen zu berichten, dass sie die Arme und die Beine ebenfalls gefunden hätten. Außerdem hielt er eine schwarze Mütze in der Hand, mit der Mund und Kinn bedeckt werden konnten und nur die Augenpartie zu sehen war. Also eine Mütze für Motorrad- oder Skifahrer. Der Mörder hatte offensichtlich diese Mütze als Maske zum Zwecke der Tat über den Kopf gestreift. Wollte er seinem Opfer gegenüber unerkannt bleiben oder gehörte das Tragen dieser Mütze zum Drehbuch seines schaurigen, perversen und mörderischen Spiels? Auf jeden Fall war das Kleidungsstück auch nach so vielen Jahren noch erstaunlich gut erhalten. Ob es für kriminaltechnische Untersuchungen noch taugte, blieb dahingestellt. Natürlich wurde es als Beweismittel gesichert.

»Dann hat Matthau tatsächlich die Exfrau des Pfarrers dort

umgebracht und vergraben, wo er mit ihr Sex hatte«, stellte Schwedt fest.

Der andere Polizeibeamte fragte nur, wie krank das denn wäre. Aber Benneis dachte an seinen Fall. Wenn der Mörder hier sein Opfer dort eingemauert hatte, wo sie sich liebten, könnte er im Westen nach demselben Schema vorgegangen sein.

Die Leichenteile wurden aus der Ruine herausgebracht und direkt vors Haus auf den Boden gelegt. Die drei Beamten traten an das Skelett und die danebengelegten Extremitäten heran. In tiefem Respekt vor dem Tod verneigten sich alle drei kurz. Ihnen lief ein Schauer über den Rücken. Die Wahrheit gelangte ans Tageslicht und wurde spürbar. So lange hatte diese für jeden sichtbare Ruine ihr schreckliches Geheimnis für sich behalten. Nun hatte sie es ausgespuckt.

Jetzt erschienen Presse und Fernsehen. Alles wurde großflächig abgesperrt. Ein Tatort war freigelegt worden. Ermittlungen mussten aufgenommen werden.

Benneis verabschiedete sich mit Handschlag von Schwedt und dankte ihm.

»Ich muss nach Harzburg. Dort wartet ein ebenso grausiges Geheimnis darauf, endlich gelüftet zu werden«, sagte er und lief zu seinem Auto.

Janina Benneis hatte schon Platz genommen im Therapiezimmer von Frau Doktor Angerstein, musste allerdings noch ein wenig auf die Therapeutin warten. Sie besah sich die Bilder an den Wänden. Es handelte sich um Fotos von der See. Fernweh keimte in der jungen Polizeianwärterin auf, als sie an das Meer dachte und sich sein unentwegtes Rauschen vorzustellen versuchte. Auf dem einen zu einem Wandbild aufgezogenen Foto waren Nebelschwaden zu sehen, die sich dicht über der Wasseroberfläche bildeten und die tief über dem Horizont stehende

Sonne einhüllten. Janina mochte dieses Bild besonders, da ihr das Gefühl, vom Seenebel eingeschlossen zu sein, so etwas wie Geborgenheit verlieh.

Seit dem schrecklichen Vorfall mit Ole Ranke fühlte sie sich irgendwie nackt. Es kam ihr so vor, als müsste sie sich vor einer obskuren Männerwelt wie auf einem Präsentierteller ausbreiten und jeder konnte frei nach Belieben zugreifen. Darüber sprach Janina als Erstes mit Miriam Angerstein, als die endlich Zeit für sie fand und sich zu ihr gesellte. Ängste gleich welcher Art waren häufig das beherrschende Thema, das Menschen bewegte, die sich in eine Psychotherapie begaben.

Janina wurde deutlich, wie sehr sich Ängste ins Innere der Seele hineinfraßen und dort festsetzten. Zunächst hatte sie das zu verdrängen versucht, aber recht schnell gemerkt, dass Verdrängung zweifellos der falsche Weg war. Nun ging sie die Probleme offen an und ihre Therapeutin half ihr dabei.

Die Trennung von ihrem Freund Leon gestaltete sich ebenfalls als ein Thema, das bearbeitet werden wollte. Und schließlich ihre Enttäuschung über das vom Staatsanwalt verkündete Aus in Sachen Ermittlungen im Fall der bis heute verschwundenen Annika Wuttke.

»Glauben Sie, dass Ihnen damit Unrecht zugefügt worden ist?«, wollte Doktor Angerstein von der jungen Patientin wissen.

»Irgendwie schon.«

»Inwiefern?«

»Ich sehe es so, dass dieser Fall mein Fall gewesen ist.«

»Sie haben aber in einem Team zusammengearbeitet – oder?«, vergewisserte sich die Therapeutin.

»Aber nicht auf Augenhöhe. Ich hatte das Gefühl, der Azubi zu sein, der noch lernen muss und den keiner richtig ernst nimmt.«

»Aber ist das denn so falsch?«

»Nein. Es ist meine Rolle. Nachdem am Oderteich nichts gefunden worden ist, bin ich bei den Kollegen abgemeldet gewesen.«

Doktor Angerstein ließ sich die ganze Suchaktion in allen Einzelheiten von Janina Benneis erklären, die sie damals angeleiert hatte.

»Lehrjahre sind keine Herrenjahre. Ein alter Spruch, vielleicht nicht mehr ganz zeitgemäß, aber auch nicht völlig falsch«, merkte Frau Angerstein dazu an.

»Mein Großvater sucht nach einer Frauenleiche, die er vor dreißig Jahren nicht gefunden hat. Das hat ihn sein ganzes Leben verfolgt und niemals losgelassen. Vor allem aber die späte Einsicht, nicht alles unternommen, sondern geschlampt zu haben.«

»Haben Sie und Ihre Kollegen alles unternommen?«

»Nein. Eindeutig nein.«

»Was genau, Frau Benneis, haben Sie ausgelassen?«, wollte die Therapeutin es jetzt auf den Punkt gebracht wissen.

»Der Ehemann, Lars Wuttke, ist der Hauptverdächtige. Doch die Beweislage gegen ihn ist so mager, dass es nicht ausreicht, ihm die Schuld nachzuweisen. Also geht man einfach davon aus, dass Ole Ranke es gewesen sein muss, weil er sich das Leben genommen hat.«

»In dubio pro reo. Lieber einen Schuldigen davonkommen lassen als einen Unschuldigen einsperren. Das ist altes Römisches Recht und auch bei uns heute gängige Praxis. Oder sehen Sie das anders?«

»Im Grunde nicht«, gab Janina zur Antwort.

»Können Sie mit der Entscheidung Ihrer Vorgesetzten oder Ausbilder leben?«, wollte Frau Angerstein nun von ihr wissen.

Es dauerte lange, bis Janina darauf eine Antwort geben konnte. Schließlich aber sagte sie nein.

»Sie müssen noch lernen, Ihren Kopf nicht um jeden Preis durchsetzen zu wollen«, ermahnte ihre Therapeutin sie, »wir Menschen suchen immer nach Lösungen. Es gehört zum Verständnis unseres Lebens dazu, dass es für alles eine Lösung geben muss. Aber manchmal gibt es eben keine, und die Älteren haben etwas mehr Lebenserfahrung und vielleicht gar nicht so ganz unrecht.«

»Vielleicht ist das so. Vielleicht aber auch nicht. Wer sagt uns denn, dass alles richtig ist, was Ältere, Schlauere oder Vorgesetzte tun? Nichts in dieser Welt wäre je entdeckt und erforscht worden, wenn junge Menschen nicht für ihre Ideale eingestanden und gekämpft hätten. Doch dieser Kampf kann nur erfolgreich sein, wenn wir Jungen darauf scheißen, was ihr Alten von uns wollt.«

»Mit so einer Antwort, liebe Janina, habe ich gerechnet. Oder sagen wir so: Hätten Sie das nicht so formuliert, wäre ich jetzt von Ihnen enttäuscht gewesen.«

»Heißt das, Sie haben mich provoziert, um diese Antwort aus mir herauszulocken?«, fragte die Polizeianwärterin.

»Ich muss dafür sorgen, dass es Ihnen gutgeht. Die Voraussetzung dafür ist, dass Sie sich annehmen, wie Sie sind. Das haben Sie getan. Hätten Sie sich verleugnet, wäre ich gefordert gewesen, einzugreifen.«

Janina verstand. »Was soll ich machen? Was raten Sie mir?«

»Was können Sie machen?«

»Wenn sich neue Anhaltspunkte ergeben, muss ein Fall wieder aufgerollt werden«, wusste Janina aus der Polizeischule zu berichten.

»Dann suchen Sie doch nach neuen Anhaltspunkten«, lachte die Therapeutin.

Hauptkommissar Rolf Benneis zog es wiederum ins unmittelbare Lebensumfeld von Werner Matthau. Was er in Wernigerode erlebt hatte, hielt ihn fest und ließ ihn nicht mehr los.

Abermals stand er vor dem Einfamilienhaus am Rande von Bad Harzburg. In Wernigerode hatte Matthau sein Opfer auch in einem Haus am Stadtrand eingemauert. Hatte er tatsächlich die gleiche abscheuliche Tat im Westen noch einmal verübt und war er beim Verschwindenlassen der Leiche ähnlich vorgegangen? Wo sollte Kerstin Flöthe vor mehr als dreißig Jahren abgeblieben sein, wenn nicht hier? Eine bessere Idee kam dem Hauptkommissar nicht.

Die freundliche Hausherrin Heidi Becker arbeitete emsig in ihrem Vorgarten. Benneis stand eine Zeit lang vor der Ligusterhecke, die das ganze Grundstück einfriedete und vor dem Herbst noch einmal geschnitten werden wollte, da einzelne Zweige und Äste wild in der Gegend herumhingen.

Angespannt hing der Hauptkommissar seinen Gedanken nach und überlegte, wie er es der liebevollen Hausfrau sagen sollte, dass er ihr ganzes Anwesen gern noch einmal genauer unter die Lupe nehmen wollte.

Als Heidi Becker gejätetes Unkraut zur Bio-Tonne bringen wollte, erblickte sie den stillen Besucher. Sofort erkannte sie in ihm den Hauptkommissar wieder, der erst kürzlich bei ihr gewesen war. Nachdem sie Brennnesseln und Disteln entsorgt hatte, zog sie ihre Gartenhandschuhe aus und ging auf den Polizeibeamten zu. Sie reichte ihm die rechte Hand zum Gruß und entschuldigte sich dafür, dass sie ein wenig dreckig war.

»Aber ich bitte Sie!«, sagte Benneis, »das bleibt doch nicht aus bei so fleißigen Menschen wie Ihnen.«

»Vielen Dank für das Kompliment. Was führt Sie zu mir?«, wollte Heidi Becker nun von ihm wissen.

Benneis hatte den Eindruck, als würde die Hausherrin seinen Besuch als willkommene Unterbrechung ihres Arbeitsprozesses empfinden. Doch er druckste zunächst etwas herum, da er sich nicht recht traute, mit der Wahrheit rüberzukommen.

So ergriff sie die Initiative und fragte ihn, ob sie Kaffee kochen solle und Benneis zu einer Tasse einladen dürfe, was er nicht ablehnte. Sie bat ihn ins Haus und wusch sich ihre Hände. Doch Benneis wollte sich nicht auf den ihm angebotenen Platz auf der Terrasse zum Garten niederlassen, sondern bat darum, sich im gesamten Haus ein wenig umsehen zu dürfen.

Heidi Becker zeigte sich nicht gerade angetan vom Ansinnen des Hauptkommissars. Sie bestand darauf, ihn zu begleiten, da sie den Polizeibeamten nicht allein durch ihr Haus gehen lassen wollte. Ihr war nicht klar, wo er überall herumstöbern würde. So ging sie ihm voraus und ließ ihn bereitwillig Einblick gewähren. Doch die Hausherrin bemerkte schnell, dass Benneis sich nicht für die Einrichtung der einzelnen Zimmer interessierte, sondern überall gegen die Wände klopfte.

»Was suchen Sie?«, fragte sie ihn schließlich.

»Eine hohle Stelle.«

»Und was glauben Sie dort zu finden?«

»Die Lösung für einen dreißig Jahre zurückliegenden Kriminalfall. Werner Matthau, der hier gewohnt hat, war ein Mörder. In diesem Haus hat er sich mit seiner Eroberung vergnügt. Doch das war nicht genug für diese Bestie. Er hat die Frauen, die er geliebt hat, hinterher bestialisch ermordet.«

»Das klingt ja furchtbar, Herr Kommissar. Aber geht da nicht ein bisschen die Phantasie mit Ihnen durch?«, meinte Heidi Becker.

»Ich wünschte, es wäre so.«

Michael Becker, ein untersetzter Mann von Mitte fünfzig mit Schirmmütze und Bauchansatz stand plötzlich im Schlafzimmer des Sohnes Paul, in dem sich die Hausherrin gerade mit dem Hauptkommissar aufhielt.

Schnell machte sie die beiden Herren miteinander bekannt und berichtete ihrem Gatten von dem Ansinnen des Kriminalbeamten.

»Haben Sie überhaupt einen Durchsuchungsbefehl?«, fragte Becker daraufhin.

»Natürlich nicht. Ich habe Ihre Frau nur um diesen Gefallen gebeten. Grund zu meiner Annahme habe ich selbstverständlich. Aber ob diese Gründe ausreichen, damit ein Richter das unterschreibt, wage ich zu bezweifeln. Wenn Sie mich Ihres Hauses verweisen, bin ich sofort wieder weg«, sagte Benneis.

»Wir gehen jetzt zusammen durch unser Haus und dann muss es gut sein«, antwortete Heidi Becker als Kompromissvorschlag und stimmte ihren Mann damit wieder etwas versöhnlicher.

Becker blieb seiner Frau und dem Hauptkommissar auf den Fersen und ließ die beiden nicht mehr aus den Augen. Heidi Becker schien es unangenehm zu sein, dass ihr Mann eine so starke Kontrollfunktion ausübte. Um ihn loszuwerden, bat sie ihn, nach dem Kaffee zu sehen, den sie aufgesetzt hatte. Außerdem trug sie ihrem Mann auf, den Tisch im Wohnzimmer zu decken, da sie den Hauptkommissar zu einer Tasse eingeladen habe. Sichtlich verärgert darüber, dass er weggeschickt wurde, folgte Becker aber den Anweisungen seiner Frau.

Nun marschierte Heidi Becker mit Benneis allein durch die verbliebenen Zimmer. Doch nirgendwo fand der Hauptkommissar eine hohle Wand, eine verputzte Tür oder Ähnliches. Freundlicherweise führte die Hausherrin den Beamten auch noch auf den Dachboden und in deren Keller. Es schien, als wollte sie die Möglichkeit ausgeräumt wissen, ihr Haus unter Umständen mit einer Leiche zu teilen.

Michael Becker saß am Wohnzimmertisch, den er eingedeckt hatte, und wartete auf seine Frau und ihren Gast mit dem Kaffee in der Thermoskanne.

Als die beiden hereinkamen und sich setzten, versuchte Becker gegenüber dem Polizeibeamten versöhnliche Töne anzuschlagen, da ihm offensichtlich klargeworden war, dass die Frage nach dem Durchsuchungsbefehl ein wenig unfreundlich gewesen war. So entspann sich ein nettes Gespräch jenseits des eigentlichen Anliegens, das Benneis überhaupt in dieses Haus geführt hatte. Die drei saßen eine halbe Stunde zusammen. Dann verabschiedete sich der Hauptkommissar.

Die Hausherrin begleitete den unangemeldeten Besucher wieder nach draußen, während ihr Mann jetzt im Haus zurückblieb. Als Benneis gerade weggehen und Heidi Becker ihre Arbeit im Garten fortsetzen wollte, erblickte er die Garage der Beckers, die direkt ans Haus gebaut worden war. Auch ohne die Fähigkeit des Gedankenlesens zu besitzen, wusste die Hausherrin, wohin sich die Blicke des Kommissars richteten.

Schließlich sagte sie tief seufzend: »Nun kommen Sie schon. Ich schließe Ihnen noch unsere Garage auf. Aber auch da werden Sie garantiert nichts finden.«

Sie ging ins Haus und kam mit dem Garagenschlüssel wieder heraus.

Hauptkommissar Benneis klopfte die Wände in fast schon gewohnter Weise ab. Inzwischen war er geübt darin. Doch plötzlich hielt er inne.

»Eine hohle Stelle?«, fragte Heidi Becker etwas neckisch.

Benneis nickte.

»Und was wollen Sie jetzt unternehmen?«

Er kratzte sich am Kinn. Dann drehte er sich im Kreis.

»Haben Sie Hammer und Meißel?«, fragte er schließlich im Brustton der Überzeugung.

»Das ist jetzt aber nicht Ihr Ernst. Sie können doch nicht meine Garagenwand aufschlagen. Ich glaube, da würden Sie mit meinem Mann aber gehörig Ärger bekommen«, war Heidi Becker sich sicher.

»Ich kann Ihnen nur anbieten, für den gesamten Schaden, den ich anrichte, aufzukommen. Wenn hier eine hohle Stelle ist, könnte das Loch bei der Gelegenheit gleich gestopft werden.«

Die Tür zur Garage wurde langsam geöffnet. Michael Becker kam herein, nachdem er vermutlich draußen schon eine Weile gestanden und gelauscht hatte.

»Glauben Sie wirklich, da steckt eine Leiche in der Wand?«, fragte er den Hauptkommissar sehr interessiert.

»Ich kann auch falsch liegen«, gestand Benneis etwas kleinlaut ein.

»Aber Sie könnten auch recht haben. Heidi, hol Hammer und Meißel oder was du sonst noch finden kannst, um die Wand aufzuschlagen. Der Herr Hauptkommissar und ich müssen da jetzt ran.«

»Soll ich auch gleich noch zwei Flaschen Bier rausbringen?«

Die Hausherrin zeigte sich wenig erfreut über die Verbrüderung ihres Mannes mit dem Polizeibeamten, gehorchte aber letztlich brav und holte die Werkzeuge, obwohl ihr nicht klar war, weshalb ihr Mann das nicht selbst tat.

Mit voller Wucht begannen sie auf die Wand einzuschlagen und Heidi Becker flüchtete vor dem Dreck nach draußen. Der erste Putz rieselte herunter. Schnell und widerstandslos gab die Wand nach und stürzte in sich zusammen. Eine Staubwolke vernebelte alles und die Männer hielten ihre Hände zum Schutz vor die Augen. Dann aber bekamen sie freie Sicht ins Innere der aufgeschlagenen Wand. Unschwer erkannten beide ein Skelett. Becker sah Benneis fragend an.

»Kerstin Flöthe«, sagte der mit versteinertem Blick.

»Sie wissen wirklich, wer das ist?«, fragte Becker eher ungläubig.

»Seit dreißig Jahren wie vom Erdboden verschluckt.«

Benneis setzte einen Schritt in das entstandene Loch in der Wand. Er betrachtete sich den Torso. Arme und Beine lagen fein säuberlich abgetrennt daneben. Der Hauptkommissar schluckte. Dann blickte er auf eine schwarze Mütze. Benneis ging zu seiner Jacke, griff in die Innentasche und holte spezielle Handschuhe hervor, die er sich sogleich anzog. Dann betrachtete er die Mütze sehr genau und erkannte, dass es sich um eine vergleichbare handelte, die sich der Täter in Wernigerode auch über den Kopf gestreift hatte. Der Hauptkommissar legte die Mütze wieder beiseite, drehte sich um und trat aus dem Grab in der Garagenwand heraus.

»Nun muss ich meine Kollegen verständigen. Spurensicherung. Das volle Programm. Mord verjährt nicht. Das hier ist jetzt eine Ermittlung in einem mehr als dreißig Jahre zurückliegenden Mordfall.«

Michael Becker lief ganz aufgeregt aus der Garage und rief seiner Frau voller Übermut zu, dass sich eine Leiche in ihrer Garage befände. Während ihn kindliche Sensationslust trieb, legte sich ein gequältes Lächeln über das Gesicht seiner Frau. Sie mochte nicht so recht glauben, was sie da hörte.

Eine Viertelstunde später befanden sich mehrere Polizeiwagen mit Blaulicht vor Beckers Haus. Dann kamen die Kollegen von der Spurensicherung.

Benneis griff zum Telefonhörer und rief Flöthe an.

»Herr Flöthe, ich habe Ihre Frau gefunden. Damals habe ich ein Haar von ihr sichergestellt. Der DNA-Abgleich wird uns ein amtliches Ergebnis liefern. Aber auch ohne diesen Test bin ich mir meiner Sache ganz sicher.«

»Was hat er mit ihr angestellt?«, wollte Flöthe wissen.

»Er hat sie getötet wie die Frau in Wernigerode auch. Wie er sie genau umgebracht hat, wird vielleicht eine Obduktion ergeben, wenn das überhaupt noch möglich ist.«

»Kann ich kommen und sie sehen?«, drängelte Flöthe.

»Nein. Das würde Ihnen nicht wirklich helfen. Wenn der DNA-Abgleich vorliegt und wir Gewissheit haben, können Sie Ihre Frau in der Pathologie sehen, falls Sie möchten.«

Die beiden beendeten das Gespräch. Benneis dachte an die abgetrennten Arme und Beine. Darauf wurde er von Michael Becker angesprochen, der sich nicht erklären konnte, weshalb der Mörder das Skelett zerlegt hatte, da das Loch in der Wand doch groß genug für den ganzen Menschen war.

»Manche Fragen lassen sich nicht mehr beantworten«, sagte Benneis und dachte an seine Enkelin und daran, was Matthaus Sohn mit ihr vorgehabt hatte. Wie krank musste ein Gehirn sein, das eine solche Quälerei forderte und daran Gefallen fand, ja Genugtuung? Doch der Hauptkommissar behielt das alles für sich. Hier sollte niemand erfahren, was Matthau mit seinem Opfer vor dreißig langen Jahren wirklich angestellt hatte.

Im gesamten Harz gab es am ganzen nächsten Tag kein anderes Thema als die Frauenleichen aus Wernigerode und

Bad Harzburg. Hauptkommissar Rolf Benneis wurde von den einschlägigen Medien als Held gefeiert, worüber er sich gar nicht so erfreut zeigte. Was die Leser der Zeitungen nicht ahnen konnten, war sein vorangegangenes Versagen. Eigentlich hätte er vor dreißig Jahren auch schon darauf kommen können. Zwar hatte der Ehemann des Mordopfers ihm den Namen des entscheidenden Verdächtigen verschwiegen, aber er hätte besser recherchieren müssen. Wie sein pensionierter Kollege aus dem Osten jetzt dachte, konnte er sich gut vorstellen. Auch Schwedt war sich wegen entscheidender Versäumnisse seiner Schuld bewusst, die nun auf der ganzen Polizei ruhte.

Doch die Erleichterung über die nach so langer Zeit gelösten Fälle überwog. Auch Enkelin Janina freute sich für ihren Großvater und die große Anerkennung, die ihm zuteilwurde. Schließlich hatte sie die Ermittlungen vor Kurzem angeschoben, aber er allein hatte sie zu einem erfolgreichen Abschluss gebracht.

Hauptkommissar Benneis saß neben Staatsanwalt Behrendt in einer Pressekonferenz und informierte die Öffentlichkeit über die grausamen Morde aus den späten Achtzigerjahren. Nachdem die Berichterstattung in den Medien bisher nur oberflächlich möglich gewesen war, konnten die Journalisten nach dieser Sitzung über Einzelheiten berichten, da die Ermittlungsbehörde die Details nun der Öffentlichkeit mitteilte.

Rolf Benneis spürte immer deutlicher, wie sehr das Alter an ihm nagte. Derartige Pressekonferenzen schüttelte er früher mit links ab. Heutzutage beanspruchten sie ihn dermaßen, dass es ihn nach einer Erholungspause verlangte.

Er rief seine Enkelin an. Gegen Mittag unternahm Benneis mit ihr einen ausgedehnten Spaziergang zum Radauer Wasserfall. Beide marschierten den Weg auf den Berg, der sie hinter den Wasserfall führte, von wo aus sie auf die nahegelegene Bundesstraße 4 schauen konnten. Benneis liebte dieses Plätzchen und war oft mit seiner Frau hierhergegangen. Diesmal war ihm die Enkelin bis hierhin gefolgt, damit er in der Stunde seines

Erfolgs nicht allein zu sein brauchte.

»Du hast es geschafft«, sagte Janina.

»Ohne dich hätte ich den Fall bestimmt nicht gelöst.«

»Hast du ja. Ich hatte damit nichts zu tun. Nur die alte Akte habe ich angefordert.«

»Damals habe ich einen ganz schlechten Job gemacht. Vielleicht wäre ich nicht auf Matthau gekommen. Aber ich habe gar nicht erst nach ihm gesucht.«

»Es ist dir vor dreißig Jahren vermutlich nicht anders ergangen, als es mir heute ergeht. Wie soll ich den Mörder von Annika Wuttke finden, wenn wir gar nicht nach ihm suchen?«, fragte Janina.

»Aber ihr habt doch nach ihm gesucht. Manchmal bleibt die Lösung eines Falles unauffindbar«, wusste Benneis.

»Wenn Ole Ranke sich nicht in seiner Zelle erhängt hätte, wäre die Suche nach dem Mörder nicht eingestellt worden. Meiner Meinung nach ist aber der Selbstmord von Ranke viel zu schnell als Schuldeingeständnis gewertet worden.«

»Wenn du weiter ermitteln könntest, wo würdest du denn ansetzen, Kleines?«, fragte der Großvater.

»Ich habe eine Idee. Aber ich kann das nicht alleine durchziehen. Hilfst du mir dabei?«

Benneis' Smartphone klingelte. Etwas überrascht, jetzt einen Anruf zu erhalten, nahm er das Gespräch entgegen. Es machte ihn sprachlos und ließ ihn blass werden. Janina sorgte sich und fragte aufgeregt, wer angerufen hatte und was geschehen war.

»Das war das Pflegeheim. Meine Frau, deine Oma – sie ist tot.«

»Waass?«, schrie Janina und begann sofort laut zu weinen.

»Die Pfleger haben sie eben gefunden. Sie hat tot im Bett gelegen«, gab er gedankenversunken zur Antwort.

Patricia Benneis sah aus, als würde sie ganz friedlich schlafen. Ihrem Mann Rolf liefen lautlos Tränen über die Wangen, während er am Bett seiner toten Frau stand und nicht begreifen wollte, was hier geschehen war. Janina schluchzte ganz unverhohlen. Zwei Jahre hatte das Leiden von Patricia Benneis gedauert, nun war es plötzlich zu Ende gegangen.

Ein Arzt kam im weißen Kittel in das Zimmer herein, in dem Benneis' Frau die letzten beiden Jahre gelebt hatte und nun gestorben war. Der Hauptkommissar kannte den Mediziner. Die beiden hatten einige Male über den Gesundheitszustand seiner Frau miteinander gesprochen. So stellte sich der Arzt seiner Enkelin vor und Benneis sie ihm.

»Es tut mir sehr leid für Sie beide. Sie muss ganz friedlich eingeschlafen sein. Eine Schwester hatte ihr Essen ans Bett gebracht und ihr bei der Nahrungsaufnahme geholfen. Sie hat das Tablett noch ein wenig stehen lassen und wollte es eine halbe Stunde später aus dem Zimmer holen, doch da war Ihre Frau bereits tot. Vermutlich Herzversagen«, glaubte der Mediziner.

»Man kann nichts machen. Wenn der Sensenmann vor der Tür steht, dann holt er einen, ob man will oder nicht. Dann geht's in die ewigen Jagdgründe, ab zum großen Manitu«, gab Benneis gedankenversunken zum Besten.

Janina nahm ihren Großvater in den Arm und drückte ihn ganz fest an sich. Patricia lag da, als würde sie gleich ihre Augen in gewohnter Weise aufschlagen und hören wollen, was ihre Besucher ihr mitzuteilen hätten.

Dann nahm der Arzt das Deckbett und zog es über den Kopf der Toten. Benneis und seine Enkelin verließen das Zimmer und gingen zur Schwesternstation, wo sie alle Formalitäten regelten. Der Hauptkommissar bekam einen Prospekt, auf dem die hiesigen Bestatter verzeichnet waren. Er musste einen auswählen und veranlassen, dass die Verstorbene aus dem Pflegeheim abgeholt wurde. Danach galt es, alle Vorbereitungen für die Beerdigung zu treffen.

Benneis hatte den Kopf jetzt voll. Er wollte sich eine Woche krankschreiben lassen. Janina verstand, dass sie vorerst im Fall Annika Wuttke nichts ausrichten konnte. Zusammen mit ihrem Exfreund Leon Färber musste sie für einen reibungslosen dienstlichen Ablauf auf dem Polizeirevier sorgen. Das gestaltete sich anstrengend genug, da sich die beiden jungen Leute ständig über alles stritten. Dinge, über die man eigentlich geflissentlich hinwegsah, wurden zu großen Stolpersteinen.

Dann kam der Tag der Beerdigung, zu dem natürlich die beiden Kinder von Benneis mit ihren jeweiligen Familien angereist waren. Der Pfarrer fand tröstende Worte und trotz des Dauerregens war die Trauerfeier ein würdiger Akt, bei dem alle, die Patricia Benneis gekannt hatten, Abschied nehmen konnten.

Rolf schaufelte etwas von der aufgeschütteten Erde neben der Grabstelle auf den heruntergelassenen Sarg und flüsterte: »Mach's gut, mein Engel.«

Ihm wurde in diesem Augenblick bewusst, dass er nun ganz allein auf Gottes großer Welt war. Hatte er noch vor Wochen im Angesicht seiner Internetbekanntschaft den Tod eines pflegebedürftigen Menschen als eine Art Befreiung betrachtet, war ihm nun schlagartig klargeworden, dass anstelle von Freiheit Einsamkeit gepaart mit dem Altwerden winkte. Er sah zum Himmel, aus dem noch immer unaufhörlich Regen fiel. Der Himmel weinte mit ihm und seine Patricia ruhte auf ewig im Erdreich des Harzes, aus dem sie einst genommen und zum Leben erweckt worden war und in das sie nun zurückkehrte.
Beim Versaufen des Felles trank Benneis einen Schnaps zur Tasse Kaffee. Mehr brachte er nicht hinunter.

Am Tag darauf ging er in alter Gewohnheit zum Dienst und fand als Erstes den Versetzungsantrag seiner Enkelin auf dem Schreibtisch, den er zu unterzeichnen hatte.

Zeitenwende! Alle gingen von ihm. Seine Tage im Dienst der Polizei waren ebenfalls gezählt. Doch sein Leben ging weiter. Er beschloss, nicht mehr länger traurig zu sein, sondern nach vorn zu blicken und sich gegebenenfalls noch einmal neu zu erfinden. Auch eine neue weibliche Bekanntschaft schloss er nicht aus. Nur seine Suchkriterien beabsichtigte Benneis zu ändern.

Janina sprach ihren Großvater auf den noch immer ungelösten Fall Annika Wuttke an.

»Ich benötige deine Hilfe, Opa«, bettelte sie förmlich.

»Was hast du denn nur vor?«, wollte er von ihr wissen.

»Ich weiß jetzt, was wir übersehen haben.«

Eine halbe Stunde später parkte Janina den Dienstwagen an derselben Stelle vor Wuttkes Haus ein, an der sie ihn schon einmal abgestellt hatte. Ihr Großvater hatte auf dem Beifahrersitz Platz genommen und sich von seiner Enkelin chauffieren lassen. Nachdem beide aus dem Auto ausgestiegen waren, blieb Janina auf dem Gehweg stehen, während ihr Großvater bereits auf Wuttkes Haus zusteuerte. Die Kommissaranwärterin bohrte ihre Hände in die Hüften und schaute an der Straßenlaterne empor, die dort stand und kürzlich repariert worden war. Sie ließ noch ihre Blicke über den so ordentlich gepflegten Vorgarten schweifen, bevor sie ihrem Großvater vor die Eingangstür von Wuttkes Haus folgte.

Lars Wuttke öffnete, nachdem Benneis geklingelt hatte und bat die beiden Polizeibeamten herein. Er ging ihnen voraus ins Wohnzimmer, wo er seinen unerwarteten Gästen Platz anbot.

»Lange nichts von Ihnen gehört«, begann er das Gespräch, »gibt es irgendetwas Neues? Ich dachte, der Staatsanwalt hat die Ermittlungen für beendet erklärt.«

»Das ist richtig«, sagte Janina Benneis, während ihr Großvater der Szene schweigend beiwohnte. Er wollte seine Enkelin die Sache ganz allein zu Ende bringen lassen.

»Herr Wuttke«, setzte die Polizeianwärterin erneut an, »in Ihrer Ehe hat es nicht zum Besten gestanden. Ihre Frau wollte sich von Ihnen scheiden lassen und Sie wären bei einer Scheidung leer ausgegangen. Richtig?«

»Ja, das ist wahr«, seufzte er.

»Trotzdem sind Sie seinerzeit zu uns gekommen und haben versucht, uns vom Gegenteil zu überzeugen. Ihre Ehe haben Sie als intakt beschrieben und ausgesagt, dass Ihre Frau niemals einfach so fortgegangen wäre. Folgerichtig haben Sie sie als vermisst gemeldet«, resümierte Janina Benneis die gesamte Angelegenheit.

»Scheidung war ein Thema. Andere Männer auch. Aber sie ist immer abends nach Hause gekommen«, sagte Wuttke zu seiner Rechtfertigung.

»Am Tag ihres Verschwindens wäre sie nicht nach Hause gekommen. Sie hatte eine Nacht in einem Goslarer Hotel mit einem anderen Mann gebucht«, wusste Janina zu berichten.

»Davon hat sie mir aber nichts gesagt. Annika wollte an dem Abend nach ihrer eigenen Aussage zu ihrer Schwester. Von dort ist sie immer wieder nach Hause gekommen.«

»Sie haben sich mit Ihrer Frau viel gestritten und Annika fühlte sich sogar ein wenig bedroht von Ihnen«, schob Janina Vorwürfe nach.

»Ja. Ich bin leider oft sehr grob zu ihr gewesen, was mir natürlich jetzt leidtut, weil ich ja weiß, dass ihr etwas zugestoßen sein muss.«

»Ihre Frau hat die Sachen zusammengepackt und sogar ihre Zahnbürste mitgenommen. Sie wollte zu ihrer Schwester gehen und sich am selben Abend mit einem Mann in einem Hotel in Goslar treffen. Dort ist sie niemals angekommen. Bei ihrer Schwester war sie aber laut deren Aussage auch nicht«, fasste Janina Benneis die Ereignisse des fraglichen Tages noch einmal zusammen.

»Ich habe ihr aber nichts getan. Sie ist lebendig aus dem Haus gegangen. Danach habe ich sie nicht mehr wiedergesehen. Das müssen Sie mir glauben«, bekniete Wuttke die Polizeianwärterin.

»Ihre Frau hat einen polnischen Gärtner gehabt. Sie hat ihn beauftragt, Ihren Garten in Ordnung zu halten und den Mann auch bezahlt. Richtig?«

»Ja. Um so was habe ich mich nicht gekümmert.«

»Der Gärtner aber hat den ganzen Garten auf Vordermann gebracht, nachdem Ihre Frau bereits verschwunden gewesen ist. Hatte sie ihn vorher noch beauftragt?«

»Vermutlich. Ich weiß nicht, was sie mit dem Polen vereinbart hat. Es hat mich nicht interessiert. Es war nicht meine Baustelle.«

»Hat sie den Mann im Voraus bezahlt?«, wollte Janina von Wuttke wissen.

»Keine Ahnung. Das ist möglich.«

»Dann sagen Sie mir jetzt bitte, wie und wo ich diesen polnischen Gärtner finde«, bat Janina Lars Wuttke eindringlich.

Er stand auf, ging zum Wohnzimmerschrank und holte eine Visitenkarte aus dem Schubfach, die er der jungen Polizistin aushändigte. Daraufhin verabschiedeten sich die beiden und standen eine halbe Stunde später vor der Haustür von Eugen Woiczek.

Der schlanke Mann stand mit khakifarbener Arbeitshose und freiem Oberkörper in der Tür. Er mochte um die sechzig sein und trug kurze dunkelblond-gewellte Haare.

Janina Benneis erklärte ihm ziemlich schnell, worum es ging. Er verstand auch sofort und sagte, dass er nicht begreifen könne, warum Frau Wuttke schon so lange spurlos verschwunden sei.

»Sie haben den Vorgarten der Wuttkes auf Vordermann gebracht, nicht wahr?«, vergewisserte sich Janina.

»Der sah ja grauenvoll aus. Frau Wuttke hatte mich schon lange nicht mehr gebeten, ihren Garten zu machen. Sie wollte weg. Ihr Mann ist mit dem Arsch nicht mehr hochgekommen«, sagte Woiczek und machte mit seinen beiden Händen eine eindeutige Bewegung.

»Warum sollten Sie den Garten in Ordnung bringen, nachdem Frau Wuttke bereits verschwunden war?«

»Das weiß ich auch nicht. Aber nicht Frau Wuttke hat mich deswegen angerufen, sondern ihre Schwester.«

Janina Benneis schlug mit ihrer rechten Faust in die linke Hand. »Wer hat Sie für den Auftrag bezahlt?«

»Frau Havy, die Schwester von Frau Wuttke.«

»Hat Sie das nicht gewundert?«

»Schon. Aber die beiden haben sich gut verstanden und immer zusammengehangen«, wusste Woiczek zu berichten.

»Ich danke Ihnen, Herr Woiczek. Sie haben uns sehr geholfen.«

Janina Benneis und ihr Großvater drehten sich um und blieben vor der Tür des polnischen Gärtners noch kurz stehen.

»Aber was hilft uns das jetzt?«, fragte Benneis ahnungslos.

»Verstehst du es denn nicht?«, schlug sich Janina mit der Hand gegen die Stirn.

Lisa Havy schöpfte Verdacht, als sie die beiden Polizeibeamten in Uniform vor ihrer Tür stehen sah. Sie versuchte, ihr Misstrauen zu überspielen und bat die unerwarteten Gäste mit gespielter Freundlichkeit zu sich herein.

Nachdem sich alle drei gesetzt hatten, eröffnete Janina das Gespräch.

»Frau Havy, Ihre Schwester wollte am Tag ihres Verschwindens zu einem anderen Mann, um sich mit ihm in einem Hotel in Goslar zu treffen. Ihrem Mann hat sie gesagt, dass sie zu Ihnen gehen würde. Sie haben uns erzählt, dass Ihre Schwester aber nicht bei Ihnen gewesen ist. Einer von Ihnen beiden muss die Unwahrheit sagen. Wer also lügt? Ihr Schwager oder Sie?«

»Meine Schwester ist nicht hier gewesen. Das Gegenteil können Sie nicht beweisen«, stellte Lisa Havy kategorisch fest.

»Sie verlässt ihren Mann und kommt in dem Goslarer Hotel, in dem sie sich mit einem anderen Mann verabredet hat, niemals an. Hier bei Ihnen verlieren sich alle Spuren von ihr. Bis hierher ist sie gekommen. Und hier war Endstation.«

»Was soll das? Sind Sie verrückt geworden?«, geriet Lisa

Havy außer sich.

»Sie werden uns sicher gleich erzählen, was Tragisches in Ihrem Haus passiert ist. Nachdem Sie Ihre Schwester getötet hatten, mussten Sie irgendwo mit der Leiche hin. Da fiel Ihnen der polnische Gärtner Ihrer Schwester ein. Sie wussten, dass der Garten grauenvoll aussah. Ein Loch war hier bei Nacht und Nebel schnell gegraben. Sie haben die Leiche Ihrer Schwester in deren eigenem Vorgarten verbuddelt. Danach hat der polnische Gärtner in Ihrem Auftrag alles schön gemacht. Niemand würde jetzt mehr auf die Idee kommen, dort nachzuschauen. Erst recht nicht nach der erfolglosen Suchaktion am Oderteich, wo Sie das Smartphone Ihrer Schwester so deponiert hatten, dass wir es finden mussten.«

»Das ist ja alles lächerlich. Das müssen Sie erst mal beweisen.«

»Großvater, leg Frau Havy Handschellen an. Ich verständige die Kollegen. Das volle Programm.«

Die dringend der Tat verdächtigte Schwester der vermissten Annika Wuttke kam in Untersuchungshaft, wo sie Kontakt zu einem Rechtsanwalt aufnahm.

Janina Benneis war vollauf damit beschäftigt, die Staatsanwaltschaft zu informieren und jene Baufirma, die gelegentlich für die Polizei tätig war. Es gelang ihr, schon für den nächsten Vormittag einen Termin auszumachen.

An diesem Abend kehrte Janina mit ihrem Großvater im rustikal eingerichteten Speiserestaurant *Hexenklause* ein. Die beiden ließen sich von der ausgezeichneten Küche des Hauses verwöhnen und schwelgten bei einem Bier und einem Glas Wein in Erinnerungen. Es trieb ihnen Tränen in die Augen durch das Bewusstwerden darüber, dass sich Vergangenes nicht zurückholen ließ. Auch schien sie das Gefühl der Ohnmacht erdrücken zu wollen, das durch den Tod eines so nahestehenden geliebten Menschen häufig ausgelöst wurde. Trauer äußerte sich in vielerlei Gestalt und wollte bewältigt werden. Damit es gelingen würde, mussten die beiden ihrer Traurigkeit

Raum geben und sie zulassen. Darum waren sie bemüht, und im Gedenken an Patricia stießen sie miteinander an. Janina Benneis übernachtete bei ihrem Großvater. Auf diese Weise waren sie beide nicht so allein.

Am nächsten Morgen hielt es die Kommissaranwärterin nicht lange im Bett. Sie sah dem Tag mit großen Erwartungen entgegen. Während Rolf Benneis ein ausgedehntes Frühstück bevorzugte, trank Janina nur schnell eine Tasse Kaffee und schob sich eine trockene Brötchenhälfte in den Mund. Dabei drängelte sie ihren Großvater, sodass der sich gehetzt fühlte und gereizt reagierte. Janina aber wollte auf keinen Fall zu spät zum großen Showdown erscheinen, und so fuhr sie auf halsbrecherische Weise mit ihrem Großvater im zivilen Dienstwagen durch Harzburg bis zum Haus von Lars Wuttke. Erste Kollegen waren bereits eingetroffen.

Ein Bagger rollte schließlich an und die junge Kommissaranwärterin hielt Lars Wuttke einen Wisch unter die Nase, auf dem er lesen konnte, dass die geplante Aktion in seinem Vorgarten rechtmäßig war.

Wuttke gab sich misstrauisch und zurückhaltend gegenüber der geplanten Polizeiaktion. Wortlos verschwand er wieder in seinem Haus und demonstrierte den Beamten auf diese Weise, als wenn ihn das jetzt eigentlich nichts anginge.

»Nun bin ich aber gespannt«, sagte Hauptkommissar Benneis, als der Baggerfahrer in Wuttkes Vorgarten mit den Erdarbeiten begann.

Es dauerte eine knappe Viertelstunde, bis der Baggerfahrer unruhig wurde und seine Ausgrabungen stoppte. Er sprang von seinem Bagger herunter und gestikulierte aufgeregt mit den Händen. Schließlich rief er laut: »Da liegt etwas.«

Sofort waren Beamte der Spurensicherung zur Stelle, die zu dem Loch vordrangen und nach weiteren Ausgrabungen mit zwei Spaten einen in eine Wolldecke gewickelten, leblosen menschlichen Körper bargen. Sie legten ihn im Eingangsbereich vor Wuttkes Haus ab und rollten ihn vorsichtig aus der

Decke heraus. Nun wurde das Gesicht der Leiche freigelegt. Es handelte sich unbezweifelbar um Annika Wuttke.

Janina Benneis klingelte an Wuttkes Haustür und bat ihn, aus seinem Haus zu kommen und sich die Tote anzuschauen. Eher widerwillig betrat er seinen Vorgarten und besah sich aus größtmöglicher Distanz die Leiche. Dabei zeigte er nicht eine einzige Reaktion. Er blieb kühl und ungerührt. Dann nickte der Witwer der Kommissaranwärterin kurz zu und ging in sein Haus zurück. Alles schien irgendwie unwirklich.

»Ist der jetzt vielleicht überhaupt nicht traurig, dass seine Frau tot ist?«, zeigte sich Janina verwundert.

»Warum sollte er das auch sein? Für ihn hat sich doch eigentlich alles zum Besten entwickelt. Los war er seine Frau doch ohnehin schon«, gab Benneis etwas desillusioniert zur Antwort. Dann klopfte er seiner Enkelin auf die Schulter und flüsterte ihr zu: »Gut gemacht, Kleines.«

———

Eine Stunde später saß die Tatverdächtige im Beisein ihres Rechtsanwaltes im Büro von Hauptkommissar Benneis. Staatsanwalt Behrendt war schnell aus Goslar herübergekommen und nun ebenfalls anwesend. Er beabsichtigte, die Ermittlungen auf Grund der neuen Erkenntnisse wieder in Gang zu bringen. Lisa Havy wirkte niedergeschlagen und verzweifelt. Sie war den Tränen nahe.

»Es war ein Unfall. Ich habe das nicht gewollt«, sagte sie vor sich hin. Den Rat ihres Rechtsanwaltes, zur Sache vorerst zu schweigen, ignorierte sie einfach.

»Sie haben die Leiche Ihrer Schwester bewusst und sehr detailliert geplant verschwinden lassen«, stellte Hauptkommissar Benneis fest.

»Es war doch bestimmt nicht ganz ungefährlich, in der Nacht draußen im Vorgarten von Wuttkes Haus ein tiefes Loch auszugraben und wieder zuzuschütten«, meinte Janina Benneis.

»Die Straßenlaterne vor ihrem Haus war kaputt. Das war mein Glück. Außerdem war der Garten so runtergekommen und durch den vielen Regen der letzten Tage die Erde so aufgeweicht, dass es leicht war, ein Loch zu schaufeln. Hinter der Hecke mit der riesigen Pergola davor hätte mich sowieso niemand gesehen. Außerdem geht da nachts keiner durch. Und mein Schwager schläft tief und fest und obendrein nach hinten raus.«

»Wie haben Sie die Leiche zum Haus Ihres Schwagers transportiert?«, wollte Benneis nun von der Mörderin wissen.

»In einem Bollerwagen, den ich noch aus Kindertagen habe.«

»Nun erzählen Sie mal bitte, warum Sie Ihre Schwester getötet haben!«, forderte Janina Benneis sie auf.

»Sie mit ihren Männergeschichten. Dafür sollte ich Verständnis haben. Aber was mir heilig war, darüber hat Annika nur gelacht. *Du mit deinen Zeichen aus dem Jenseits, du machst dich ja lächerlich. Das ist doch alles Humbug. Der größte Blödsinn!* Das hat sie gesagt. Ich weiß nicht mehr, wie der ganze Streit eigentlich angefangen hat. Plötzlich haben wir uns angeschrien. Und auf einmal ist mir die Sicherung durchgebrannt. Ich habe zu dieser Vase gegriffen und zugeschlagen. Annika ist auf den Boden gefallen und hat sich nicht mehr bewegt. Überall war auf einmal Blut.«

»Dann haben Sie sich überlegt, was Sie mit der Leiche Ihrer Schwester machen können«, sagte Janina.

»Ich habe sie zunächst in den Keller gebracht und bei Ihnen als vermisst gemeldet. Schließlich habe ich nach einiger Zeit den polnischen Gärtner beauftragt und in der Nacht, bevor er den Garten auf Vordermann bringen würde, ihre Leiche dort eingegraben. So würde sie ihrem Mann für immer nahe sein.«

»Das Verhältnis zwischen Ihnen und Ihrer Schwester muss ganz offensichtlich schon länger angeknackst gewesen sein«, schlussfolgerte Hauptkommissar Benneis.

»Es ist immer nur um Annika gegangen. Sie war der Engel unserer Eltern. Sie war besser in der Schule als ich. Sie hatte die eleganteren Herren abgesahnt, die sich ihre Freunde nannten. Dabei war sie ein dummes mannstolles Miststück. Nur Kerle im Kopf. Für meine Spiritualität hatte sie nichts als Verachtung. Alles, was mir lieb und heilig war, wurde von meinen Eltern und meiner Schwester nur ins Lächerliche gezogen. Einmal hatte ich einen Freund. Ich bin so richtig glücklich gewesen. Bis zu jenem Tag, als meine Schwester auftauchte. Da war es geschehen. Sie hat ihn mir einfach ausgespannt.«

»Warum hatten Sie denn ständig Kontakt miteinander?«, wollte Janina wissen.

»Warum, warum? Wir waren eben Schwestern.«

»Und durch ihre Ermordung sind Sie jetzt auf ewig an sie gekettet. Denn nun werden Sie eine ganze Weile im Gefängnis verschwinden. In der Bibel war es der Brudermord, weil Gott Abel gegenüber Kain immer bevorzugt hat. Im Zuge der Gleichberechtigung haben wir nun den Schwesternmord«, wurde Benneis ironisch und fügte hinzu, »aber das Motiv für die Schreckenstat ist so alt wie das der ersten Menschen.«

»Im Geiste habe ich sie mindestens schon hundertmal erschlagen. Ich hätte es nicht für möglich gehalten, dass ich es je tun würde, ja dass ich es überhaupt könnte. Doch dann habe ich es getan. So schwer ist es gar nicht gewesen. Und für einen winzigen Moment habe ich mich stark und befreit gefühlt. Doch dann hat mich die Realität sehr schnell eingeholt und ich habe begriffen, wer ich wirklich bin auf dieser Welt.«

»Eine Mörderin!«, gab Janina Benneis ihr in oberlehrerhaftem Ton zur Antwort.

Mit verlorenem Blick nickte Lisa Havy nur.

»Wieso sind Sie auf mich gekommen?«, fragte sie Hauptkommissar Benneis verständnislos.

»Das müssen Sie meine Enkelin fragen«, sagte er nur tief seufzend.

»Sie haben Ihre Schwester als vermisst gemeldet. Als ich Ihnen gesagt habe, dass deren Mann das auch schon getan hat, sagten Sie mir, dass das die beste Methode wäre, um den

Verdacht von sich zu lenken. Dann haben Sie Ihren Schwager schwer belastet. Doch plötzlich haben Sie die Anschuldigungen gegen ihn zurückgenommen. Warum? Das habe ich mich die ganze Zeit gefragt. Weil Ihnen klar sein musste, dass Sie sich selbst verdächtig machen, wenn Sie Ihrem Schwager alles in die Schuhe schieben würden«, sagte Janina Benneis daraufhin.

Staatsanwalt Behrendt klopfte der angehenden Kriminalistin väterlich auf die Schulter und zollte ihr dadurch Respekt. Lisa Havy aber wurde von Kommissar Färber abgeführt.

Danach ließ sich Janina auf ihren Stuhl fallen, auf dem sie regungslos verharrte und vor sich hin sagte: »Wie banal! Da sucht man händeringend nach einem Tatmotiv und dann so was.«

»Das älteste Motiv der Welt. Eifersucht. Du hast es geschafft. Dein erster Fall. Glückwunsch!«, sagte ihr Großvater.

Doch durch Janinas Kopf spukten andere Gedanken. Sie befand sich ja erst in der Ausbildung und war jung und unerfahren. Ihr fehlten Menschenkenntnis, über die ihr Großvater zwangsläufig verfügte. Sie hatte ihr Augenmerk auf Indizien gerichtet und nach Spuren Ausschau gehalten. »Spuren lügen nicht!«, hatte ihr der Ausbilder auf der Polizeischule beigebracht. Doch die Idee, die Psyche von Menschen genauer unter die Lupe zu nehmen, war ihr nicht gekommen.

Ihr Großvater hätte es wissen müssen. Über das Verhältnis des Ehemannes zu seiner Frau hatte Janina Gedanken angestellt, nicht aber über das Verhältnis der Schwestern zueinander. Diese Einseitigkeit hatte sich als fataler Fehler erwiesen. Gewiss würde ihr so etwas nicht wieder passieren. Sie verbuchte es als Anfängerfehler. Doch warum hatte Rolf Benneis nichts in diese Richtung unternommen?

Es stimmte sie traurig. Immer deutlicher zeigte sich die Unfähigkeit ihres Großvaters in seinem Job. Er konnte nur dort ein guter Polizist sein, wo die Welt auch ohne ihn einigermaßen in Ordnung war. Schulkinder auf dem Weg zur Schule sicher über den Zebrastreifen bringen und Smalltalk mit den Leuten halten, das konnte er. Mord überforderte ihn schlichtweg. Nun war er kein Kriminalist und in manchen Dingen vielleicht weder ausgebildet noch geübt. Allerdings hätte er um Amtshilfe ersuchen können. Warum hatte er damals keine Spezialisten hinzugezogen und auch jetzt wieder alles am liebsten ohne fremde Hilfe gemacht? Weil er kein Teamplayer war und sich nicht in die Karten schauen lassen wollte. Dadurch hätte der alte Mann seine Schwachstellen offengelegt, was er verständlicherweise scheute.

Gut, dass seine Dienstzeit bald auf natürliche Weise zu Ende gehen würde! Längst befand sich Rolf Benneis nicht mehr auf der Höhe seines Lebens. Vielleicht hatte er nie genug an Höhe gewonnen und viel zu sehr am Boden geklebt. Irgendwie tat Janina ihr Großvater leid. Aber es machte die junge Frau wütend, dass er sie auf so etwas Wichtiges bei den Ermittlungen nicht mit der Nase gestoßen hatte. Die meisten Verbrechen ereigneten sich in der eigenen Familie. So viel hatte er ihr einst verraten. Janina hatte vom *Familienstellen* gehört. Hier wollte sie sich weiter fortbilden. Aufschluss verschaffte jedem Ermittler die Tatsache, zu wissen, wer in einer Familie wie zu einem anderen Mitglied derselben in Beziehung stand. Diesen Aspekt würde die junge Kommissaranwärterin nie wieder außer Acht lassen.

Der Herbst war auf die Bäume gestiegen und hatte den Harz in ein buntes Farbenmeer getaucht. Goldgelb und rötlichbraun präsentierten sich die Baumkronen vor einem weit über das Land ausgebreiteten azurblauen Himmel.

Der Tag von Janinas Abschied war gekommen. Sie hatte ihre Prüfung zur Kommissarin erfolgreich bestanden und würde anschließend in den Dienst der Polizei dauerhaft übernommen werden. In Braunschweig war eine Planstelle frei, die sie übernehmen sollte.

Hauptkommissar Benneis hatte zur Verabschiedung seiner Enkelin aus Bad Harzburg ein Frühstück spendiert, zu dem alle

Kollegen aus dem Harzburger Kommissariat eingeladen waren. Ihr Exfreund Leon Färber schenkte ihr zum Abschied ein Buch über Braunschweig, die Stadt, die bald ihr neues Revier darstellen würde. Janina ließ die Sektkorken knallen und ausnahmsweise tranken alle einen kleinen Schluck Alkohol im Dienst. Sie stießen auf die Zukunft miteinander an.

Dann war der Augenblick des Abschieds gekommen. Umarmungen gepaart mit guten Wünschen verliehen ihm Ausdruck. Janinas Büro machte schnell den Eindruck, verwaist zu sein. Doch Benneis und Färber wussten, dass für die kommende Woche eine neue Kollegin angekündigt worden war.

Hauptkommissar Rolf Benneis war nun ganz auf sich allein gestellt. Er musste Pläne schmieden für die Zeit nach seiner Pensionierung. Erst aber sollte alles verarbeitet werden, und er sehnte sich nach dem nächsten Termin bei seiner Therapeutin.

Am Nachmittag aber schaute er schnell noch auf dem Friedhof vorbei und brachte frische Blumen zum Grab seiner Frau. Zwei Grabreihen weiter fiel ihm eine attraktive Frau auf, die ebenfalls Blumen zu einem Grab gebracht hatte. Vielleicht sollte er mal zu ihr hinübergehen und ihr einen guten Tag wünschen.

– E n d e –

Die Idee...

...zu diesem Roman kam mir, nachdem ich im ZDF mehrere Sendungen einer Reihe über mysteriöse Kriminalfälle in der DDR gesehen habe. Einer dieser Sendungen habe ich die Information entnommen, wann die Stasi im Regelfall die Ermittlungen an sich zog. Außerdem wurde dort von einem Kommissar berichtet, den die Staatsführung nicht nach Schierke reisen ließ, da sie ihm misstraute. Dieses wirkliche Ereignis ließ ich in meine Geschichte einfließen.

In der Nähe zur ehemaligen Grenze verschwand damals auf DDR-Gebiet eine Pfarrerin spurlos und tauchte nie wieder auf. Die traurigen Fakten standen Pate bei der Entwicklung zu meiner Geschichte und dem Plot. Alles andere ist von mir frei erfunden, auch die Namen und die Personen. Parallelen oder Ähnlichkeiten mit tatsächlichen Ereignissen wären zufällig und unbeabsichtigt.

Der Kriminalroman dient ausschließlich der Unterhaltung und orientiert sich nicht an rechtlichen Verfahrensweisen.

Der Autor

Ich bin Dirk Rühmann und lebe mit meiner Familie in Braunschweig, wo ich auch im Jahre 1960 geboren wurde. Dort bin ich beruflich als Lehrer tätig.

Eines meiner vielen Hobbys ist das Schreiben von Krimis. Zahlreiche von mir erdachte Geschichten ließ ich in meiner Heimatstadt spielen.

Ich war in Braunschweig kommunalpolitisch aktiv, engagiere mich als Prädikant in der evangelischen Kirche und las 15 Jahre in der berühmten Braunschweiger Kultreihe »Mord auf der Oker« auf einem Floß zur Dämmerstunde meine gruseligen Geschichten vor.

Das Buch

Geschrieben habe ich diesen Kriminalroman in den Monaten Februar und März 2018. In dieser Zeit war ich sehr krank und konnte kaum etwas machen. Doch zwei Stunden pro Tag am Computer tippen war mir möglich. Psychisch hat mir das sehr geholfen, mich irgendwie mit meiner Krankheit zu arrangieren, um sie zu überwinden. Ein Stirnhöhlen-Infekt hatte mich erwischt. Als Folge setzte sich eine schwere Erkältung mit grippeähnlichen Begleiterscheinungen im Kopf fest. Wahnsinnige Kopfschmerzen und ständiges Fieber über Monate waren die Folge. Eine komplizierte Stirnhöhlenoperation sorgte zwar vorübergehend für Besserung, verhinderte jedoch nicht ein erneutes Anschwellen ihrer Zugänge.

Ich hoffe, dass mein Roman Ihnen gefallen hat und sich in ihm keine Spuren meines damaligen Kopfproblems wiederfinden. Schreiben war ein Teil meiner Therapie. Das macht den Roman für mich besonders. Ich hoffe, dass ich nicht erst wieder krank werden muss, bevor ich eine neue Idee zu einem Krimi habe.

Eine kleine Bitte

Wenn es mir gelungen ist, Sie wenigstens für ein paar Stunden aus dem Alltag zu entführen, dann habe ich mein Ziel erreicht. Für eine(n) Autor(in) gibt es keine schönere Bestätigung als Leserinnen und Leser, die mit einem Lächeln das Buch zuklappen oder den Reader ausstellen. Natürlich würde es mich freuen, wenn Sie dieses Buch weiterempfehlen oder sogar die Zeit für eine kurze Rezension finden. Herzlichen Dank!

Ansonsten habe ich für Fragen, Anregungen oder Rückmeldungen rund um meine Bücher stets ein offenes Ohr. Sie erreichen mich am besten über den Verlag bzw. über harzkrimis.de. Dort finden Sie u.a. das gesamte Buchprogramm, Veranstaltungstermine, YouTube-Videos, Neuigkeiten und vieles mehr.

Vielleicht lernen wir uns ja auch auf einer Lesung kennen.

Viele harzliche Grüße

Dirk Rühmann

Mehr von Dirk Rühmann

Die kälteste Stunde

1. Auflage 03/2021, 188 Seiten
Taschenbuch (12,5 x 19 cm)
Euro 9,95 (inkl. 7% MwSt.)
ISBN 978-3-96901-012-9
auch als eBook erhältlich

Im beschaulichen Harzdorf Leuterspring ereignen sich kurz hintereinander zwei sonderbare Todesfälle: Ein Obdachloser erfriert in bitterkalter Nacht vor der Kirche und eine 92-jährige Frau wird in ihrem Haus Opfer eines Brandes. Da es keine erkennbaren Anzeichen von Gewaltanwendung gibt und sich auf den ersten Blick kein Zusammenhang zwischen den Verstorbenen herstellen lässt, sehen die Behörden von weiteren Ermittlungen ab. Einzig Gemeindepfarrer Jörg Ebeling glaubt, dass beide Personen ermordet wurden. Durch seine Beharrlichkeit geraten er und seine Freundin, die zuständige Staatsanwältin aus Goslar, in einen Dauerstreit. Denn auch die deutlich jüngere Frau sieht keinen Handlungsbedarf. Die Liebesaffäre der beiden steht ohnehin unter keinem guten Stern. Ebeling geht bislang einem klärenden Gespräch mit seiner Ehefrau aus dem Weg und legt sich darüber hinaus mit dem Kirchenvorstand an. Da ihm die Todesfälle keine Ruhe lassen, stellt der Pfarrer auf eigene Faust Ermittlungen an. Ganz allmählich trägt er jedes einzelne Puzzleteil, auf das er stößt, zu einem Bild zusammen, hinter dem sich eine jahrzehntealte Geschichte aus Verdrängung und Vertuschung auftut. Er findet die Identität des obdachlosen Toten heraus und gibt ihm dadurch seine verloren gegangene Würde zurück. Und er kommt einem Mörder auf die Spur, während die Staatsanwältin noch immer keinen Grund sieht, tätig zu werden. Dann beginnen die Ereignisse in Leuterspring sich zu überschlagen.

Immer im September

1. Auflage 08/2022, 196 Seiten
Taschenbuch (12,5 x 19 cm)
Euro 9,95 (inkl. 7% MwSt.)
ISBN 978-3-96901-047-1
auch als eBook erhältlich

Weil ihm zuhause die Decke auf den Kopf fällt, übernimmt der pensionierte Hauptkommissar Rolf Benneis eine Nebentätigkeit bei seinem früheren Arbeitgeber, der Polizei in Bad Harzburg, und untersucht ungeklärte Mordfälle aus der Vergangenheit. Zeitgleich beschäftigt ein aktueller Mordfall Hauptkommissar Leon Färber und dessen neue Kollegin Jessica Herbst. Ein Mann, der zu Besuch im Harz ist, sitzt erschossen auf einer Bank im Kurpark.

Die junge Gemeindehelferin Anastasia Recke, eine passionierte Barfußgeherin, arbeitet in der kirchlichen Behindertenwerkstatt. Zwei der dort tätigen beeinträchtigten Menschen sind im Besitz vom Smartphone des Mordopfers. Warum?

Staatsanwältin Cora Dennigsen muss ihre Freundin trösten, weil deren Mann, der Gemeindedirektor, sich überraschend das Leben nimmt. Bei ihm wird die Mordwaffe sichergestellt. Doch welche Verbindung hat er zu den schrecklichen Ereignissen?

Benneis vermutet, dass die ungeklärten Kriminalfälle der Vergangenheit mit dem gegenwärtigen Verbrechen zusammenhängen. Doch er hat zunächst Mühe, die anderen Ermittelnden davon zu überzeugen.
Als eine heiße Spur gefunden wird, beschließt die neue Hauptkommissarin, gemeinsam mit der Gemeindehelferin undercover zu ermitteln, und die beiden begeben sich unter Lebensgefahr in die Höhle des Löwen.

N-Stoff: Tödliches Erbe

1. Auflage 06/2023, 176 Seiten
Taschenbuch (12,5 x 19 cm)
Euro 9,95 (inkl. 7% MwSt.)
ISBN 978-3-96901-073-0
auch als eBook erhältlich

In der Nähe des Oderteiches verschwindet ein kleiner Junge spurlos. Der Heimatpfleger von Bad Harzburg hat Luftaufnahmen der Briten vom Ende des Zweiten Weltkriegs erhalten, auf denen Lüftungsschächte und eine vergessene Bahnlinie zu sehen sind. Er überredet den pensionierten Hauptkommissar Rolf Benneis, gemeinsam mit ihm das Gebiet abzusuchen, da er den Verdacht hegt, dass der Junge in einen solchen Lüftungsschacht gefallen sein könnte. Wenig später wird der Heimatpfleger ermordet, die Luftaufnahmen entwendet. Benneis begibt sich auf Spurensuche und trägt immer mehr Puzzlesteine zusammen, die als Ganzes ein Bild des Grauens ergeben. Nördlich des Oderteiches muss sich ein gigantischer Nazi-Stollen befunden haben, in dem die SS in den letzten Kriegswochen eine schreckliche Chemiewaffe eingelagert hat: N-Stoff. Für den interessieren sich scheinbar ausländische Investoren eines Staates mit einer als sehr zweifelhaft geltenden Regierung. Aber Benneis kämpft auf verlorenem Posten, da ihm niemand glaubt.